U0883880

《广州大典》普及书系

主编　陈建华

瀛海周游诗峥嵘的岭表名士

潘飞声作品选读

谢永芳◎编著

广州新华出版发行集团
广州出版社

图书在版编目（CIP）数据

瀛海周游诗峥嵘的岭表名士：潘飞声作品选读 / 谢永芳编著. —广州：广州出版社，2021.12

（《广州大典》普及书系 / 陈建华主编）

ISBN 978-7-5462-3406-9

Ⅰ. ①瀛… Ⅱ. ①谢… Ⅲ. ①诗词—作品集—中国—近代 ②诗话—中国—近代 Ⅳ. ①I222.75 ②I207.22

中国版本图书馆CIP数据核字（2021）第278392号

书　　名　瀛海周游诗峥嵘的岭表名士：潘飞声作品选读
Yinghai Zhouyou Shi Zhengrong De Lingbiao Mingshi Panfeisheng Zuopin Xuandu

出版发行　广州出版社
（地址：广州市天河区天润路87号9、10楼　邮政编码：510635
网址：www.gzcbs.com.cn）

责任编辑　田宇星　周　秦

责任校对　王俊婕

装帧设计　林舒巧

印刷单位　佛山市浩文彩色印刷有限公司
（地址：佛山市南海区狮山科技工业园A区
电话：0757—88368558　　邮编：528225）

规　　格　787 mm × 1092 mm　1/16

印　　张　19.5

字　　数　320千

版　　次　2021年12月第1版

印　　次　2021年12月第1次

书　　号　ISBN 978-7-5462-3406-9

定　　价　60.00元

如发现印装质量问题，影响阅读，请与承印厂联系调换。

《广州大典》普及书系编辑委员会

编委会主任：陈建华

编委会副主任：曾伟玉　刘瑜梅　沈育明

编委会委员：欧彩群　郭德焱　李怀恩　方家忠
刘平清　柳宗慧　席　涛　张玉华
赵新良　赵晓涛

主　编：陈建华

执行主编：刘平清　柳宗慧

执行副主编：赵晓涛

编　务：蒋　方　刘东楚

关于“广府名人读本”系列编选出版的几点说明

一、本书属于《广州大典》普及书系“广府名人读本”系列。

二、“广府名人读本”系列作为《广州大典》普及书系的开篇，将分为若干辑出版，成熟一辑，出版一辑。

三、因书系以《广州大典》所收文献为编选基础，故个人著述不存世或存世稀少者不纳入“广府名人读本”系列。

四、考虑到《广州大典》（民国篇）正在编纂和不少近代广府名人著述活动时段跨越清末民初的实际情况，“广府名人读本”系列会适当拓宽选录范围。

《广州大典》普及书系
编辑出版缘起

广州自古以来就是岭南地区的政治、经济、文化中心，是首批国家历史文化名城。自秦始皇三十三年（前214年）广州建城，至今已有2200余年，大量珍贵的地方文献翔实地反映了广州文化不断发展、不断繁荣的悠久历程。

《广州大典》（一期）是由中共广州市委宣传部、广东省文化厅策划并组织研究编纂，旨在系统搜集整理和抢救保护广州文献典籍、传播广州历史文化的大型地方文献丛书，是千年羊城的“根”和“魂”。《广州大典》（一期）收录文献的时间范围截至1911年（个别门类延至民国），地域范围包括清代中期广州府所辖各县，内容范围包括广州人士（含寓贤）著述、有关广州历史文化的著述及广州版丛书，依经、史、子、集、丛五部分类，共计收录文献4064种，编成520册，于2015年影印出版。

2015年4月，广州大典研究中心成立，继续推进《广州大典》（一期）的推广与研究，并启动《广州大典》（二期）民国篇的编纂出版。2019年11月，《广州大典》（一期）集部曲类文献专辑以《广州大典·曲类》之名单行出版，共计收录文献1589种，编成43册。此外，近年来中心陆续推出《广州大典总目》、《广州大典概要》、《广州大典研究》集刊（1~8辑）、《广州大典·民国广东公报丛编》（初编）100册等。

习近平总书记指出，要讲清楚中华优秀传统文化的历史渊源、发展脉络、基本走向，讲清楚中华文化的独特创造、价值理念、鲜明特色，增强文化自信和价值观自信。要做到这两个“讲清楚”，既要在学术上做到深入，也要在普及上做到浅出。《广州大典》（一期）所收录的文献不仅卷帙浩繁，而且都是繁体字、文言文，没有经过点校整理，这在客观上造成当今读者与之有隔阂，阻碍了广州这一历史文化宝库在更广大的层面上发挥社会影响力。为此，广州大典研究中心、广州出版社决定联合编纂出版《广州大典》普及书系，努力将书系打造成为集学术性、知识性和可读性于一体的优秀出版物。

书系以《广州大典》为文献基础（可根据实际情况，适当拓宽选录范围），组织一批专家学者从《广州大典》中精选最具代表性、最具可读性的文献，进行普及性的内容整理、发掘，形成《广州大典》普及书系。书系初步计划分为广府名人读本系列、地方风物读本系列、地方游记读本系列、西学东渐读本系列、小说读本系列、戏曲曲艺读本系列等。书系每种读本均包括导读、代表性作品选编（含注释、翻译、评析或解题、延伸阅读等）和相关资料附录，作者均为学有专长、研究有素的专家学者。每种读本均将尽量吸收、反映学界最新研究成果，并力求做到图文并茂、雅俗共赏。因此，《广州大典》普及书系可视作《广州大典》的延伸，且与已有的《岭南文库》的延伸《岭南文化知识书系》《广东历史文化名人丛书》等普及性读物既桴鼓相应，又各具匠心，可谓和而不同、美美与共。

知所从来，方明所往。《广州大典》普及书系既是一项重要的文化惠民工程，也是推动城市文化综合实力出新出彩，特别是“读懂广州”的切实举措。

志合者，不以山海为远。我们诚挚邀请更多的相关专家学者积极支持和参与书系各辑相关工作，推动书系各辑逐年面世。

食髓知味，小书不小。我们相信，书系的陆续出版，将充分展示广州历史文化底蕴，擦亮广州历史文化品牌，并有助于中华优秀文化的传承和发展。

《广州大典》普及书系编辑委员会

目录

词选 / 145

导读

潘飞声，字兰史，号剑士，又号独立山人，别署老兰等。广东番禺人。早年从何藜青、叶衍兰学诗、词。清光绪十三年（1887）七月赴德国讲学，光绪十六年（1890）八月归国。光绪二十年（1894）冬，应聘为香港《华字日报》主笔，与黄遵宪、丘逢甲、丘炜萲、陈步墀等人往还。晚岁寓居上海，入南社、希社、淞社、春音词社、鸥社、沤社、海上诗钟社等，与高旭（钝剑）、俞锷（剑华）、傅屯艮（君剑）并称"南社四剑"，与朱祖谋、周庆云、王蕴章、胡朴安、柳亚子、黄宾虹等时相过从。著有《说剑堂集》，凡《老剑文稿》《西海纪行卷》《天外归槎录》《香海集》《游樵漫草》《悼亡百韵诗》《论岭南词绝句》《柏林竹枝词》《海上秋吟》《游萨克逊日记》《海山词》《花语词》《珠江低唱》《长相思词》等十四种，以及《罗浮纪游》《饮琼浆馆词》《在山泉诗话》《粤词雅》《说剑堂集》（含说剑堂诗集三卷、词集一卷）等，辑有《粤东词钞三编》。

潘飞声的诗词，颇得当时和后来学者称赏。如曾被钱仲联《近百年诗坛点将录》点为"地藏星笑面虎朱富"，谓"其诗俊秀，时有可诵。所著《在山泉诗话》，可见太邱道广"。又，词笔被许为"自是一代作手，求诸近代中，于纳兰公子性德为近"（丘炜萲《五百石洞天挥麈》卷一）的潘飞声，也曾被钱氏《近百年词坛点将录》点为"地飞星八臂哪吒项充"，谓"兰史早岁蜚声域外。《双双燕》'追和人境庐罗浮'一词，仙袂飘举，足与公度抗手。然《说剑堂词》才华艳发，与公度亦不尽同也"。一般认为，研究潘飞声诗词至少具备以下三个方面的意义：一是诗词题材和境界的开拓。以《柏林竹枝词》和《海山词》为代表的海外诗词作品，描写西方事物，对照中西历史，在具体创作中实践诗界、词界革命的理念，并取得一定的成效。二是区域诗词学的建构。以《在山泉诗话》中的部分内容与《论岭南词绝句》《粤词雅》为代表的诗话、词话著作，

潘飞声肖像

不仅为岭南诗词保存了重要的文献资料，而且推动了岭南诗词的经典化进程和诗史词史建构。三是融入主流文坛的去边缘化努力。从潘氏入手，详细考察其沪上文学社群活动，既可以部分还原当时上海文坛的发展情形，更能看出民国时期的岭南文人已经在发挥着愈来愈大的影响力。

为全面而又概要地反映潘飞声的文学成就，本书拟分五辑，分别选择其诗文词和诗话以及词话中有代表性的篇章或篇目，每辑中大致上按照广州—域外—香港—上海的时间顺序排列，用题旨、注释和简析相结合的方式，在尽量排除阅读障碍的同时，又作适当拓展延伸，以求重点突出潘飞声在岭南乃至整个近代文学史上的成就、地位和影响。编末另附《潘飞声编年事略》，勾勒潘飞声一生行迹，以为读解作品提供必要的支撑和参考。

一

第一辑，文选。选自《老剑文稿》，凡6篇，依次为《西汉匈奴强弱论》《欧洲各国论》《邓壮节公传》《德意志兵制兵法译略》《防俄议》《粤东词钞三编序》，主要是关怀国是之篇，也有不少艺文之什。其中，如《欧洲各国论》一篇，通过审视欧洲列强之间的关系及其在亚洲地区的不同利益诉求，从战略的高度全面衡估中、德等关系，并提出“防俄”的主张：“当各国居忧处危之秋，我中国亟宜振兴自强，力筹大局，联结英、德以防俄、法而保高丽也。”从中可以看出，潘飞声看待时局有一种纵横捭阖的全球视野和观念，这在当时是颇为难能可贵的。由此出发，潘飞声在《德意志学校说略》（此文未入选本书）、《德意志兵制兵法译略》二文中，分别从教育和军事两个方面，对现代德意志帝国的崛起着重加以考察和分析。对于前者，潘飞声强调了全民普及教育对于德意志成为近代强国至关重要的作用，指出："德意志国向以学术推重，故有无地无学、无人无学之称。"在具体说明了这些制度特点后，他这样概括道："威廉第三广兴学校，独立工入肆、秀入学、兵入伍之制，故人才辈出，其后卒能挫强邻、反侵地、混众部、称富强。国之治乱盛衰，系乎人才，学校之设，岂不尚哉！"而对于后者，潘飞声利用暑假，和学生一道把德国兵制总览及其特长做了翻译，希望将现代军事战略和技术介绍给中国读者。

然而，以"剑士"自豪的潘飞声，其经世之志和报国热忱却在回国以后屡遭挫折，正如颜清华在《老剑文稿序》中所发出的深沉感叹：

> 兰史负经济才，十年前尝上书于当道矣。广铁路以通地利，联南洋以固藩篱，筹边隅以防俄，练海军以慑倭。秉国钧者苟将其说而行之，于边功、于外交，已得过半。惜乎托诸空言，不能奉而行之，至有今日也。嘉定廖尚书寿恒《保荐人才折》有云："有才而不竟其用，则豪杰唏嘘；用才而不及其时，则英雄消沮。"老剑乎，斧柯终莫假乎？利器何以见乎？岂甘牖下死乎？庶几敛抑锋芒，共优游于美人香草之间乎？

《老剑文稿》中相关诸文，不啻是这种历史心态的实录。尽管"老剑"在地方和中央的事务上，均未能展开他所学习的现代军事知识等，但这些政治见解和社会关怀显然超越了同时代的大多数人，对于了解晚清的社会改革有着重要的参考价值。

二

第二辑，诗选。分别包括选自《西海纪行卷》的7首：《大风过印度洋》《连日读峤雅两当轩集合赋一诗》《亚丁山》《红海口》《地中海观日出作歌》《从芦干湖看山至卢在城湖上》《火车夜行途中有述》；选自《天外归槎录》的3首：《大雨过瑞士诸大山车中作歌》《锡兰岛登佛寺作》《七洲洋被风出险述怀》；选自《香海集》的4首：《甲午冬日珠江舟发》《题朱竹君仗剑东归图》《次答詹公子应麟》《展亡妇遗像感赋》；全录《柏林竹枝词》的24首；全录《海上秋吟》的8首：《秋感八首》；选自《游萨克逊日记》的2首：《登百石台》《鸟啼径看瀑布泉》；选自《罗浮纪游》的4首：《胡蝶洞》《洗衲石》《涤云桥》《洗月涧》；选自《南社丛刻》的2首：《辛亥九秋送蒋万里从军》；选自《南社丛选》的1首：《渡黄河》；选自《说剑堂诗集》的8首：《看云图为丘菽园孝廉炜萲题》《送张在初都统德彝出使英伦十韵》《送陈伯严》《吴家馆（槎上酒家名）》《丁卯十一月九日七十生朝避客至湖上作五日清游成诗四首》等。这些诗主要是表现家国情怀之作，以及描写诗酒游冶与雅集游踪之篇。其中，如《地中海观日出作歌》：

昔登浴日亭，远山切水磨铜青。今渡地中海，洪波涨天掩霞彩。瀴溟深黑不辨万里之遥天，海若赫怒鞭起蛟螭眠。火轮高高掷上三山顶，照见方壶员峤珊瑚树树生云烟。我时已登海上船。徐福导我行，章亥偕我步。数博望之旧游，笑甘英之不渡。示我以金银台之梯、扶桑渚之路，虹光濆滉不能顾。我欲摧山为剑锋，崖高不落青芙蓉。我欲腾身跨飞龙，乘风又出冯夷宫。前游后游山水各奇异，只惜十年岁月一瞬何匆匆。沧海何能穷，飞仙或可挟。长啸狂呼老道人，借我铁虬倚贝阙。穿云一奏海光裂，海光飞出月如雪。

潘飞声肖像

此诗为清光绪十三年（1887）八月十一日潘飞声“早起视日出”（《西海纪行卷》）所作。起首“昔登浴日亭”云云，在比较两次日出所见大不同之中，引出下文。浴日亭，是因苏轼作于宋绍圣元年（1094）的《浴日亭（在南海庙前）》而声名远播。贬谪途中的苏轼，“病骨”“衰颜”如“惊鸟”，所以，此等奇观，让沉浮于宦海的他不由自主地联想到排山倒海般的钱塘江大潮。但诗因亭作，亭仗诗威，“扶胥浴日”或“波罗浴日”因此而成为“羊城八景”之一，引得文人墨客争相追和，留下不少步韵东坡之作。其著者，有如陈献章作于明成化二十一年（1485）的《浴日亭，次苏东坡韵》二首，其第一首中“顾影未须”二句，一种志得意满、意气风发之态扑面而来，当与陈献章前一年受到朝廷征召有关。苏、陈二人之作想象飞腾，让人目不暇接，尤其是于写景中融入当时各自人生境遇的写法，一直贯穿并影响到了潘飞声，于是，才有了此诗中“只惜十年”一句仿佛突如其来的深沉感慨。

又如《大雨过瑞士诸大山车中作歌》：

穷荒羁客行将归，归心已越千山飞。天慰孤怀辟奇境，黑入岩巉雷雨垂。朝来飞车度苍翠，峰外修眉正晴霁。忽然一白失群山，千百玉龙舞烟际。得非贰负开金天，玉龙鞭起相蜒蜿。八夤荒昧闭西土，雷公凿险山为穿。阿香砰訇震天鼓，我车恐被飚车阻。陡惊破石入洞门，驰出云间疾飞羽。硌岈万嶂参天高，蚕丛陡绝戴六鳌。俯临众壑伏地底，铁轮上下随所遭。只愁失势落千丈，青天咫尺缘云上。苍茫唯见云中君，唤我峥嵘看仙掌。吾闻天皇开荒四万年，不通西极以西之人烟。汉武穷兵所不到，张骞凿空殊未然。我行遁迹西海边，河源绝域穷雕镌。飞而食肉空嚄唶，独以长句铭山川。蛮云待敛昌黎笔，怪石怖走秦王鞭。山灵欢喜助晴色，反视群峰拥寒日。终当内附狼居胥，永辅神州向中国。

潘飞声此诗所写，可与其《天外归槎录》所记对读：“［光绪十六年（1890）七月］十四日，巳刻出驾，火车疾驰万山之中。大雨陡至，四围苍碧忽变为浩瀚云海，时见千百白龙蜒蜿天半，盖飞瀑也。车穿十数大山洞，阴寒逼人，山巅轰雷震耳，行客惊起。余危坐，以为作天上行，获此奇观，颇不骇慑也。抵葛神灵，雨稍晴，下车午饭。过芦干湖铁桥。又沿绿漪湖行，见诸烟鬟新沐，如拂明镜梳头，意态妍媚，较朝行所历之境，殆化奇险为秀丽者。”诗人车行经见瑞士诸大山，真可谓奇境天开，雄伟壮观，震撼人心，不禁由衷赞叹，以如椽大笔，奔放的声调，摹写出变幻莫测的感受，堪称雄奇壮丽，也为欧陆风光增添了不少炫目的光彩。可见，此类诗作能得“独开生面”“与太白为近”（井上哲《西海纪行卷序》）之高评，洵非虚誉。

又如《甲午冬日珠江舟发》：

长剑铮铮夜有声，愁闻电檄促东征。闭门未息尘中影，幞被依然海外程。往岁弃繻空击楫，何时扪虱快谈兵。罪言敢恃匡时策，孤愤填胸吐不平。

这首律诗作于光绪二十年（1894）冬，先通过塑造自己长夜未休的侠影，寄寓报国无路之叹；再言海外归来未久，又将飘泊香港，进一步抒发不遇之怀；又分别借用祖逖击楫、王猛扪虱之典，写出救国的豪情壮志；最后以不畏艰难，畅言时事，振起全篇，颇见诗人勃勃英气。作为收入《香海集》的第一首作品，潘飞声应该是希望借助这首“压卷”之作，圈定一整部诗集的主要思想内容和特色，即尽抒怀抱，畅言抱负。在具体写法上，因为受到龚自珍“剑气箫心”的影响，潘飞声常以“剑”自喻，既见其自我塑造的仗剑报国形象，亦以寄托其落拓不遇的情怀，因而诗风豪迈腾跃，极具风云之气，正可为梁淯序《香海集》所云“推其贤，惜其志”下一注脚。

又如《展亡妇遗像感赋》：

环佩微闻昨夜风，起披图画蹑芳踪。眉梢与我谈尘劫，梦里寻卿见泪容。十载长离真一瞬，三生有愿尽相逢。仙心飞上瑶台顶，只隔云屏第二重。

潘飞声之妻梁霭于光绪十三年（1887）逝世。诗写十年生死两茫茫，见亡妻遗像而再度勾起心中无尽的伤痛。尤其是尾联，作者的思绪穿越时空，希望追寻亡妻的踪影而不得，表现出与亡妻永远无法再见的痛苦，具见伉俪情深。这是在悼亡诗中融入游仙诗题材写法的成功尝试。此前，潘飞声曾作有《金菊对芙蓉·仲夏葬亡室于禅山带雾冈夜宿山家作》（山黛描烟），在写法上，也是徜徉于现实与梦境之间，通过追念亡妻生前生活细节，同时也包含了自己当下的境况，从而表现出痛彻心扉的思念。此后的光绪二十五年（1899），梁霭遗集刻成，潘飞声于跋识末尾赋诗志之，并以告慰亡妻，写来更是哀怨缠绵，字字涕泪，真可谓一往情深。

三

第三辑，词选。分别包括选自《海山词》的8首：《大江西上曲》（江亭酒醒）、《买陂塘》（铁阑桥、夜深风雪）、《蝶恋花》（楼外斜阳红一线）、《诉衷情》（楼迥）、《琵琶仙》（仙舫晶屏）、《满江红》（如此江山）、《水龙吟》（可怜瘦尽秋怀）、《添字罗敷媚》（名园夜趁嬉春约）；选自《花语词》的4首：《台城路》（花阴梦破衫痕碧）、《水龙吟》（柴门淡月如烟）、《清平乐》（一庭香雾）、《浣溪沙》（极浦蛮烟一抹清）；选自《长相思词》的2首：《浪淘沙》（细雨做成秋）、《沁园春》（如此长宵）；选自《饮琼浆馆词》的3首：《蝶恋花》（客里云萍情绪乱）、《双双燕》（罗浮睡了）、《风入松》（旅怀十日畏春寒）；选自《说剑堂词集》的4首：《浪淘沙》（啼鸟报春分）、《减兰》（情波半剪）、《三姝媚》（繁红愁过眼）、《浣溪沙》（劫里山河尽可怜）。这些词主要内容与诗作相仿佛。其中，如《琵琶仙·蝶渡纪游》：

仙舫晶屏，有人画、洛浦灵妃眉妩。歌扇轻约蘋风，云鬟醮香雾。芳渡口、银奁浸绿，更红了、樱桃千树。初度刘郎，三生杜牧，尘梦休赋。　　还怜我、似水才名，话佳日、匆匆莫闲度。都把一襟羁思，与前汀鸥鹭。扶窄袖、瑶丝代语，唤水仙、共点琴谱。只惜弦里飞花，断肠何处。（是日，同游女史二十八人。有名蕖家者，赠玫瑰一枝，又按琴唱曲，译曲意，即言花之色香也。）

此词所写蝶渡海山及娥眉之美，可与其《在山泉诗话》卷二“蝶渡记游”条所记对读。

作为可能是第一部在德国编成的中国词集，《海山词》多写与欧洲女史往还之情，秾艳迷人。盖海外寂寞，时光难遣，所以眷恋群芳，词风自丽。而像《海山词》这样翻译洋人名字“媚雅”等，并以之杂糅入词，中西合璧，也算是在一定程度上拓展了传统词作的用语乃至题材范围。

又如《添字罗敷媚·用纳兰容若韵》：

名园夜趁嬉春约，扶步青苔。阿姊催回。行到悄无人地、月华来。　　相逢只恨当时错，鸾信差开。触恼愁怀。一片落红曾印、缕金鞋。

此词域外自抒“愁怀”，也即绮怀，虽其本事未详，甚或无须指实，写来也是绣口锦心，缠绵极矣，不失为一段好文字。正如毕倚虹《芳菲菲堂词话》所评：“兰史尝游柏林，毡裘绝域，声教不同。碧眼细腰，执经问字，亦从来文人未有之奇也。……（词笔）求诸近代中，于纳兰公子性德为近。”用纳兰《添字采桑子》词韵写“从来文人未有之奇”，虽未袭用其化情为景之法，却也能与原唱风神相若。而所谓“于纳兰公子性德为近”，其实在潘氏《海山词》以外的作品中也是比比皆是，如收入《花语词》中的《罗敷媚》（朝来悄把红窗启）（分明认得仙模样）（隔花忽报青娥别）（而今翻悔当时误）四首，幽悄动人，芬芳侧艳，堪称纳兰嫡子。又如《长相思词》中《鹧鸪天·十一月二十八夜，客楼听雨，感不成寐。明日是亡妇生辰，用成容若韵》（别泪更深作雨飘）用韵纳兰《于中好·十月初四夜风雨，其明日是亡妇生辰》（尘满疏帘素带飘），其凄惋凝重处，亦绝似纳兰标志性的悼亡词风格。

又如《蝶恋花·录别为银屏校书作》：

客里云萍情绪乱。便道欢场，说梦应肠断。莫惜深杯珍重劝。银筝醉死银灯畔。　　同是天涯何所恋。月识郎心，花也如侬面。东去伯劳西去燕。人生那得长相见。

潘飞声寓居香港时，其艳迹之传诵众口者，即有如此首所赋者，宛转清愁，似能以旷达解之，而又解之难尽。如此情深一往之作，著名词学家唐圭璋先生尝有和作，载其《梦桐室词话》，所评“白香山沦落江州之感”，确能道得潘词“沉着”处，而非但言秾丽者可比。

又如《双双燕》，序云：“昔在菊坡精舍听陈兰甫先生话罗浮之游，云仅得‘罗浮睡了’四字，久之未成词也。壬寅三月，余游罗浮，至东江泊舟，望四百峰横亘烟月中，觉陈先生此四字神妙如绘，故于游记中纪其事。后黄公度京卿以飘逸仙才成词一首见寄，猿惊鹤举，惜不能起陈先生相诵也。寒夜无眠，独起步月，如置身五龙潭上，玉女峰边。忽忆公度原韵，意有所悟，拟和成稿，盖距公度寄示时又易一寒暑矣。”词曰：

罗浮睡了，看上界沉沉，万峰未醒。唤起霜娥，照得山河尽冷。白遍梅田千井。见玉女、青青两鬓。恰当天上呼船，倒卧飞云绝顶。

仙洞有人赋隐。美胡蝶双栖，翠屏安稳。烟扃拟叩，还隔花深松暝。谁揭瑶台明镜。应画我、高寒瘦影。指他东海风轮，未隔蓬莱尘境。

黄遵宪“原韵”为《双双燕·题兰史罗浮纪游图》（罗浮睡了，试召鹤呼龙），通篇感慨深沉，寄托幽远，“猿惊鹤举”。虽然看上去就像一幅仙意盎然的名山图卷，但一结点明主旨，充满了爱国的热情。与黄遵宪对树“诗界革命”大纛（dào）的丘逢甲，所作《题兰史罗浮纪游图》同样深有感慨，却是投枪匕首般地直陈。一词一诗，写法相异，所见略同。所以，钱仲联认为“这词也可作词界革命观”（《清词三百首》）。

潘飞声此词当作于光绪二十九年（1903）冬。两相对读，潘词类多词人之词语，将罗浮山女性化、仙灵化，赋予生命意识，神韵悠然，含情不尽，可谓“仙袂飘举”。从特定的层面看，潘词虽不无飘飘出尘之想与淡淡的幽思，在表达内心的想象的同时，也可称写照出了现实的苦难，且篇末亦能以新事物入词，然终似不如黄遵宪原作深稳雅健，更无黄词表露出的词界革新伊始时独领风骚的勇气和决心。

又如《浣溪沙·柳园春感》：

劫里山河尽可怜。草堂草草赋秦川。老惭无术救颠连。　四野哀笳盘马地，几家斗酒听鹂天。不知桃柳入新年。

词中“斗酒听鹂”，作为春日雅游之典，出自冯贽《云仙杂记》卷二引《高隐外书》，是理解这首感时之作的关键之一。战乱频仍，遍野哀鸿，词人自惭年老，无力救困，而有些人却仍然以“斗酒听鹂”为乐。两相对比，深刻揭示出祸乱之源，也自然过渡到结句“不知桃柳入新年”。以看似风轻云淡，却又是如此沉郁苍凉之笔收束全阕，真可谓忧愤满纸，而绝非“草草赋秦川”之词。

南社词人每有此等举重若轻之作，如庞树柏《鹧鸪天·秋日游莫愁湖》（漫向青溪问旧游），同样远非叫嚣怒骂、偏激粗豪者所能比。

四

第四辑，诗话选。包括三部分：一是《在山泉诗话》，凡选录《引首》《狄楚青》《徐淡庐》《乐郭两家艳体诗》《招子庸》《黎二樵》《宋芷湾》《陈石遗》等8则。二是《在山泉诗话补遗》，凡选录《随园逸诗》《陈子丹》2则。三是《剪淞阁诗话》，选录《粤诗话》1则。《在山泉诗话》，通行本为《古今文艺丛书》本。该本凡四卷258则，其中第一卷69则（含“引首”一条），第二卷49则，第三卷81则，第四卷59则（含“诗话告竣”一条）。《在山泉诗话补遗》，乃是补自《华字日报》中署“在山泉诗话”而未被《古今文艺丛书》本收入者，加上陈步墀《十万金铃馆词》卷首署载“在山泉诗话”一条，凡8则。《剪淞阁诗话》，载于《中社杂志》1926年第2期，凡14则。《古今文艺丛书》本、《中社杂志》本所收各则诗话均无题，本书或据《华字日报》所题以补，或据文意另拟。

《在山泉诗话》主要创作发表于潘飞声寓港期间的1905至1906年（即光绪三十一年至三十二年），借助《华字日报》主笔的身份，连载于该报一年有余，后经修订整合为四卷，收入何藻辑《古今文艺丛书》。该诗话关注时局，缅怀故旧，于重点介绍广东艺文之余，笔端不时流露海外经历与情怀，往往被看作香港的第一部诗话，见证并彰显了多边文化交流的成就。同时，寓崇尚性灵诗学、“诗界革命”于诗学闲谈中，论诗尊重个性特征，不染门户之见，在中国近代文学批评视域下，常常作为“资产阶级维新派”的重要文学批评成果被专门提出来讨论。不过，也因为确实在艺术观点上相当缺乏个性，又不无遗憾地代表了彼时很多类似著作的一种常态呈现。其中，如《引首》一则：

旅港匆匆已逾十稔，江湖意远，人境地偏。楼后构风台，杂莳花草。以铁笕导流泉，可以漉巾，可以濯砚，可以浇花，可以煮茗。泉之清泠，不减吾粤之九龙西华。盖港人汲饮皆引导山泉为天厨玉液也。高檐见山，后荣近树，榜曰“在山泉”，以志高寄，以写幽思。排日编书，辄怀故侣，偶拾断句，兼宗古人。书成，即以“在山泉”标目，五柳先生“停云，思亲友”意也。并题四诗：“少日风华一鹤翩，老来甘作在山泉。书生素负谈兵志，忧愤诚斋著述年。（杨诚斋赠二潘诗：‘大潘皎如鹤出林，二潘有似在山泉。’宋孝宗曰：书生知兵无如杨万里者。）”“十载香江署寓公，狂名惭播绮罗丛。谁知丝竹中年感，阶上棋枰阅劫空。”“叫起国魂葛苏士，苦争宪约嘉富弥。黎里瑞湖成退步，山河犹在梦中思。”“北定王师几岁还，不妨老子恋空山。草堂亦有闲泉石，置我诗名杨陆间。”

此则作为《在山泉诗话》的开篇之作，开宗明义，自述创作宗旨。其诗话自题四绝其一中“书生素负谈兵志，忧愤诚斋著述年”，清楚地表明，《在山泉诗话》是寄寓了潘飞声的“忧愤”之情和“谈兵”之志的。不仅如此，他还希望为国家的富强和民主贡献力量，正如自题四绝其三中所自许的那样：“叫起国魂葛苏士，苦争宪约嘉富弥。”因此，这部诗话特别重视刺时事、谈维新、言变法的作品。

又如《狄楚青》一则：

上海《时报》所刊《平等阁诗话》，录余与亡妇诗，谓余意趣孤峭，妇则境象萧闲，又称其似长吉。甚愧其意，而不知平等阁为谁也。近乃悉为狄楚青。狄，湘人，名葆贤，曾作宰，今弃官为记者矣。《饮冰室诗话》多载其所作。有七律一章云："又见东风拂耳过，任他飞絮自蹉跎。金轮转转牵情出，帝网重重酿梦多。珠影量愁分碧月，镜波掠眼接银河。为谁竟着人天界，使出人天也奈何。"全用新理想，却有意味可寻，与谭壮飞之满纸硬铜怪铁、不成一器者，正自不同也。

楚青《泊长崎有感》二绝云："断肠如花彼美人，媚红娇绿为谁春。转怜小妹深闺坐，珍重明珠不字身。""雾鬟风鬓空掩映，柳腰莲步枉轻盈。浅山如黛波如镜，小小眉弯自画成。"饮冰室谓其"以美人喻中、日两国，不着一字，感怆甚深"。

潘飞声非常推崇刺时事、谈维新、言变法的作品，但却对新派诗人，如谭嗣同生硬地搬用、堆砌新名词不以为然，批评其"不成一器"。潘飞声的不满，并不在于新派诗中是否使用了新名词，而在于这些新名词的使用方式。这可以从他对另一新派诗人狄葆贤几乎截然相反的评价中看出来。无论是对"有意味可寻"之作的赞扬，还是对"感怆甚深"之评的认可，包括上述对谭嗣同诗的高度不认同，显然都是因为受到了梁启超的影响。

结合《徐淡庐》《乐郭两家艳体诗》《招子庸》《黎二樵》《宋芷湾》等五则诗话的内容来看，潘飞声在对待新派诗创作的问题上，虽然态度鲜明，爱憎分明，其实在艺术观上，他既不附宗派，也不树旗帜，只是一般性地鼓吹"以真切为旨""无情韵即不能谓之诗"。潘飞声以"真切""情韵"论为基础，强调在创作上务求"自成一家面目"。以此为标准进行衡量，他举出的代表人物，在“近代诗家”中是袁枚、厉鹗、黄景仁、龚自珍和黎简；在广东文坛则是黎简、宋湘、陈昙和招子庸。

又如《陈石遗》一则：

侯官陈石遗孝廉（衍），著作等身，诗文为闽中杰出。近有《全闽诗综》之刻，余将先高伯祖《南雪巢集》及先高祖《常荫堂遗稿》寄去。石遗诗思新意远，非近日墨守宋派，务为艰涩者所能道。有《西湖四首》云：“一味淡妆西子容，出奇着色是雷峰。不须夕照添暄染，已觉黄妃抹最浓。”“湖心亭是广寒宫，月涌楼台入太空。比似洞庭波万顷，君山也占水当中。”“山似论文不欲平，水如文势喜洄潆。六桥不及西泠曲，自向苏家笔势成。”“三竺钟声暗暮空，高峰南北渐微濛。登山有约皆终日，放溜何之尚信风。”

陈衍的诗论是一种宗宋派的言说，近源是乾、嘉年间的宋诗派，远源可追溯到宋诗尤其是江西诗派，在坚持学宋的同时，注意吸收其他各家的成果，所以从总体上讲，仍是非常平允、圆通的，“有时也能够越出一般意义上的派别之争”（张煜《同光体诗人研究》），在清末民初诗坛的特殊背景下，有其特定的含义。陈衍的诗歌创作，如得潘飞声“思新意远”之评的《西湖四首》，跟他的诗学观念的确是大体契合的。潘飞声论诗尊重个性特征，也不带宗派偏见，所以，他的诗话中对当时包括陈衍在内的诸多诗人，如黄遵宪、丘逢甲、丘炜萲、陈三立、郑孝胥、范当世、易顺鼎等，都有相应的肯定。这无疑是《在山泉诗话》的长处。只是，从总体上看，它毕竟在艺术观点上“颇乏创见和个性”（黄霖《中国文学批评通史：近代卷》），所以，这部名噪20世纪初、常常被认为是“资产阶级维新派”重要文学批评成果的诗话著作，终究难以保持长久的学术生命力。

至于从未被研究者纳入研究视野的《剪淞阁诗话》，可以按照内容上以类相从的原则，大致理出14则：“粤诗话”“黄香石”“杜少陵”“韩昌黎”“李太白”“黄仲则陈仲卿七律”“黄仲则”“张南山”“伊墨卿”“庄容可相国”“白沙先生”“冯定远”“张二乔”“杨忠愍遗砚”。因为后出的缘故，其中“黄仲则陈仲卿七律”“张南山”“冯定远”“张二乔”等4则与《在山泉诗话》部分或全部重出。本读本选录《剪淞阁诗话》，一是力求整体动态呈现“潘飞声诗话”的基本面貌，二是希望借以打通潘飞声在港、沪两地主要诗学建树之间的联系，为更进一步的研究奠定基础。

五

第五辑，词话选。包括三部分：一是《论岭南词绝句》，20首全录。二是《题〈淮海先生诗词丛话〉》，4首全录。三是《粤词雅》，选录其中4则：《黄损词》《崔与之词》《岭南六家词》《赵必𤩽词》。以论词绝句而言，其作为词学理论批评的重要载体之一，以其形式短小精悍、铸语自由灵活、内容变化多端的特点，而为文人所青睐，约在清初初起之后，即出现蓬勃发展的势头。近代广东词人也喜用这种文学样式进行词学批评，表达对词人风格特点、渊源影响的认识，或者对词体特征、词史发展、词坛利弊的看法。其中，潘飞声的《论岭南词绝句》20首较为引人注目。

在潘飞声之前，谭莹的36首专论岭南词人绝句中，有5首涉及宋代广东词家，尽管受体例限制，无从尽情发挥，有些论断却为后来者进一步的研讨定下基调，奠定基础。潘飞声论词绝句中涉及的宋代广东词家，较谭诗多出词作“神光一片”的葛长庚。虽然有的论点与谭莹英雄所见略同，潘氏对词人词作的评骘实更为自主、明确。特别是沟通诗风与词风，评定崔与之词“自有激昂雄直气”，具有截断众流、令人茅塞顿开的认知价值。潘氏此评似乎也已经意识到，地理环境、地域文化性格及其铸就的传统诗风，与词风的形成存在某种内在的联系。对于明代广东词，很少有人真正把它当作研究对象对待过，更遑论细致研讨。不过，在谭莹和潘飞声论本土词人的56首绝句中，有15首专论明代广东词人。如潘飞声认为，陈献章“静里端倪太极图”，但学人身份并不妨碍其在词中表达渔父之乐；尽管“滴粉与搓酥”，张乔词的审美风格仍可称“清”，词如其人，所以“终胜柳蘼芜”一筹。这些观点是值得珍视的，至少可以为明代广东词研究一用。潘飞声的论词绝句中还涉及11位清代广东词人，均能从作品出发，非无根游谈可比。加上潘氏本身是词人，也具有一定的词史意识，所以，对所

潘飞声山水画

评对象的词作风格体会较为到位，对其渊源、得失和影响也把握得比较准确，有助于更为深入地了解和体认广东词坛的源流演变，以及其在各代词学中应该占有的地位。另外，潘飞声论词绝句中的注释保留了广东词坛的若干史料，以及潘氏本人的若干词论材料，为他书所罕见。如评李龙孙、张锦芳二人词尾注中，“名句”“最爱”云云，体现的就都是潘飞声的词论观点。又如评谭敬昭词尾注中，“小印”云云，涉及一桩词坛掌故。又

如评黎简词尾注，对于了解其词作存佚，颇有价值。并且，潘飞声将搜罗所得慷慨赠与杨永衍，助其辑选《粤东词钞二编》，若非此处偶然提及，这段玉成之美几乎湮灭无闻。

总之，潘飞声以整理、研究乡邦词学文献为契机，赓续前修、弘扬本地文化的意图相当明显。如果说，由于充分发挥了本土选家辑选本土文人作品在文献资源方面的优势，使得以潘选收官的《粤东词钞》共三编的辑成，较之他种近世广东词总集、选本更能显出独特的系列优势与基础文献价值；又因为能够体现广东一地区域词学观念逐步强化的趋势，加上热衷追本溯源以确立研究起点，并且特别关注为人品节，以彰显研究的价值原点，《粤词雅》的宋代粤东词研究取得了超迈前修的成就，那么，凝聚潘氏本人词史意识和作为词人独有的词作鉴赏功力的《论岭南词绝句》，也为体认广东词坛的源流演变及其在各代词学中应该占有的地位提供了帮助。

文选

老剑文稿

西汉匈奴强弱论[1]

题旨

此文录自《老剑文稿》，论述西汉与匈奴之间的强弱消长及其缘由，期望“有国者”以史为鉴，发奋图强。

中国与夷狄强弱每互为消长[2]，中国弱则夷狄强，中国强则夷狄弱。此自然之势，虽曰天意，亦人事耳[3]。

秦并六国，却匈奴七百余里。秦乱，匈奴冒顿立，国日强大，尽服北夷，与中国为敌。汉兴，匈奴攻韩王信于马邑[4]，信降匈奴。高帝自将击之，被围于平城[5]。后匈奴数扰边，帝惩于平城之困，不敢用兵，因以宗室女、公主为单于阏氏，岁奉絮缯食物，[6]约为兄弟，事之唯恐不谨，至文、景之世不衰，然究不能免其杀掠之患也。此中国弱而夷狄所以强也。孝武嗣位，思雪前人之耻，深维万世之计，使卫青、霍去病大兴师，击匈奴，穷极其地，追奔逐北。[7]又使张骞通月氏、大夏，结乌孙，[8]断匈奴右臂。自是，匈奴势孤，屡求和亲。传至宣帝，汉之威令行于西域，而单于入朝矣。[9]此中国强而夷狄所以弱也。

且夫高帝之才，非短于孝武也；韩信、曹参、樊哙之属[10]，非逊于卫、霍也；灭秦、拔赵、下齐、破楚之兵，非弱于承平豢养之卒也；运筹帷幄之谋、决胜千里之策，[11]更非后人可能及也，然而前弱而后强者，何也？非势之不如，实帝之失计也[12]。向令高帝耻与和亲，乘破楚之威，暴冒顿之罪，命将讨之，匈奴虽强，何如项羽？吾恐其质子入朝之不暇[13]，尚敢入边杀掠、侮慢无礼哉？或曰：高帝以天下初定，与民休息[14]，故屈中国以事夷狄，此帝之大度，非常人可测者。噫！何其谬也！夫古帝王于夷狄，羁縻勿绝之者[15]，以其不为中国患，不欲穷兵异域耳，非谓其入边杀掠，犹置之度外也。[16]使于其入边犹置之，则文王之伐密，宣王之伐玁狁，[17]果何为耶？若以和亲夷狄为大度，则北宋事契丹，南宋事金人，其度不果大耶？孝武用兵，后儒不无非议，谓其残民伤财也。然与其用兵、伸国威、复世仇而残民伤财，与不用兵、失国体、被虏杀而残民伤财，得失之数，不待智者而知矣。（自高、惠、文、景以来，匈奴杀掠边民，被害何止十数万，孝武之用兵不至此。）况高帝时兵精将良，使不杀韩信自坏其长城[18]，命为帅以征匈奴，若决江河而灌爝火[19]，临不测而挤欲坠，将军三箭，天山可定，[20]何至如孝武之穷兵十数年也？

故由前而观，匈奴之强由于高祖之弱；由后而观，匈奴之弱

由于孝武之强。夷狄强弱与中国互为消长，非偶然矣。嗟乎！前车之失，实为殷鉴[21]，有国者乌可不发奋自强哉[22]！

注释

[1]题中“西汉”，建都长安（今陕西西安）。匈奴，古代中国北方游牧民族及其所建国家名，兴起于今内蒙古阴山山麓。秦将蒙恬击北，将其赶出河套地区。秦汉之际，匈奴强大，屡犯内境，并弦控西域。东汉建武二十四年（48）因内乱分裂为南北两部。南匈奴降汉，最后通过不同途径融入汉族和其他民族之中。北匈奴势衰，余部大部分融入鲜卑。　[2]夷狄：古代对东方、北方少数民族的蔑称。后亦用以泛指当时的兄弟民族。《论语·八佾》：“夷狄之有君，不如诸夏之亡也。”消长，增减。　[3]人事：人的作为。《孟子·告子上》：“虽有不同，则地有肥硗，雨露之养，人事之不齐也。”　[4]韩王信：韩信，泗水郡淮阴（今属江苏淮安）人。年轻时曾受胯下之辱。经萧何力荐，始为大将。封淮阴侯。为吕后所杀。马邑，今山西朔州。　[5]平城：今山西大同。　[6]惩：苦于。《列子·汤问》：“（愚公）惩山北之塞，出入之迂也。”单（chán）于，匈奴王之称。阏氏（yān zhī），汉时匈奴君长的嫡妻。絮缯，丝帛之类的总称。　[7]嗣位：继承君位。《书·舜典序》：“虞舜侧微，尧闻之聪明，将使嗣位。”卫青字仲卿，河东平阳（今属山西临汾）人。武帝第二任皇后卫子夫之弟。一生七次出击匈奴，解除了西汉初年以来匈奴对汉朝的威胁。官至大司马、大将军，封长平侯。霍去病，河东平阳人。卫青姊子。尝于河西之战中，俘获匈奴祭天金人；又在漠北之战中封狼居胥。官至大司马、骠骑将军，封

冠军侯。穷极，穷尽，极尽。逐北，追击败走的敌军。贾谊《过秦论》："追亡逐北，伏尸百万。" ［8］张骞：字子文，汉中郡城固人。奉汉武帝之命，两次出使西域。封博望侯。月氏（yuè zhī），亦称"月支""禺氏""禺知"。西域古国。本居敦煌、祁连间，在今甘肃中部西境及青海东境地，汉时为匈奴所破，西走，建都薄罗城，号"大月氏"。后渐强盛，在今克什米尔、阿富汗及葱岭（帕米尔高原）东西之地，其东留未去的，号"小月氏"，在今甘肃张掖及青海西宁等县地。大夏，中亚古国名。本巴克特里亚地，汉代称为大夏，公元前171—前139年左右，本居中国西部之大夏人，经今新疆南部西迁，促成巴克特里亚国家之崩溃，遂占有妫水上游南北两岸地。约公元前139—前129年，大月氏人征服大夏，都妫水北，大夏退至妫水上游之南。乌孙，古族名，最初在祁连、敦煌间，后元三年（前161）左右迁伊犁河和伊塞克湖一带，都赤谷城，后迁大夏。 ［9］和亲：敌对双方为求和平而联婚交谊。威令，政令，军令。西域，汉代的西域泛指玉门关、阳关以西之地。狭义的西域即今之新疆，主要为天山南路；广义而言，除天山南北路外，并逾葱岭以西，包含今之中亚、西亚及印度。入朝，指属国、外国使臣或地方官员谒见天子。 ［10］曹参：字敬伯，泗水郡沛县（今属江苏沛县）人。官至相国，封平阳侯。谥懿。樊哙（kuài），泗水郡沛县人。娶吕后妹妹吕媭。官至大将军、左丞相，封舞阳侯。谥武。 ［11］"运筹"句：形容雄才大略，指挥若定。《史记·高祖本纪》："夫运筹策帷幄之中，决胜于千里之外，吾不如子房。" ［12］失计：计谋失误。 ［13］质子：古代派往别处或别国去作抵押的人质。多为王子或世子。 ［14］休息：休养生息。《史记·曹相国世家》："然百姓离秦之酷后，参与休息无为，故天下俱称其美矣。" ［15］羁縻（mí）：笼络，怀柔。司马相如《难蜀父老》："盖闻天子之牧夷狄也，其义羁縻勿绝而已。” ［16］穷兵：滥用武力。银雀山汉墓竹简《孙膑兵法·威王问》：“用兵无备者伤，穷兵者亡。”置之度外，不以为意，不加理会。 ［17］密：即密须。商时姞姓之国，周文王灭之，以封姬姓。后又为周共王所灭。在今甘肃灵台县西。玁狁（xiǎn yǔn），我国古代北方少数民族。服虔《春秋左氏传解谊》：“尧时曰荤粥（xūn yù），周曰玁狁，秦曰匈奴。” ［18］长城：喻中坚。自坏长城，谓因为自己的原因而失去可倚重的将帅。［19］爝（jué）火：语见《庄子·逍遥游》：“日月出矣，而爝火不息；其于光也，不亦难乎！”成玄英疏：“爝火，犹炬火也，亦小火也。” ［20］“将军”二句：谓大将武艺高强，声威服人。［21］殷鉴：泛指可以作为后人鉴戒的往事。《诗·大雅·荡》：“殷鉴不远，在夏后之世。” ［22］乌可：犹怎么能、怎么可以。

简析

早前，顺德李肇沅曾作有同题一文，载于陈澧所编《菊坡精舍集》卷八，略谓：当时匈奴之所以强，一在于占形势，二在于用汉人。而汉武帝所为，意在早夺匈奴人之所恃，以求一劳永逸。李文结语云：“故人谓有匈奴而武帝困，而吾谓有武帝乃不妨有匈奴。”观其大意，与潘飞声此文相仿，又各有侧重，也都有所缺失。

其实，汉匈强弱论之所以屡受关注，主要在于兹事体大，足堪为后事之师，即西汉对匈奴的和与战，几乎可以视作其国运兴衰的晴雨表。汉前期实施的和亲政策，是内病、虚弱而甘受外患侵蚀、屈辱的表现。武帝之时的战争，则是力图剔除外患，结果却因“方法有误”（唐国军《论西汉王朝对匈奴的政策与其国力兴衰的关系》）而使内病加重，王朝更加虚弱。武帝之后的和战交替，便是拖着病躯，应付外患，最后内病外患一并加重，直至灭亡。这一进程，正体现了历史与逻辑的高度统一：一个政权的兴衰，固然有内政、外交各方面复杂因素综合作用的影响，但匈奴之于西汉，虽是外患，却直接影响到了政权生命力的强弱。它带给后人的深重启示是：国弱则受辱，黩武则必亡。

欧洲各国论

题旨

此文录自《老剑文稿》，大略分析当时欧洲强国间的关系及其在亚洲的各自利益所在，提出清政府应据以筹谋应对大局之策。

欧洲大国八九，小国六七，通商制器，争强夺利，昔以英、法为雄长[1]，今则推俄、德。英人视贸易为国本[2]，其属地皆远控于数千里外。自美利坚割据之后，常恐成尾大不掉之势[3]。而中亚细亚之阿富汗，则俄未忘窥伺，时存戒心，自不敢妄开衅端而扰商贾。[4]法人从师丹之役威慑强邻，只思保守西贡为外府足矣。俄则扩地日久，已雄视泰西，惟德与之称劲敌，近复联盟数国防俄，如结合六国摈秦之计[5]。然俄不能昂头欧西，必思伸足东亚，是我亚洲之忧也。德处欧洲中原，与俄、法、丹马、奥地利、意大利为邻，法人常怀报复，德亦枕戈待之，添兵筹饷，操心独危，惟与我中国交谊益亲，无虞无诈，以其国最精之军器，供我购采，又遣其晓畅戎机之弁，教操兵法，仆仆于南北两洋[6]，相助为理。其意以为与俄相邻者，唯中与德两大国耳。与俄为敌者，亦中与德两大国也。然则中与德虽若风马牛不相及，而隐有辅车相属之势者也。[7]

就今日欧洲大局言之，俄与法合，而英、德又与奥、意合；丹马为德所割地，心所不甘，乃附于俄；瑞典为俄所割地，乃附于德；土耳其东中西三土逼近强俄，眈眈噬及[8]，唯英、德可以庇之，于是与希腊同附于英、德；西班牙、葡萄牙僻在西海一隅，和兰、瑞士、比利时托于强宇之下，诸国约相保护，毋许一国侵伐[9]，所谓局外与国也。俄、法之与丹马，英、德、奥、意之与土耳其、瑞典、希腊互相暗结，合纵连横[10]，如列国之局。今使俄与德阋海战于波罗的海[11]，陆战于波兰；奥与俄阋亦战于波兰；俄与土阋陆战于巴尔坎山，海战于黑海；德与法阋则战于来因河；意与法阋陆战于阿尔魄山，而海战于地中海，此数地者，形胜险要之所在[12]，利害成败之由分也。假如俄、德有衅，奥必应德，法必应俄，法拟德之后，而意则拟法之后，意助德、奥，英又助意，欧洲海陆皆战场矣，独

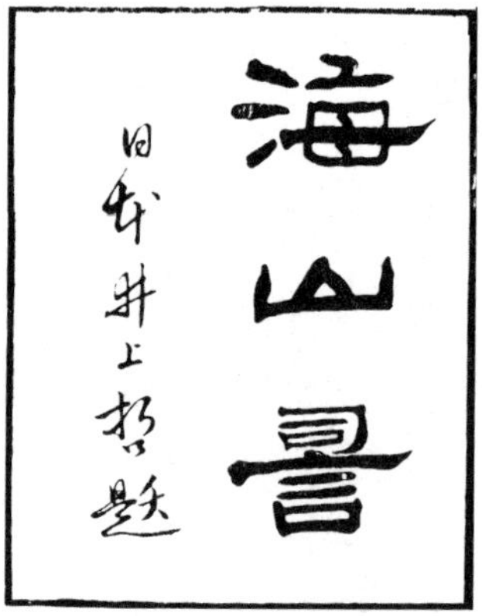

《海山词》书影

是英孤悬三岛，俄若为投鞭断流之举，德、奥远在欧东，窃恐鞭长莫及。[13]衡以报施之理[14]，英则有施无报，外人岂不议英之愚，而不知英之防俄者，以俄窥伺阿富汗之地，印度常患其占据，设俄大举以逼印度，德与俄邻亦将乘虚而袭其边，此英、德之所以不联属之联属也。

欧洲各国迩者聘问往来，和好无间，然国政或挟制于党人，君民以异教为水火，煽惑为乱，易招外侮。[15]星星之火，尚可燎原，[16]况其余焰方炽耶？欧洲太平局恐终难保守也。当各国居忧处危之秋，我中国亟宜振兴自强，力筹大局，联结英、德以防俄、法而保高丽也。日本蕞尔弹丸[17]，其稍知同洲唇齿之义，必将退还琉球而见亲中国，合保高丽，以遏抑强俄，[18]高丽安而中、日与之俱安矣。

注释

[1] 雄长：独霸一时或一地。《三国志·吴书·士燮传》："燮兄弟并为列郡，雄长一州，偏在万里，威尊无上。" [2] 国本：国家的根本，立国的基础。《礼记·冠义》："敬冠事所以重礼，重礼所以为国本也。" [3] 尾大不掉：尾巴过大就不易摆动。后亦比喻事物因本末关系倒置，形成难以控制的局面。《左传·昭公十一年》："所谓末大必折，尾大不掉，君所知也。" [4] 窥伺：窥探他人的动静，等待机会下手。衅端，争端，事端。商贾（gǔ），商人。《周礼·天官·大宰》："六曰商贾，阜通货贿。" [5] 擯（bìn）：排斥，弃绝。《玉篇》："擯，相排斥也。"

［6］仆仆：劳顿貌。　［7］风马牛不相及：风，走失；及，到。本指齐楚相去甚远，即使马牛走失，也不会跑到对方境内。比喻事物彼此毫不相干。《左传·僖公四年》：“君处北海，寡人处南海，唯是风马牛不相及也。”辅车，车夹木与车舆。比喻事物互为依存的利害关系。　［8］眈眈：眼睛向下注视貌。　［9］侵伐：兴兵越境讨罪，进攻他国。《左传·桓公十年》：“郑人怒，请师于齐，齐人以卫师助之，故不称侵伐。”　［10］合纵连横：战国时苏秦说六国联合抗秦叫合纵，张仪游说六国共同事秦国称连横。　［11］閧（hòng）：争斗，争战。　［12］形胜：地理形势优越险要。《荀子·强国》：“其固塞险，形势便，山林川谷美，天材之利多，是形胜也。”　［13］投鞭断流：比喻军队众多，兵力强大。《晋书·苻坚载记》载：东晋时，前秦苻坚打算大规模进侵，石越以东晋有长江天险阻隔，不宜兴兵。苻坚却说：“以吾之众旅，投鞭于江，足断其流。”鞭长莫及，马鞭虽长，但却打不到马腹。比喻力量有所不及。［14］报施：报答施与。　［15］聘问：古代诸侯间互派使者作友好访问。《礼记·曲礼》“诸侯使大夫问于诸侯曰聘”句下孔颖达正义：“诸侯使大夫问于诸侯曰聘者，聘问也，谓遣大夫往相存问。”无间，无间隙。挟制，倚恃权势，或利用弱点加以要挟控制。党人，政党成员。异教，不是自己所信奉的宗教。水火，比喻彼此不能相容。煽惑，煽动鼓惑。　［16］“星星”二句：小火点可以引起燎原大火。比喻小事能酿成大祸，或微小的力量可以发展成强大的势力。［17］蕞（zuì）尔：很小的样子。《左传·昭公七年》：“蕞尔国，而三世执其政柄。”弹丸，比喻地方狭小。《战国策·赵策三》：“此弹丸之地，犹不予也。”　［18］唇齿：比喻关系密切，利害相关。见亲，被亲近。遏抑，压制。

简析

这篇《欧洲各国论》，可以看作潘飞声《老剑文稿》的代表性文章。从中可以看出，潘飞声看待时局有一种纵横捭阖的全球视野和观念，这在当时是颇为难能可贵的。此文通过审视欧洲列强之间的关系及其在亚洲地区的不同利益诉求，从战略高度全面衡估中、德等国关系，并提出“防俄”的主张：“当各国居忧处危之秋，我中国亟宜振兴自强，力筹大局，联结英、德以防俄、法而保高丽也。”

由此出发，潘飞声紧接着在《德意志学校说略》《德意志兵制兵法译略》二文中，分别从教育和军事两个方面，对现代德意志帝国的崛起着重加以考察和分析。对于前者，潘飞声强调了全民普及教育对于德意志成为强国至关重要的作用，指出：“德意志国向以学术推重，故有无地无学、无人无学之称。”在具体说明了这些制度特点后，他这样概括道：“威廉第三广兴学校，独立工入肆、秀入学、兵入伍之制，故人才辈出，其后卒能挫强邻、反侵地、混众部、称富强。国之治乱盛衰，系乎人才，学校之设，岂不尚哉！”而对于后者，潘飞声利用暑假，和学生一道把德国兵制总览及其特长做了翻译，希望将现代军事战略和技术介绍给中国读者。潘飞声注意到，在德国的教育系统中包括军事知识和训练在内；在从欧洲回国的海船上，他还结合德国人准备向李鸿章销售“克鹿卜炮”之事，向推销商包尔讲述了中国制炮和火药的历史，并“拟作《炮考》一篇，使汝译洋文，庶使西人得所考焉”，力求从自己做起，知行合一。

然而，以“剑士”自豪的潘飞声，其经世之志和报国热忱却在回国以后屡遭挫折，正如颜清华在《老剑文稿序》中所发出的深沉感叹：“兰史负经济才，十年前尝上书于当道矣。广铁路以通地利，联南洋以固藩篱，筹边隅以防俄，练海军以慑倭。秉国钧者苟将其说而行之，于边功、于外交，已得过半。惜乎托诸空言，不能奉而行之，至有今日也。嘉定廖尚书寿恒《保荐人才折》有云：‘有才而不竟其用，则豪杰唏嘘；用才而不及其时，则英雄消沮。’老剑乎，斧柯终莫假乎？利器何以见乎？岂甘牖下死乎？庶几敛抑锋芒，共优游于美人香草之间乎？”《老剑文稿》中相关诸文，不啻是这种历史心态的实录。尽管“老剑”在地方和中央的事务上，均未能展开他所学习的现代军事知识等，但这些政治见解和社会关怀显然超越了同时代的大多数人，对于了解晚清的社会改革有着重要的参考价值。其中，如点明德意志推重学术这一立国之本，以及包含其中的振兴自强的呐喊，至今仍具有积极的意义。

邓壮节公传

题旨

此文录自《老剑文稿》，重点记述邓世昌在甲午战争大东沟战役中英勇奋战，最后壮烈牺牲的详细经过。

公姓邓，讳世昌，字正卿，广东番禺人。生性沉毅，气体刚健。[1]好读书，尝谓当求有用之学。少随其父游沪上，目睹五方情形[2]，语人曰：“中外通商以来，交涉日繁，防海益力，中国轮船枪炮，事事取给于外洋，无论耗费已多，若不广开艺学，振厉人才，何以为制胜之具？”[3]闻者皆奇之。

同治七年，诏于福州设船政学堂，公即赴闽船政局[4]，学习驾驶。凡风涛、沙线、测量、电算、轰击、撞截诸法，靡不研究精通，考列优等。十年，派管“建威”兵轮，旋调“琛航”大副[5]。历充“海东云”“振威”“飞霆”“镇南”“扬威”等管带[6]。其时船政大臣沈公葆桢嘉公才识，即由五品军功洊膺专阃。[7]以公有志远涉重洋，操习驾驶，派赴英、德诸国，督带新购俄舰回华。及援朝鲜乱党，往返数四，皆备尝艰险，历保都司、游击，升用副将，赏戴花翎，赏给勃勇巴图鲁勇号。[8]光绪十年，法、越构衅，公奉檄防堵。[9]途次闻父丧，恳罢职归里守制。[10]大吏以军务吃紧，按照军营例，谆切谕留[11]。十四年，台湾后山番匪滋扰[12]，大吏复调赴助剿。公冒险进攻，直捣巢穴，擒其渠魁[13]，攻克吕家望、大庄等处，诸番慑服，后山肃平。奉旨以总兵记名简放[14]，并加提督衔。旋借补北洋海军中营副将，统带“致远”战船。[15]十七年，海军大操[16]，赏换噶尔萨巴图鲁勇号。公叠膺宠锡[17]，益加振奋，自晨至夕督察船务，不肯稍息。有劝以节劳惜身者，公厉色曰：“君未读书耶？古人以身致君[18]，苟于军国有裨，身何足惜！且天地间有不死之人耶！我辈武夫，衽席风涛，不避艰苦，是分内事，况受国重恩，不趁精力强壮，力图报称哉？”[19]

二十年，倭人犯顺[20]，侵据高丽。公闻警报，义愤填膺，激厉士卒，谓：“海疆有事，正英雄立功之日。今与弁勇约，杀敌互相戮力，[21]违令者死！万一不测，断不独生！”即驾

"致远"兵轮驶赴威海迎剿，复率海军全队押护陆军八营赴大东沟。[22]其时陆军相率登岸，海军统领丁汝昌排列诸战舰，将与敌开击。[23]而统领知公能，倚为左右手，令公所带"致远"船移翼座驾。[24]无何，倭舰鱼贯而至，猛扑我军，我军战舰列人字式以备，左右策应。而倭舰平排一字，为断续围攻之形，渐移渐近，将图扼困我军，发炮冲击。倭舰矫捷闪烁靡常，公目眦欲裂[25]，发皆直指，鼓轮直出，舍死扑攻。瞥见倭酋巨舰突前放鱼雷，欲击统领座驾，将及，公亲发炮击鱼雷，沉之，再发炮，中倭巨舰，舰亦伤毁。是时烟浪沸腾，敌船大震，公勇气百倍，乃开足轮机，驶近倭阵最巨之舰，复轰毁其一。倭阵大乱，莫不惊慑公之雄猛[26]，遂舍我军诸舰，合力环攻"致远"。开花炸弹，密如骤雨，飞空而下，声震巨霆，黑霾障天，唯见炮光激射，咫尺不可复辨。公见危愈奋，督战愈严，左右前后，罔不受敌，虽极力还炮，冲突欲出，而船已受重伤，船底又为鱼雷轰裂，倏忽沉没，公堕水中，犹奋掷大呼"杀贼"不绝[27]。义仆刘忠随同蹈海，仓猝间携得浮水木梃[28]，让公抱持，公拒弗纳，浮沉波浪中。有平日所豢犬，凫水尾随，衔公臂，极力拯出水面，仍坠波底，公遂抱犬俱沉。时八月十八日也。奏闻于朝，天子震悼。奉上谕："着照提督例从优议恤。邓世昌首先冲阵，攻毁敌舰，被溺后遇救出水，义不独生，奋掷自沉，忠勇性成，死事尤烈，着加恩予谥。"旋经部议，加赠太子少保衔，予谥壮节。

论曰：大东沟之役，倭人以兵舰十二艘围扑我军，我军以十艘御敌，互相轰击，相持至数时之久，公卒能轰沉敌舰，冲突敌围，各国观战者咸谓公之奋勇直前，为环球水战以来目所未睹。设使“致远”猛扑倭舰时，“定镇”“广甲”各巨船左右夹攻，踊跃相助，敌船虽众，何难一鼓聚歼？乃“致远”被敌环攻，又复畏葸坐视[29]，不相援救，致公力竭捐躯，全船俱没。长城先坏，大局遂至决裂不可收拾[30]。今道公事者，无不哀悼流涕，深痛恨于偾事诸将也[31]。

注释

［1］沉毅：沉着坚毅。刚健，坚强有力。《易·乾》：“大哉乾乎，刚健中正，纯粹精也。”孔颖达疏：“刚健中正，谓纯阳刚健，其性刚强，其行劲健。” ［2］五方：古称东南西北中为五方。这里泛指各方。 ［3］取给：取来供需用。艺学，指科学技术。振厉，振作。 ［4］船政局：清代管理兵船制造并培养人才的机构。左宗棠督闽，奏准始建，以沈葆桢为总理船政大臣，在马江建厂设坞，设立学堂，教学驾驶。 ［5］大副：船上负责驾驶，仅次于船长的职位。 ［6］管带：清末军制，统辖一营的长官。海军的舰长亦用此称。 ［7］沈公：沈葆桢，原名振宗，字翰宇，又字幼丹，福建侯官（今属福建福州）人。同治年间总理福建船政。洊（jiàn）膺专阃（kǔn），再次得到在京城之外主管军事权力的长官。洊，再。膺，接受，承当。专阃，专主京城以外的权事。《史记·张释之冯唐列传》：“臣闻上古王者之遣将也，跪而推毂曰：‘阃以内者，寡人制之；阃以外者，将军制之。’”后称将帅在外统军为“专阃”。 ［8］援朝鲜

乱党：光绪二十年（1894）春，朝鲜爆发东学党起义，朝鲜国王请求清政府出兵协助镇压。保，上奏推荐。都司，军官名，武职四品。游击，军官名，位次于参将，高于都司。副将，军官名。清设总兵，正二品，总兵之下设副将，从二品。花翎，清代用孔雀翎装饰官帽，以翎眼的多少来区别品级的高低。勃勇巴图鲁勇号，满洲语音译，是清廷赐给有功武官的称号。巴图鲁，满洲语“勇敢”之意。［9］构衅：发生争执，作战。奉檄，接受命令。檄（xí），官方征召文书。［10］途次：途中。守制，旧时守丧的规矩。父母去世，儿子需辞官回家守孝三年。［11］谆切：恳切。［12］番：旧时对西方边境各少数民族和外国的称呼。［13］渠魁：大头目，首领。《书·胤征》：“歼厥渠魁，胁从罔治。”孔颖达疏：“‘歼厥渠魁’，谓灭其元首，故以渠为大，魁为帅，史传因此谓贼之首领为渠帅，本原出于此。”［14］简放：清代由特旨授予道、府以上外官实职，谓之简放。［15］借补：降调候补官员，以大品官之衔补小品官之缺，称借补。北洋海军，由北洋大臣李鸿章筹建的水师。光绪十四年（1888）编成北洋舰队，丁汝昌任海军提督，有旅顺、威海卫两军港。中营，南、北、中、左、右五营之一，中营长官为副将，其余四营长官为参将。统带，清制，巡防营官兼领二营以上者称统带官。［16］大操：指举行规模较大的操演。清朝海军四季四小操，岁终一大操。［17］宠锡：皇帝的赏赐。［18］致君：谓辅佐国君，使其成为圣明之主。杜甫《奉赠韦左丞丈二十二韵》：“致君尧舜上，再使风俗淳。”［19］衽（rèn）席风涛：喻海上生活。衽席，泛指卧席。报称，犹报答。［20］倭（wō）人犯顺：指日本侵略中国。光绪二十年（1894），日本趁朝鲜东学党起义，出兵侵占朝鲜，并于同年7月对中国海、陆军发动突然袭击，挑起中日甲午战争。倭人，日本人。倭，古代对日本人及其国家的称呼。犯顺，违反正道，叛乱。［21］弁（biàn）勇：弁兵，清代低级武官和兵丁的总称。戮力，勉力，并力。戮，通“勠”。［22］威海：即威海卫，在山东省东北部。大东沟，镇名，在辽宁省东南部，鸭绿江西岸，今为丹东市外港。［23］相率：相继，一个接一个。《荀子·富国》：“百姓诚赖其知也，故相率而为之劳苦，以务佚之，以养其知也。”丁汝昌，原名先达，字禹廷，号次章，安徽庐江人。甲午战争中，在刘公岛被日军围困，弹尽粮绝，服毒而死。［24］翼：此处指协助指挥并掩护旗舰。座驾，丁汝昌所乘的旗舰。［25］目眦（zì）欲裂：张目怒视貌。眦，眼角。［26］惊慑：惊慌害怕。［27］奋掷：奋力跃起。［28］木梃（tǐng）：木条。［29］畏葸（xǐ）：畏惧，胆怯。［30］决裂：碎裂，破碎。［31］偾（fèn）事：败事。《礼记·大学》：“此谓一言偾事，一人定国。”郑玄注：“偾，犹覆败也。”

简析

相比于潘飞声此篇传文而言，《清史稿·邓世昌传》中相对应的重点部分较为简略：

> 二十年夏，日侵朝，绝海道。鸿章令济远、广乙两船赴牙山，遇日舰，先击，广乙受殊伤；轰济远，都司沈寿昌，守备杨建章、黄承勋中炮死。济远逃，日舰追之，管带方柏谦竖白帜，追益亟，有水手发炮击之，折日舰瞭楼，柏谦虚张胜状，退塞威海东西两口。世昌愤欲进兵，汝昌尼其行，不果。已而日舰集大连湾，窥金州，我国海军乃大发，泊鸭绿江大东沟，以铁舰十当敌舰十有二。汝昌乘定远居中，列诸船左右张两翼。日舰鱼贯进，据上风，汝昌令轰击，距远不能中。日舰小，运棹灵，倏分倏合，弹雨坌集，定远被震，大纛仆。

世昌见帅旗没，虑军心摇，亟取致远纛竖之。战良久，定远击沉其西京丸，我之超勇毁焉。

世昌乘致远，最猛鸷，与日舰吉野浪速相当。吉野，日舰之中坚也。战既酣，致远弹将罄，世昌誓死敌。将士知大势败，阵稍乱，世昌大呼曰："今日有死而已！然虽死而海军声威弗替，是即所以报国也！"众乃定。世昌遂鼓轮怒驶，欲猛触吉野与同尽，中其鱼雷，锅船裂沉。世昌身环气圈不没，汝昌及他将见之，令驰救。拒弗上，缩臂出圈，死之。其副游击陈金揆同殉，全船二百五十人无逃者。经远管带总兵林永升、超勇管带参将黄建寅、扬威管带参将林履中并殒于阵。

事闻，世昌谥壮节，余皆优恤。世昌既死，诸船或沉或逃，遂不复成军。世昌临战以忠义相激励，死状尤烈，世与左宝贵并称双忠云。

潘文虽然也是以记述邓世昌在大东沟海战中，面对强大的敌人，义无反顾，英勇奋战，最后壮烈牺牲的详细经过为重点，但除此之外，还较为详细地叙述了他的主要成长历程，尤其是青年时期就已经形成的拯救中华的理想和主张，这就将邓世昌的思想个性和精神风貌表现得更加突出，形象也更为完整。传末"论曰"，是史传文学中惯见的开始进行评论的提示语，或承自《史记》"太史公曰"，所论也不无道理。甲午战败，是积贫积弱的中国输给了奋发图强的日本，原因层层叠叠，让其中某一个人完全承担罪责，显然有失公允。但无论如何，战场、阵地是将军的死地也是生地，相比于邓世昌的向死而生，"畏葸坐视"者才是真正的弃生寻死！

《说剑堂集》书影

德意志兵制兵法译略

题旨

此文录自《老剑文稿》，撮录德国兵书之兵制、兵法等内容，以为借鉴。

泰西各国以强兵互相雄长，普鲁士君威廉第一与其臣毕士麦、莫尔杰掘起一时[1]，挫强邻，混众部，三十六国奉为德意志之主，雄视四方，用兵为欧洲最强。然其兵皆出学校，深合圣人“以不教民战，是谓弃之”之旨[2]。近日，有人译其陆军阵法、水师操练等书，售于上海，可为讲武者取裁[3]。戊子七月，余在柏林，适书院消夏，放假两月，唯学生林定浩多来从游[4]，暇日令其口述《兵略》一书，而余笔之于纸。此书乃德兵入塾诵读之本，文虽浅俚，而成法具在，因录为《兵制》《兵法》二篇，然简益求简，仅撮其大略而已。[5]欲求详，自有近人诸译书在也。

兵制。德意志因民为兵，藏兵于民，不拘富贵贫贱，无人非兵，无时非练，大抵通国中额兵二十万，额外兵二十余万，以备仓卒征调者。[6]其余则民尽为兵，每岁医士巡行都邑，选壮夫及弱冠者入营操练[7]，三载方许旋籍，听其有室，并俟十年乃免征役。然由行伍洊升，虽登陴有年，战功屡立，位仅千总而止。[8]若通显武职，绝非营兵可望，须自髫龄赴武塾肄业[9]，通晓武艺兵法，经塾师考拔，初充弁员、旗长，察其胜任，乃升千总，又察其胜任，乃调诣京师武学院，习上乘兵法[10]，如古今胜败，各国险阻，各国兵法，陆军炮马，水军舟楫，俟诸务娴熟，又经院考拔，先授守备，拾级而升，必阅三十余年，然后可晋为督帅及总统。[11]虽亲王世子，亦与士卒等，不因贵胄而获幸进也。[12]其制每营督帅一人，副帅数人，副将又数人，而诸军督帅胥节制于总统一人，副将可与督帅运筹，然列阵布营，各有专司，不得越俎。[13]其第一营则国君自督之，所有士卒，纪律严肃，不许扰一民，懈片刻，违则立究，戎服整洁，冠缀金纽，万足一步，万声一呼，疾走屹立，毋得斜睨，风扇雨伞，毋得挟随，即守阍卡亦然。[14]各兵闲暇，悉习技艺，至有卸班出憩者，号衣佩剑，不得离身，故一见辨为某队之兵。每日小操，每岁大操，陆兵二次，水师一次，野战一次，皆国君亲阅。出师日，沿途设管兵札司，专与士卒传递家报，慰其家室之念。又设军医，以抚疮痍。[15]凡医衣白衣，不论本军及仇敌，一体调治[16]。遣使通言，亦以白衣红十字为号。行军遇白，概不戕害[17]，以白能远见也。至于敌兵败北[18]，弃械待缚，更不得妄杀，杀者予以罪。

兵法。德意志水、陆两军各分三等。水军则首以熟操舟楫为一等，次以精发枪炮为一等，终以兼赴陆战为一等。每巨舰容兵千余人，而测风防飓，量沙探石，管驾主之；辨识海口，择地湾泊，副督主之；挥船撞击，定炮向的，提督主之。陆军则分炮兵为一等，马兵为一等，步兵为一等。而步兵之中，亦分三等：曰猎队，曰护队，曰长排队。猎队者，执持短枪，附剑枪末，先导前锋，突悠冲击。护队者，执持长枪，附戈枪末，旁行夹辅[19]，首尾相应。长排队者，则鹰扬蜂拥[20]，有山苞水流之势矣。马兵之中，亦分三等：一为侦探飞骑，挺矛疾驰，磬控便捷，距前军数百里外而审伺敌人埋伏，[21]虚实用之。一为追逐轻骑，腰佩短剑，手奋长枪，乘敌奔北，俘虏用之。一为甲胄铁骑[22]，腰佩长剑，手奋短枪，攻坚破锐，随阵变化，前者或死，后者复进，此则以知己知彼、敢死之士用之。凡骑无甲，独铁骑有甲，为其排阵入也。若炮兵，只分攻守两等。攻则摧毁垣垒，用炮之稍次者。守则护卫城池，用炮之最巨者。然必谙悉攻守之法[23]，通习转运之劳，储备药码，无使乏缺。凡运一巨炮，牵以八马，一小炮，牵以四马，或两马，长途千里，倾刻可致[24]。而屯关隘，修炮台，均其所职。

余按德意志用兵，训练队伍，严整有法，陆军水军，可谓讲求，不遗余力矣。然征之中国古来兵书，皆已先言之者。《六韬》曰：军中有敢死者，聚为一卒，名冒刃之士。《司马法》曰：天下虽安，忘战必危。《孙子》曰：知己知彼，百战不殆。又曰：金鼓旌旗者[25]，所以一人之耳目也。人既专一，则勇者不得独进，怯者不得独退。此用众之法也。又曰：常山之蛇[26]，击其首则尾至，击其尾则首至，击其中则首尾俱至。又曰：善用兵，使相救如左右手。《吴子》曰：必死则生，幸生则死。《黄石公三略》曰：将帅必与士卒同滋味而共安危。是则德之用兵，适与古合，而韬钤谋略[27]，实不能出此数端外也。然议者谓，论兵今与古异，古兵事人与人战[28]，今兵事火与火战，大炮轰飞，城摧垒毁，即有上古极精阵法，宜若无足恃矣。然余以为攻城攻垒，虽用大炮，迨兵刃既接，仍用鸟枪，不知以枪环击[29]，即寓阵法。今复观德之步马分队奇正开合[30]，专精布阵，而轮船水战，其撞截抽击之法，仍因握奇八阵而小变之[31]，又可知古今虽异，而阵法之不可无也。唯善法古者，师其意而不泥其迹，神而明之，存乎其人耳。或曰：既知阵法之不可不用，然何以求制胜之方？则余请诵《练兵实纪》之言曰[32]：练胆气，有胆气，则闻炮不惊，见枪不惧，然后可以战，可以制敌。或曰：胆气何以练？则余又诵《管子》之言曰：为兵之数，存乎服习[33]。

注释

［1］掘起：突起。掘，通“崛”。　［2］“以不教”二句：出自《论语·子路》。皇侃《义疏》：“民命可重，故孔子慎战。所以教至七年，犹曰‘亦可’。若不经教战而使之战，是谓弃掷民也。”　［3］取裁：犹选取。　［4］从游：指随从求学。　［5］浅俚：浅显粗俗。具在，全部存在。撮，摘取。大略，大概，大要。《庄

子·大宗师》："未可知也，我为汝言其大略。" [6]通国：全国，整个国家。仓卒（cù），亦作"仓猝"，急促匆忙貌。 [7]壮夫：正当健壮的成年人。弱冠，古代男子年满二十岁加冠，称为"弱冠"。《礼记·曲礼》："二十曰弱冠。"孔颖达《正义》："二十成人，初加冠，体犹未壮，故曰弱也。"后泛指男子二十岁左右的年纪。 [8]行（háng）伍：军队的行列。古代以五人为伍，二十五人为行。亦泛称军队。洊升，被荐举提升。登陴（pí），登上城墙。引申为守城。千总，明初与把总同为重要武职，皆授予功臣；清时职权日轻，而成为下级武职，位在守备之下。 [9]通显：通达显贵。《后汉书·应奉传》："自是诸子宦学，并有才名，至玚七世通显。"髫（tiáo）龄，童年。肄业，修习学业。 [10]上乘：上品，上等。 [11]拾级：逐级登阶。阅，经历。总统，旧称统兵的首领。 [12]世子：古代天子、诸侯的嫡子。后世称继承王位、爵位者为"世子"。贵胄，贵族的后代。幸进，侥幸进升官位。 [13]节制：指挥管辖。运筹，谋划，制定计策。《三国志·魏书·武帝纪》："太祖运筹演谋，鞭挞宇内。"越俎，主祭者跨过礼器去代替厨师办席。比喻超出自己的职分，越权办事或包办代替。《庄子·逍遥游》："庖人虽不治庖，尸祝不越樽俎而代之矣。" [14]屹立：耸立不动。睨（nì），斜着眼睛看。 [15]家报：家信。疮痍（yí），创伤，伤痕。 [16]一体：一律，一同。 [17]戕（qiāng）害：杀害，残害。 [18]败北：战败而逃。《史记·项羽本纪》："所当者破，所击者服，未尝败北，遂霸有天下。" [19]夹辅：辅佐。《左传·僖公四年》："五侯九伯，女实征之，以夹辅周室。" [20]鹰扬：威武奋扬如鹰。《诗·大雅·大明》："维师尚父，时维鹰扬。"蜂拥，比喻人群簇拥在一起行动。 [21]罄控：亦作"磬控"，指驰马与控马。毛传："骋马曰磬，止马曰控。”前军，先头部队。［22］甲胄：铠甲和头盔。［23］谙悉：熟知。［24］倾刻：很短的时间。犹言即刻、片刻。［25］金鼓：击鼓表示进军，鸣金示意收兵。旌旗，旗子的通称。《周礼·春官·司常》：“凡军事，建旌旗；及致民，置旗，弊之。”［26］常山之蛇：古代兵学家取效其反应迅捷而演成阵势。《晋书·桓温传》：“初，诸葛亮造八阵图于鱼复平沙之上，垒石为八行，行相去二丈。温见之，谓‘此常山蛇势也’。”［27］韬钤：古代兵书《六韬》《玉钤篇》的并称。后因以泛指兵书。谋略，计谋，策略。［28］兵事：军事活动。指战争。《后汉书·樊宏传》：“更始立，欲以宏为将，宏叩头辞曰：‘书生不习兵事。’竟得免归。”［29］环击：围攻。［30］奇正：古代作战以对阵交锋为正，设伏掩袭等为奇。［31］握奇：军阵名。古谓阵数有九，四正四奇为八阵，余奇为握奇，乃中心奇零者，大将握之，以应赴八阵之急处。［32］《练兵实纪》：戚继光著，凡正集九卷（卷二即为“练胆气”），附杂集六卷。［33］服习：习熟武艺，熟悉。《左传·僖公十五年》：“安其教训，而服习其道，唯所纳之，无不如志。”

简析

潘飞声此文后半部分所云，似有可议处：“余按德意志用兵，训练队伍，严整有法，陆军水军，可谓讲求，不遗余力矣。然征之中国古来兵书，皆已先言之者。”文中列举的“古来兵书”，包括《六韬》《司马法》《孙子》《吴子》和《黄石公三略》等，甚至旁及《论语》《管子》中的相关内容。“皆已先言之”云云，看似书生之见，其实在一定程度上正与晚清洋务派“中体西用”的指导思想相仿佛。这一指导思想，由张之洞于光绪二十四年（1898）在《劝学篇》中进行了全面而又系统的阐述，其核心主张是：在维护清朝封建统治的基础上，采用西方自然科学技术以及文化教育方面的具体办法来挽救统治危机。

具体到兵学方面，徐建寅的思想看似与潘飞声的结论大体一致，但其论证过程与逻辑明显要更为成熟、科学。徐建寅认为："泰西各国讲求兵学，久有成法，愈新而器械愈利，兵学愈精。"也就是说，西方军事理论比中国先进；军事理论先进导致武器装备先进，武器装备先进又导致军事理论更先进。而"中国士子素未讲求此学，古来兵书半多空谈，不切实用"（《兵学新书·凡例》）。因此，中国不仅要从西方引进先进的武器装备，更重要的是要引进西方先进的兵学。

防俄议

题旨

此文录自《老剑文稿》，专论防御俄罗斯之策，提出屯重兵、设重镇二法。

俄罗斯雄据欧亚之北，有居高临下之势，[1]其经营阿富汗，为英所抗也，于是乃改而趋西伯利焉。按西伯利部为其国之东北边隅，包我满洲、蒙古之外，横亘万余里，俄人凭之，觊我边域。[2]咸丰中，两次请地[3]，自黑龙江以东，雅克萨、尼布楚诸城皆割而有之。又窃据副页岛，跨出东海，以迫朝鲜北塞。盖自康熙以来，屡经定界，卒未能清理[4]。而华官晏安尸位[5]，于版图内地茫如绝域，临事又避险畏难，不复详勘辨论。使俄人得以积渐侵欺，东北要地数千里竟为占去，贪窃无厌，将至何所底止？[6]近时谈边务者，于防俄一策论之綦详，[7]筹之极苦。而愚鄙之见，以为切实可行、不容稍缓者，则为屯重兵、设重镇二法，而二法之要旨，则独在移民。

今中国自军兴以来[8]，沿海各省添设防兵，增建炮台、船厂、机器局之类，每岁国家所费，不下数百万。帑项日形支绌，又不外乎开捐例加厘加税之议，譬犹挖肉补疮，割臀肥脑，自啖己肉，无一受代者。[9]而细民狼艰狈蹶[10]，谋食更难，遂至流于不士、不农、不工、不商之伍。又或吸鸦片，习邪教，甘斗狠，或冻馁以死，[11]终不能治一寸之丝、一粒之米以益人，则何如大募沿海各省无业之民，令东徙于吉、江两省，除筋力柔弱、道路险远无庸议，老羸衰疾、不耐苦寒无庸议，[12]地广人稀、不宜再徙无庸议，即如京师以概各省，但有游食、非土著之民敢于行路[13]，募之愿徙，亦宜徙往。闽、广两省，无赖奸民最多，平时且有自愿飘至南洋各岛、新旧金山等处佣苦工者[14]，募之往，必愿往。与其为内地无产之民，为外洋佣苦工，孰若为东边有产之民，以耕以牧，得长其子孙哉？又各省驻防旗人，生齿日繁，饷需不给，即京师内城八旗，亦有人满之虞。[15]夫驻防者，所以卫天朝也。八旗子弟受恩深厚，忠义其所性成，苟有可图报天朝于万一者[16]，必无异心，无异议也。是又宜率之东徙，合入本地驻防，以固国家之根本，而世仆又不失其故土[17]。凡募各省之民，由省官酌给盘费[18]，各省驻防之旗人，由将军酌议。大省宜若干人，中下省宜若干人，京师旗营者，则由各旗都统遴选，其盘费均宜视民人加重，以示优厚。[19]旗人新移到者，虽入旗籍，然与民一体归地方官管辖，但有事须听同知禀承将军处治。[20]于是斩崖划岭，引泉泻壑，量度广垦，各建蒙古帐房，（冬日给以皮衣、煤炭。）牛犁、籽种皆备。（西洋机器有利耕耨者[21]，亦宜购买。）先给大户、中户、下户若干丈，不得自占，旗民同例，每年一奏开垦之数，十年再奏总数。每年谷粟面蔬，皆入其十分之一，储于本地仓，以给防兵之费，唯旗户交纳应比民户酌减十分之二，以偿世仆之劳。至地丁钱赋，暂行免纳，俟二十年后，再如内地交谷外，另有丁赋，[22]由是旗户逐渐殷庶。又为增定营制兵额，广充驻防之兵，精操炮械之法，（吉林索伦骑射长于天下，易此以习枪炮，必造其极。）民户则选择壮者以充防兵，并增防兵之额，（耕牧之利无穷，行之日久，虽增设兵额，而不必仰饷于内地。）夫然后非屯田而其利倍屯田矣。

中俄之接壤也，除漠北一带宜责成外蒙古诸藩各练所部、保护疆圉[23]，新疆则已置行省、设防兵外，唯东省边防为最急。今吉、江两处已设防兵多营，必能详察山川之夷险，扼守之要隘。若再于空旷则移以屯户，于僻奥则垦以荒土。金屑煤铁之矿，又议奏开采，兴其利源。[24]果能善法处治，是得古人实塞下之法，而兼收外洋辟地利之效也。俄之经营东悉毕尔，日之经营虾夷[25]，实塞下之法也。英之移民澳大利亚，德之移民阿非利加，辟地利之效也。抑又闻之，西人之谋人土地也，虽瘴地荒岛，越海数万里，不惮荒秽而垦治之[26]，非必通商立埔，专务贸易之利，诚以外洋地利已尽，无可再为，不得不谋之别土。而谩藏海盗[27]，智者所戒。窃谓中华之地利一日未辟，即西人之觊觎一日未休。然则边域辟金屑煤铁诸矿者，其亦继屯重兵、设重镇为不可缓乎。

以上各议，悉属愚鄙之见。而强邻密迩[28]，视者眈眈，岂能不广筹守御固砥之策？虽现在所费极厚，所更张极大[29]，所收之效在二十年后，利且万倍。夫二十年非朝廷必不肯待之事，又非四海臣民望治者不及待之事，而使东北根本重地固宜固，大地民生盛益盛，异族强邻屏息而敛益敛，必由是也，无其次也。其有谓边防孔亟，移民开垦慢无近功者，[30]则非愚鄙所能计及，不敢妄议。

注释

[1] 雄据：强有力地占据。居高临下，处于有利的地位，可控制一切。《续资治通鉴·宋纪高宗绍兴十一年》：“敌居高临下，我战地不利。” [2] 横亘（gèn）：绵延横列。王昌龄《出郴山口至叠石湾野人室中寄张十一》：“石脉尽横亘，潜潭何时流。”边域，犹边境、边地。 [3] 请地：要求割地。此指俄国窃地之蠢

动。［4］清理：整理，处理。［5］晏安：安乐，安定。尸位，空居职位而不尽职守。又有尸位素餐一语。［6］积渐：逐渐累积而成。《汉书·贾谊传》："安者非一日而安也，危者非一日而危也，皆以积渐然，不可不察也。"侵欺，侵害欺凌。贪窃，迷恋于偷窃。无厌，不满足，没有节制。底止，止境，终点。《诗·小雅·祈父》："胡转予于恤，靡所底止。"［7］边务：边境上的各种防守事务。《宋史·余良肱传论》："夙以将家子而能留心边务，用当其材，举能其官。"綦（qí），非常，很。［8］军兴：军事行动的开始。此或指鸦片战争以来。［9］帑（tǎng）项：国库中的钱财，即公款。支绌，金钱不够分配。捐例，清朝纳资捐官的规例。分暂行事例及现行常例两种。挖肉补疮，比喻用有害的方法济急，而不顾后果。犹剜肉补疮。啖，吃。［10］细民：小民，普通百姓。《汉书·贾谊传》："虽在细民，且知其安。"狼艰狈蹶（juě），比喻处境困苦窘迫。［11］邪教：教义不纯正的宗教。旁门左道，不正派的宗教派别。馁，饥饿。［12］无业：没有职业。筋力，体力。无庸，无须。老羸，年老体格衰弱。［13］游食：流荡不务正业。《商君书·农战》："夫农者寡而游食者众，故其国贫危。"土著，世居本地的人。［14］佣：受雇用。［15］旗人：旧称清代隶属八旗的人。生齿，古时以婴儿长出乳齿后才登入户籍，故后用以指人口。不给（jǐ），不足用，不能供应所需。《孟子·告子下》："春省耕而补不足，秋省敛而助不给。"［16］图报：谋求报答。天朝，旧时对朝廷的尊称。万一，万分之一。形容极微小。［17］世仆：一种户政名，指一家一姓世世代代为另一家之奴仆。［18］盘费：旅费。［19］都统：清代八旗组织中每旗的最高长官。遴选，谨慎选择。民人，人民，百姓。《汉书·礼乐志》："今海内更始，民人归本。"优厚，丰厚。［20］旗籍：清代时，满洲、蒙古、汉军各旗旗人的户籍，称为“旗籍”。同知，正官之副。凡主管一事而不授以正官之名，则谓之知某事，如宋代不以枢密院使授人，则称为“知枢密院事”，副使则称为“同知”。辽、金以后，沿此习惯，如府之主官称“知府”，而以府之佐官为“同知”。禀承，听命。处治，处理，解决。［21］耕耨（nòu）：犁田锄草。《孟子·梁惠王上》：“彼夺其民时，使不得耕耨以养其父母。”［22］地丁：地租与人口税的合称。丁赋，按人丁征收的赋税。始于汉高祖四年（前203），称算赋。凡年十五以上、五十六以下每人每年出赋钱一百二十，为一算，亦称丁算。此制历代相沿，唯赋额名称不一。至清初，立编审法，定为五年一举，丁增而赋亦随之。［23］疆圉（yǔ）：犹边防。圉，抵御。［24］议奏：谓讨论后将处理意见向皇帝奏闻。利源，财利的来源。［25］虾夷：北海道古称。虾夷人为古代日本的族群之一，是指毛发长如虾须。［26］荒秽：此指荒芜。［27］谩藏诲盗：指收藏东西不谨慎而招致盗贼。谩，通“慢”。［28］密迩：靠近，接近。《三国志·吴书·鲁肃传》：“边境密迩，百姓未附。”［29］更张：更改、变革。［30］孔亟：很紧急，很急迫。近功，目前的功利。

简析

潘飞声此文可谓洞察形势，不仅列举事实，分析精详，指出要对沙俄提高警惕，严防其突袭我东北，而且提出的具体防俄主张针对性较强。其实，早在19世纪七八十年代，早期改良主义思想家王韬就已经提出过“联日抗俄”的主张，他认为：“俄罗斯地跨三洲，控弦百万，正无难投鞭断流，移山平陆，气变风云，力翻岳渎，虎视六合，鹰瞵八荒。”（《合六国以制俄》）“且普、俄方有志于东方，欲肆其雄图而逞其吞并者，志不

《老剑文稿》书影

独在欧洲也，而俄尤骎骎乎驰域外之观，今者要约波斯，翼助阿富汗，虽然与英为难，英亦无如之何也。恐其幸欧洲之无事，舍欧洲而逞志于东方，于是东方独承其弊，此则大可虞也”，“中国与俄毗连之境，如黑龙江①，如伊犁②，如堪察加（今属俄罗斯），如吉林③，皆为俄人所据。俄以精兵三万驻扎吉林界外，用以东压朝鲜，西窥辽地。前岁曾遣测量之士七人，自京师而回，取道于天山一带平坦之地，直达伊犁，量度形势，拟将筑路以通车。又取日本之唐太宗岛，借以铸器屯兵，以备缓急之用，其志岂在小欤！”（《中外合力防俄》）在当时的历史情况下，这种以中、日两国联合为基础的“合力防俄”论，不失为一种真知灼见。以至于戊戌变法前后，康有为、梁启超、谭嗣同、唐才常、章太炎等志士，也继承王韬的对外思想，先后提出“联英、日”以“拒俄”的主张。直到20世纪初，陈天华在其名著《狮子吼》中，仍然以文艺形式揭露了沙俄欲征服中国、亚洲以及全世界的野心，大声疾呼“保国保种”，号召亚洲各国联合起来抵抗欧美各国的侵略，其中自然包括了“联日拒俄”的强烈要求：“红种陵茂黑种休，滔天白祸亚东流。黄人存续争俄倾，消息从中仔细求。”

---

①②③　皆系旧时称谓，非指今日我国省级行政区所辖实际范围。

粤东词钞三编序

题旨

此文录自《老剑文稿》，阐述这部词选集的编纂缘起和甄选宗旨等。

飞声少时稍学为诗，于词则未解声律也。尝读先大父《灯影词》，拟作数首，携谒陈朗山先生。[1]先生以为可学，授以成容若、郭频伽两家词。[2]由此渐窥唐宋门径[3]，心焉乐之。间与友朋唱酬，或见近人所作，撷其一唱三叹、怡魂泽颜者，录为一编，曾挟之渡重洋，读与山云海月听。[4]壬辰之秋，同里杨菽坪丈有《粤东词钞二编》之选，先君子《梧桐庭院词》并采入焉，[5]发潜阐幽，良可感叹，然尚有数家未备者。因出箧中旧录诸家词，重加选辑，为《粤东词钞三编》[6]，以附《二编》之后。唯吾粤词人或已佚残编，或远处异地，必有搜罗不及者，他日当为补入，务期无缺[7]。至于作者时代编次后先[8]，则不能复泥耳。光绪十九年癸巳正月，番禺潘飞声识于说剑堂。[9]

注释

［1］先大父：指潘飞声已故的祖父潘恕，所著《双桐圃文钞》

《诗钞》及《灯影词》，《番禺县续志》卷二十《人物志三》著录。拟作，摹仿别人进行写作。陈朗山，即陈良玉，字朗山，号铁禅，辽宁铁岭人，隶汉军镶白旗广州驻防。著有《梅窝诗钞》《梅窝词钞》《虞苑东斋词钞》《荔香词钞》。［2］成容若：纳兰性德原名成德，以避废太子胤礽嫌名（小字保成）改性德，字容若，号楞伽山人。满洲正黄旗人。太傅明珠长子。著有《通志堂集》，其中词集曾于生前先后以《侧帽》《饮水》为名刊行。郭频伽，即郭麐，字祥伯，号频伽，晚号复翁。江苏吴江人。著有《灵芬馆集》，其中词集总名《灵芬馆词》，又有《词品》《词话》。［3］门径：此指填词的途径、方法或窍门。［4］唱酬：以诗词相酬答。一唱三叹，此处形容词作婉转而含义深刻。怡魂泽颜，谓使人精神愉悦，容颜光润。录为一编，《粤东词钞三编》本作“都录为一编”。都，总。［5］杨菽坪：即杨永衍，字蕃昌，一字椒坪，广东番禺人。著有《添茅小屋诗草》。所编《粤东词钞二编》，自序尾署：“光绪十八年（1892）岁次壬辰秋九月，番禺杨永衍识于添茅小屋，时年七十五。”是编继许玉彬、沈世良辑《粤东词钞》之后，补录明、清粤籍词人词作凡31家190首。［6］《粤东词钞三编》：《粤东词钞三编》共补录《粤东词钞二编》所“未备”的清代词人词作凡17家129首。［7］务期：一定要。［8］编次：编排次序。［9］“光绪”二句：《老剑文稿》本无，此据《粤东词钞三编》校补。说剑堂，潘飞声室名。

简析

荟萃乡邦郡邑之书，都为丛刻，自明人《梓吴》一书始，樊维城《盐邑志林》继之。入清，续有赵绍祖《泾川丛书》、宋世荦《台州丛书》、祝昌泰《浦城遗书》、邵廷烈《娄东杂著》、伍崇曜《岭南遗书》、胡丹凤《金华丛书》、孙衣言《永嘉丛书》、孙福清《槜李遗书》、丁丙《武林掌故丛编》《武林先哲遗书》、陆心源《湖州先哲遗书》、赵尚辅《湖北丛书》、王文灏《畿辅丛书》、盛宣怀《常州先哲遗书》之刻。“力大者举一省，力小者举一郡一邑。然必其乡先辈富于著述，而后可增文献之光。”（叶德辉《书林清话》卷九）

随着区域词学观念和乡土情结的逐步双重强化，加上各地本土词人词体创作数量的逐渐增加，自清代起，郡邑词选开始出现，尽管它们并不完全以有意识地、大规模地从汇辑乡邦文献、弘扬本土文化的角度整理乡邦前贤词作为主要目的，如《柳洲词选》《西陵词选》《清平初选后集》《梅里词辑》等。真正开词学乡邦文献整理风气，并且能够使之发挥应有作用，则自刻于道光十四年（1834）叶申芗编选的《闽词钞》始。继之者有况周颐《粤西词见》、缪荃孙《国朝常州词录》、陈作霖《国朝金陵词钞》、徐乃昌《皖词纪胜》、陈去病《笠泽词征》、周庆云《浔溪词征》、朱祖谋《湖州词征》、林葆恒《闽词征》、无名氏《蓉影词》、程应权《萍聚词》、汤贻芬《江东词社词选》、唐树义《楚四家词》、王先谦《湖南六家词钞》等。《粤东词钞》凡三编的次第辑成，也是广东词人区域词学观念增强及词作数量不断增加的结果。

作为前后历时近50年编纂而成的《粤东词钞》系列的收官之作，《粤东词钞三编》的完成，标志着《粤东词钞》凡三编正式成为广东地区最先形成系列的区域性词选集。就像广东文坛此前出现的屈大均《广东文选》、梁善长《广东诗粹》、温汝能《粤东诗海》等，对清代广东文学的发展产生过比较大的影响一样，《粤东词钞》系列的“应运而生”，实亦可谓有功于广东一地词学：“其域于一隅之选本，如《四明近体乐府》《常州词录》《金陵词征》《湖州词征》《粤西词见》，乃至最近刊行之《闽词征》等，虽纯驳互见，而其旨在传人，兼足为言词史者之资，则亦应运而生，不为无功于词学者也。”（龙榆生《选词标准论》）并且，《粤东词钞》系列之外，近代广东词总集、选本似仅有四种：其一，叶衍兰等选刊《粤东三家词钞》。其二，朱祖谋辑校《粤两生集》（含诗）。其三，余祖明辑《近代粤词搜逸》。1970年印行，收录自丘逢甲至余肇湘凡83家400首词，选录标准是：“粤东三家”叶衍兰、沈世良、汪瑔之后，有词集刊行者不取；现在词人之作，亦不录。其四，阮廷焯辑《近代粤词搜逸补遗》。载台湾《大陆杂志》第53卷第3期，1976年9月印行。前两者为专人专选，后两者断限较严。所以，相比而言，《粤东词钞》凡三编的辑成，就能于系列优势之外，更显出独特的基础文献价值。

《粤东词钞》系列的选录取向和标准，反映出数位编纂者前后大致一贯的词学观念，可以《粤东词钞》初编主编许玉彬道光二十九年（1849）七月自跋所云为代表：

> 词者，诗之余，其异于诗，惟体格耳。人或不察，多尚纤秾之语、佻巧之思、柔曼之音、艳冶之色，以为匪是无当乎倚声，断断然于字句间求之。至其近于诗者，辄摒之，又以为非词正轨。失之隘矣！不知词萌于六朝，著于三唐，畅于五代，盛于两宋，其短长、清浊，实风雅之遗，而人人各具面目，各写性情。若泝其源流，自不必分词与诗而为二，更不必分词与词为二，夫然后词之道广，而其体乃全。譬诸乐有五声八音，谓舍角徵而独尚宫商，去金石而专言丝竹，则断乎不可。而词亦何独不然？余与沈君伯眉纂辑粤词，实本此意。盖吾粤词家，向无总集，只就所见，综而录之。有词以人传者，有人与词俱传者，古今多寡，不拘一格，要不失乎雅正而已。

据知，所谓“实本此意”，遵循的是不失“雅正”之意，从本质上讲，就是“不必分词与诗而为二”云云中包蕴的诗词同源说，也即是尊体论。这，几乎可以与张维屏同年三月序《粤东词钞》初编中“余因约举词字多寡、词句短长皆本于《三百篇》，以明词体之未尝卑”所包含的尊体之意等量齐观。作为入选胡朴安编《南社丛选·文选》的六篇文章之一（另外五篇为《越台秋望赋》《二帝子祠碣》《杨葳叟桃溪例集第四图序》《草色联吟序》《宝铁砚斋书画记序》），潘飞声光绪十九年（1893）所作此序文中“一唱三叹、怡魂泽颜”云云，与上引许玉彬跋语中“雅正”云云正相仿佛，也与其所赋《减兰·粤东词钞续编刻成书后》（“古今词客。生把黄金镌艳笔。悱恻苍凉。不老华鬘即醉乡。　传钞万纸。慧业心灵都不死。击碎珊瑚。十丈苍虹出草庐”）一首中“悱恻苍凉”云云相一致。

诗选

西海纪行卷

大风过印度洋

题旨

此诗录自《西海纪行卷》，写大风过印度洋，险象环生，不能无感。

南溟三日大风作，荡漾已进印度洋。火轮旦暮辗不息，逆风风势尤披猖[1]。银山起伏塞天地，我舟一叶随飘飏。柁工失色验风表[2]，神针已落气不扬。窗棂动摇打急雨，有客屏息卧且僵。直愁蛟龙夺我枕，已见波浪湿我床。寒躯一转辄呕吐，那敢稍闻茶饭香。晚来欲梦梦即醒，魂魄颠簸神悚惶[3]。我生三十饱忧患，达视生死庸何伤[4]。独怜只身走海外，冒险如此殊伥伥[5]。岂其造物忌览胜[6]，使识五洲十岛游难狂。又或蛟宫畏我发奇秘[7]，故令作赋愁铺张[8]。怪底山灵水怪夜深哭[9]，船灯欲灭心苍茫。我急移榻上舱面，蹒跚强立如履霜[10]。艰劳得逸且自适，坎壈惯历何须防[11]。倘能仗剑抗厉拉陈茂[12]，定将乘风远驾鼍为梁[13]。

注释

［1］披猖：猖獗，猖狂。　［2］柁工：船上掌舵的人。柁，通“舵”。　［3］悚惶：犹惶恐。　［4］达视：明察。　［5］伥（chāng）伥：无所适从貌。《礼记·仲尼燕居》：“治国而无礼，譬犹瞽之无相与，伥伥乎其何之？”　［6］造物：一种创造、主宰万物的力量。　［7］蛟宫：水府，龙宫。奇秘，希奇秘密。潘飞声《题披秘石门》：“此来发奇秘，宇外高颉颃。”　［8］铺张：铺陈张扬。　［9］怪底：难怪，怪不得。　［10］蹒跚：步伐不稳、歪歪斜斜貌。履霜，脚踩在霜上。比喻在事态的开始阶段，持戒慎警惕的态度。　［11］坎壈（lǎn）：困顿，不得志。　［12］抗厉：声音高亢，容色严厉。陈茂，字君因，东汉汝南（今河南平舆）人。《北堂书钞》卷七十三引谢承《后汉书》：“汝南陈茂，性永有异志，交阯刺史吴郡周敞辟为别驾从事。……敞欲到朱崖、儋耳，茂谏曰：‘不宜履险。’敞不听。涉海遇风，船欲颠覆，茂仗剑呵骂水神，风息得济。”　［13］鼍（tuó）为梁：借指渡江海、架桥等。鼍，扬子鳄，别名土龙、猪婆龙等。

简析

潘飞声此诗所写，可与其《西海纪行卷》所记参读：

［光绪十三年（1887）七月］二十二日，大风过印度洋，舟势颠簸，较七洲洋十倍。客皆高卧而已。二十三日，风势尤狂，不食已两日。二十四日，船主来慰问，云十年来无此大风，请移榻至舱面。稍能饮食，卧成长歌。

西行途中，在印度洋遇到大风，风狂浪高，行船颠簸，乘客不适，真景实情如在眼前。诗中“我生三十饱忧患”八句的怅然有感，以及对这样一种自然现象的疑猜，不妨视作险境消释后充满想象力的解嘲。至于篇末“倘能仗剑抗厉拉陈茂”二句，则表达了具有一定象征意味的良好愿望。

这种意气风发的愿望，在晚清海洋诗中并不罕见。光绪二十五年（1899），流亡海外的梁启超从日本横滨赴美国檀香山途中即曾写过一首《二十世纪太平洋歌》，中有云：

噫嚱吁！太平洋，太平洋，君之面兮锦绣壤，君之背兮修罗场。海电兮既没，舰队兮愈张。西伯利亚兮铁路卒业，巴拿马峡兮运河通航。尔时太平洋中二十世纪之天地，悲剧喜剧壮剧惨剧齐鞈鞳。吾曹生此岂非福，饱看世界一度两度为沧桑。沧桑兮沧桑，转绿兮回黄，我有同胞兮四万五千万，岂其束手兮待僵？招国魂兮何方？大风泱泱兮大潮滂滂。吾闻海国民族思想高尚以活泼，吾欲我同胞兮御风以翔，吾欲我同胞兮破浪以飏。

为唤起同胞图强自救而大声疾呼，迸发出更为澎湃的激情，表现出更为宏大的气魄，可谓才气横厉，汪洋恣肆。

连日读峤雅两当轩集合赋一诗[1]

题旨

此诗录自《西海纪行卷》，写进发柏林途中，于印度洋上读邝露、黄景仁两家诗文集，合抒所感。

手把邝黄集[2]，狂吟尽酒觞。一篇诗涕泪，五色绣肝肠[3]。风雪摧摇落，乾坤郁慨慷[4]。二公今不作，独立视苍茫。

注释

[1] 诗题中“连日”云云，《西海纪行卷》：“[光绪十三年（1887）七月]二十七日，读邝海雪集。”“二十八日，读邝海雪集。”“二十九日，读黄仲则集。”“八月初一日，大风，读黄仲则集。” [2]“手把”句：邝露初名瑞露，字湛若，因其读书处名海雪堂，故世人亦称邝海雪，广东南海人。著有《峤雅集》《赤雅》。黄景仁字汉镛，一字仲则，号鹿菲子，江苏武进人。著有《两当轩集》。 [3] 五色：指青、黄、赤、白、黑五色，也泛指各种色彩。肝肠，喻内心，或某种心绪。 [4] 郁：郁积。慨慷，感慨。左思《杂诗》：“壮齿不恒居，岁暮常慨慷。”

简析

潘飞声诗中“二公今不作”，很容易让人想到李白《古风五十九首》其一开篇所云：“大雅久不作，吾衰竟谁陈。”隐有拟邝露、黄景仁二人为李白之意。查《在山泉诗话》卷三中“邝海雪”一则，果不其然：

> 渔洋论诗，称独漉“清迥绝俗”，而谓海雪为“字字离骚屈宋心”，其心折至此。余则以明之海雪、本朝之仲则为太白替人，尝于印度洋上读《峤雅》《两当轩》两集，合赋一诗云云。

这说明，潘飞声之所以合论邝、黄二人集，很重要的一个原因，就是他认为这两人堪称“太白替人”。

潘飞声的“替人”之论，于黄仲则而言，恐怕首先是因为受到了袁枚的影响。袁枚《仿元遗山论诗》三十八首其二十七云：“常州星象聚文昌，洪（稚存）顾（立方）孙（渊如）杨（蓉裳）各擅场。中有黄滔今李白，观潮七古冠钱塘。”可见对黄仲则推崇之意。其次，黄仲则二十四岁时在太白楼成名一战中的夺人风采，也应该是一个因素：“岁辛卯，大兴朱先生筠奉命督安徽学政，延亮吉及君于幕中。先生宾客甚盛，越岁三月上巳，为会于采石之太白楼，赋诗者十数人。君年最少，著白袷，立日影中，顷刻数百言，遍视坐客，坐客咸辍笔。时八府士子，以词赋就试当涂，闻学使者高会，毕集楼下。至是，咸从奚童乞白袷少年诗竞写，一日纸贵焉。”（洪亮吉《黄仲则行状》）在文坛传奇佳话中，可以与之媲美的，大概只有此前王勃在滕王阁惊为天人的表现。

亚丁山

题旨

此诗录自《西海纪行卷》，写初识阿拉伯风土令人讶异的表现。

海烟青上舵楼间[1]，掠水飞飞羡鸟闲[2]。忽讶李成新画

本[3]，峭云皴出夕阳山[4]。

注释

［1］舵楼：船上操舵之室。　［2］飞飞：飘扬貌。韩愈《池上絮》："池上无风有落晖，杨花暗后自飞飞。"　［3］"忽讶"句：李成字咸熙，号营丘。祖籍长安（今陕西西安），为避战乱迁居青州益都（今山东临淄）。善琴棋书画，尤擅画山水。初师事荆浩、关仝，后自成一家。好用淡墨表现烟云变幻，有惜墨如金之称。与范宽、董源为北宋山水的三大主流派，对后世影响甚大。画本，泛指画册。　［4］峭云：陡峭的秋云，形容山势。皴（cūn），中国画的一种技法，用淡干墨涂染以表现山石纹理、峰峦折痕及树身表皮的脉络、形态。

简析

潘飞声此诗所写，亦可与其《西海纪行卷》所记参读：

> ［光绪十三年（1887）八月］初四日酉刻，泊亚丁。两山对峙，碧海界之，夕阳未饮，明月已举。见诸峰石纹横布，纯作紫黛，真海山鸿宝也。

人言"诗中有画，画中有诗"，潘飞声的这首异域山水诗是又一个例证。诗人——当然不只是唐代诗人，也不只是苏轼所特别表彰的盛唐山水田园诗巨擘王维——往往善于将生活中的美摄入诗境里，写景状物工致，生动具体，与画家的构图布局、运笔敷色、造型创境相仿佛。他们这样写诗，诗中便有画意，诗句便能成画本。此诗又谓诗人眼中所见之景，犹如宋代画家李成笔下“皴出”之画，诗情与画意相得益彰之美，几欲溢出纸外。

红海口

题旨

此二诗录自《西海纪行卷》，写离开亚丁之后，进入红海所见所感。

才从印度扬帆过[1]，红海风樯又杳冥[2]。峭峡水光浮石黑，远天云气扑船青。

可容貔虎屯双垒[3]，似有鱼龙走百灵[4]。最是客心孤迥绝[5]，一声洋笛不堪听。

注释

[1] 扬帆：张帆行船。 [2] 风樯：此指轮船。杳冥，深远之境。宋玉《对楚王问》：“凤皇上击九千里，绝云霓，负苍天，足乱浮云，翱翔乎杳冥之上。” [3] 貔（pí）虎：貔与虎都是猛兽，比喻勇猛的将士。杜甫《观兵》：“北庭送壮士，貔虎数尤多。” [4] 鱼龙：鱼和龙。泛指鳞介水族。百灵，即柏林。 [5] 客心：

游子的心情。谢朓《暂使下都夜发新林至京邑赠西府同僚》："大江流日夜，客心悲未央。"孤迥，寂寥高远。杜牧《南陵道中》："正是客心孤迥处，谁家红袖凭江楼。"

简析

潘飞声此诗所写，亦可与其《西海纪行卷》所记参读：

[光绪十三年（1887）八月]初五日，寅刻开船，入红海口。口外山势缭曲，最防坏舟，西人呼为堕泪门。遥见贝林小岛，如白云一点，英人建双垒其上，盖据扼吭之势云。

诗中"峭峡""可容"各二句所写，正是游记中"口外山势缭曲""遥见贝林小岛"所云之奇山异水而翻为诗句，联翩浮想，雄丽满纸。第二首篇末"客心孤迥"之慨，亦有不忍唤醒沉浸于美景之人之意，其审美效果，与白居易《琵琶行》中"东船西舫悄无言，唯见江心秋月白"似相反而实相近。

地中海观日出作歌

题旨

此诗录自《西海纪行卷》，飞腾想象，描绘地中海观日出所见奇异之景。

昔登浴日亭，远山切水磨铜青。[1]今渡地中海，洪波涨天掩霞彩[2]。瀴溟深黑不辨万里之遥天，海若赫怒鞭起蛟螭眠。[3]火轮高高掷上三山顶，照见方壶员峤珊瑚树树生云烟。[4]我时已登海上船。徐福导我行，章亥偕我步。[5]数博望之旧游，笑甘英之不渡。示我以金银台之梯、扶桑渚之路，虹光瀇滉不能顾。[6]我欲摧山为剑锋，崖高不落青芙蓉[7]。我欲腾身跨飞龙，乘风又出冯夷宫。前游后游山水各奇异，只惜十年岁月一瞬何匆匆。沧海何能穷，飞仙或可挟。长啸狂呼老道人，借我铁虬倚贝阙[8]。穿云一奏海光裂，海光飞出月如雪。

注释

[1] 浴日亭：即南海神庙浴日亭，在广州黄埔。铜青，铜锈，铜绿。 [2] 涨天：弥漫天空。霞彩，彩霞。 [3] 瀴（yīng）溟：水杳远貌。遥天，犹长空。海若，传说中的海神。屈原《远游》："使湘灵鼓瑟兮，令海若舞冯夷。"赫怒，盛怒。 [4] 三山：传说中的海上三神山。王嘉《拾遗记》卷一："三壶，则海中三山也。一曰方壶，则方丈也；二曰蓬壶，则蓬莱也；三曰瀛壶，则瀛洲也。"员峤，古代传说中海外五仙山之一。《列子·汤问》："渤海之东不知几亿万里，有大壑焉……其中有五山焉：一曰岱舆，二曰员峤，三曰方壶，四曰瀛洲，五曰蓬莱。" [5] 徐福：秦时方士，字君房。秦始皇闻东海祖洲有不死之药，遣福乘楼船，载童男女各三千人往求之，去而不返。也作"徐市"。章亥，大章和竖亥。古代传说中善走的人。 [6] 金银台：古代传说中神仙住所里的光辉灿烂的楼台。李

白《梦游天姥吟留别》："青冥浩荡不见底，日月照耀金银台。"扶桑，古代相传东海外的神木，后用来称东方极远处，或日出的地方。虹光，彩色的光芒。瀇滉（wǎng huàng），水深广貌。［7］青芙蓉：形容岩峰峭立。朱彭《吴山遗事诗·青芙蓉》："烟岚拔地起，亭际望冥冥。一朵芙蓉石，中含岳色青。"［8］贝阙：以紫贝为饰的宫阙。本指河伯所居的龙宫水府，后用以形容壮丽的宫室。屈原《九歌·河伯》："鱼鳞屋兮龙堂，紫贝阙兮朱宫。"

简析

潘飞声此诗乃是光绪十三年（1887）八月十一日"早起视日出"（《西海纪行卷》）所作。起首"昔登浴日亭"云云，在比较两次日出所见大不同之中，引出下文。浴日亭，是因苏轼作于绍圣元年（1094）的《浴日亭（在南海庙前）》而声名远播：

剑气峥嵘夜插天，瑞光明灭到黄湾。坐看旸谷浮金晕，遥想钱塘涌雪山。已觉沧凉苏病骨，更烦沆瀣洗衰颜。忽惊鸟动行人起，飞上千峰紫翠间。

贬谪途中的苏轼，"病骨""衰颜"如"惊鸟"，所以，此等奇观，让沉浮于宦海的他不由自主地联想到排山倒海般的钱塘江大潮。但诗因亭作，亭仗诗威，"扶胥浴日"或"波罗浴日"也因此而成为"羊城八景"之一，引得文人墨客争相追和，留下不少步韵东坡之作。其著者，有如陈献章作于成化二十一年（1485）的《浴日亭，次苏东坡韵》二首其一：

残月无光水拍天，渔舟数点落前湾。赤腾空洞昨宵日，翠展苍茫何处山。顾影未须悲鹤发，负暄可以献龙颜。谁能手抱阳和去，散入千岩万壑间。

其中“顾影未须”二句，一种志得意满、意气风发之态扑面而来，当与陈献章此前一年受到朝廷征召有关。苏、陈二人之作想象飞腾，让人目不暇接，尤其是于写景中融入当时各自人生境遇的写法，一直贯穿并影响到了潘飞声，于是，才有了此诗中“只惜十年”一句仿佛突如其来的深沉感慨。

从芦干湖看山至卢在城湖上

题旨

此诗录自《西海纪行卷》，写西行途中所领略到的瑞士湖山之美。

朝辞郭木湖，匆匆作晨餐。火车天上行，倏忽渡芦干[1]。芦干二千尺[2]，绕湖皆峰峦。山形苦岞崿[3]，水势为郁盘。但见空翠流[4]，化作风雪寒。入山已半日，衣上绿未干。破石入山洞，出洞云漫漫。湿霾瘴草木[5]，天地白一团。其时只八月，重棉尚嫌单。我为下车檐[6]，倚枕听风湍。渐觉心神怡，不知行路难。山城落日晚，灯市灿可观。且投客邸宿[7]，寄此

吟魂安[8]。明日湖上山，招我车中看。

注释

[1] 倏（shū）忽：疾速。 [2] 尺：亦称“市尺”，中国市制长度单位，一尺等于十寸。西汉时一尺等于0.231米，今三尺等于一米。 [3] 岞崿（zuò'è）：高峻。 [4] 空翠：指青色的潮湿的雾气。后文“绿未干”句兼取此意。 [5] 霾：空气中因悬浮着大量的烟、尘等微粒而形成的混浊形象。 [6] 车幨（chān）：车上的帷幕。 [7] 客邸：客舍。 [8] 吟魂：指诗人的梦魂。

简析

潘飞声此诗所写，亦可与其《西海纪行卷》所记参读：

> [光绪十三年（1887）八月] 二十日巳刻，坐火车入瑞士国，过芦干湖。湖长二千三百尺，绕数十峰中，有桑额达岭，高四万二千尺，山半积雪，冷光射眸，不能仰视。又穿大石洞，逾数刻始出，出则寒云阴翳，不见天日，唯闻瀑泉鞺鞳而已。晚渡四连城湖，酉刻抵卢在城客馆。

诗写车行入瑞士境，过湖穿洞，见湖山胜景，尤其是积雪奇观，诗、记均出之如素描，那些转瞬即逝的异国美景，便好似一幅幅图画，得以留存下来。

火车夜行途中有述

题旨

此诗录自《西海纪行卷》，述写火车夜行赴柏林途中所见所感。

铁路行千里，边城赴百灵。瞥穿山洞黑，远闪电灯青。少壮蹉跎过[1]，关河跋涉经[2]。客心殊不畏，渴饮酒双瓶。（关吏以酒二瓶赠余及竹君，竹君不饮，余亦罄之。[3]）

注释

[1] 少壮：年轻力强的时候。《乐府诗集·长歌行》："少壮不努力，老大徒伤悲。"蹉跎，虚度光阴。阮籍《咏怀八十二首》其五："娱乐未终极，白日忽蹉跎。" [2] 关河：关山河阻。比喻艰难的旅途。陆游《夜游宫》："想关河，雁门西，青海际。"跋涉，形容旅途的艰辛。 [3] 关吏：指管理关市或守关口的官吏。竹君，桂林，满族人。与作者同游柏林者。罄，酒饮尽。

简析

潘飞声此诗所写，亦可与其《西海纪行卷》所记参读：

［光绪十三年（1887）八月］二十一日，馆主人毕民招游花园，同步湖上。湖架大铁桥，过桥则杂花引路，纷墙碧榭，斋俯清流，山影满帘，秋光一桨，盖瑞士最擅湖山之胜，而酒肆烹调，尤为诸国之冠，胡姬当炉，亦能歌以侑客。昔人比为西土桃花源，真乐境也。酉刻，毕民以馆图赠别。坐火车，夜半至德国南境巴塞，关吏接见，请小酌，随换车，夜行达晓。

乘车夜行，因将达目的地柏林，从此开始“少壮”时期一段短暂而又宝贵的经历，不免于兴奋、憧憬之余，不畏“客心”，不惧“蹉跎”，对此次西海跋涉有所回味，有所感慨。

空。” ［15］遁迹：隐避行踪，不为人所知。指隐居。颜之推《颜氏家训·养生》：“而望遁迹山林，超然尘滓，千万不遇一尔。”西海，西方的海。亦泛指西方。绝域，隔绝难通的边远地方。《后汉书·班超传》：“臣伏自惟念，卒伍小吏，实愿从谷吉效命绝域。”雕镌，比喻刻意修饰文辞。韩愈《奉和仆射裴相公感恩言志》：“摆落遗高论，雕镌出小诗。” ［16］嚄唶（huò zè）：大声谈论。长句，七言古诗，不限句数，故唐人称之为“长句”。 ［17］山灵：山神。 ［18］内附：前来归附。狼居胥，中国古代山名。汉元狩四年（前119）霍去病出代郡击败匈奴，封狼居胥山。约为今蒙古国境内肯特山。辛弃疾《永遇乐》：“元嘉草草，封狼居胥，赢得仓皇北顾。”神州，古时称中国为“赤县神州”，后“神州”被用作中国的别称。中国，古代华夏族建国于黄河流域一带，以为居天下之中，故称中国。

简析

潘飞声此诗所写，可与其《天外归槎录》所记对读：

> ［光绪十六年（1890）七月］十四日，巳刻出驾，火车疾驰万山之中。大雨陡至，四围苍碧忽变为浩瀚云海，时见千百白龙蜒蜿天半，盖飞瀑也。车穿十数大山洞，阴寒逼人，山巅轰雷震耳，行客惊起。余危坐，以为作天上行，获此奇观，颇不骇慑也。抵葛神灵，雨稍晴，下车午饭。过芦干湖铁桥。又沿绿漪湖行，见诸烟鬟新沐，如拂明镜梳头，意态妍媚，较朝行所历之境，殆化奇险为秀丽者……

诗人车行经见瑞士诸大山，真可谓奇境天开，雄伟壮观，震撼人心，不禁由衷赞叹，以如椽大笔，奔放的声调，摹写出变幻莫测的感受，堪称雄奇壮丽，也为欧陆风光增添了不少炫目的光彩。可见，此类诗作能得“独开生面”“与太白为近”（井上哲《西海纪行卷序》）之高评，洵非虚誉。

潘飞声书法（扇面）

锡兰岛登佛寺作

题旨

此诗录自《天外归槎录》，写谒游锡兰卧佛所感。

三藏旧游处[1]，吾得履其踪。与佛信有缘，灵山意外逢。[2]驯象导我前，薝蔔闻香风。[3]石幢开宝幡，肃爇旃檀供。[4]致诚叩莲座[5]，亦以明吾衷。吾本清净人，频年困飘蓬。[6]劳生未可息，世谛畴能穷[7]。安眠羡老佛，一笑四大空[8]。欲读贝叶经，梵呗殊难终。[9]要唯通其义，庄墨道则同。象教起印度，释迦与南宗。[10]厥旨日空寂，贪妄戒所词。[11]天竺瓦刺间，翕然相皈从。[12]胡为摩哈默，诬惑多倥侗[13]。嗜鼠若鸱枭，甘带乃蜈蚣。[14]洋教从西来，威胁加兵讧。[15]占踞等摧枯，惨被噬犬狨。[16]正法愈衰微，异端谁克攻。[17]净土扰他族，佛亦生怨恫。[18]天道自好还，狠戾能久容。[19]昔元起朔方[20]，威行西域中。印度建外藩[21]，佛教所最崇。慧光耀震旦，释典从而东。[22]中华正声教，教养本大公。[23]曷不挥天戈，拯此民疲癃。[24]训之以仁义[25]，阐佛所未充。鲰生抱六经[26]，西渡蛟蛇宫。将欲断匈奴，先以振聩聋[27]。吾道其将南，重译声灵通[28]。拭目廓版图，雕题隶帡幪。[29]卫霍如许军，亦挽楼烦弓[30]。此心质诸佛，当可谅微躬[31]。峨峨西仑山，会看飞艨艟。[32]

注释

[1]三藏：唐玄藏法师的简称。 [2]有缘：有缘分。指一切遇合若有宿缘前定。灵山，古代印度佛教圣地灵鹫山的简称。 [3]驯象：受过专门训练，能顺从人意的象。薝（zhān）葡，佛经中记载的一种花。色黄，香浓，树身高大。或以为即栀子花。 [4]石幢（chuáng）：古代祠庙中，刻有经文、图像或题名的大石柱。有座有盖，状如塔。宝幡，道观庙宇中悬挂的旗幡。爇（ruò），焚烧。旃（zhān）檀，檀香。 [5]莲座：佛座。因为莲花圣洁，所以佛教取莲形为床座。 [6]清净：佛教用语。指远离恶行过失、烦恼垢染。

频年，连年。飘蓬，随风飘转纷飞的蓬草。比喻人的漂泊不定。杜甫《赠李白》："秋来相顾尚飘蓬，未就丹砂愧葛洪。" [7]世谛：佛教用语，谓有关世间种种事相的真理。 [8]四大空：佛教用语。指世界上一切都是空虚的。古印度称地、水、火、风为"四大"。《四十二章经》："佛言当念身中四大，各自有名，都无我者。" [9]贝叶经：指佛经。古代印度写经于树叶上，故称。梵呗，佛教作法事时念诵经文的声音。 [10]象教：释迦牟尼离世，诸大弟子想慕不已，刻木为佛，以形象教人，故称佛教为象教。南宗，佛教禅宗的一派，由六祖慧能创立。主顿悟，不立文字，后为禅宗的正宗。 [11]空寂：空旷寂静。迵（dòng），古同"同"，共同。 [12]天竺：我国古代对南亚次大陆一带的称谓。瓦剌，明代对西部蒙古各族的总称。翕（xī）然，和顺貌。《史记·太史公自序》："天下翕然，大安殷富。" [13]诬惑：欺骗迷惑。倥侗（kōng tóng），童蒙无知貌。扬雄《法言序》："天降生民，倥侗颛蒙，恣乎情性，聪明不开。" [14]鸱枭（chī xiāo）：也称"鸱鸮"，似黄雀而小，头大，嘴短而弯，以鼠、兔等小动物为食。甘带，谓性喜食蛇。带，指蛇。 [15]洋教：指近代从西方传入我国的基督教。兵讧（hòng），兵乱。 [16]占踞：对地域、场所强行取得或保持。狨（róng），猿猴类，体矮小，形似松鼠，黄色丝状软毛，尾长，栖树上。亦称"金线狨"。 [17]正法：真实的佛法，谓释迦牟尼所说的教法。衰微，衰弱，衰落。钟会《移蜀将吏士民檄》："往者汉祚衰微，率土分崩。"异端，由本位角度指称其他不同的学说、流派。《论语·为政》："子曰：'攻乎异端，斯害也已。'" [18]净土：佛国为清净无浊之地，故称。怨恫（dòng），怨恨，哀痛。 [19]天道：天理、自然的法则。《书·大禹谟》："满招损，谦受益，时乃天道。"狠戾，凶暴，乖张。 [20]朔方：北方。［21］外藩：属地。［22］慧光：佛教用语。谓能使一切明澈，破除黑暗的智慧之光。震旦，古代印度人称中国。释典，佛教的经典。［23］声教：天子的声威和教化。《书·禹贡》："东渐于海，西被于流沙，朔、南暨声教，讫于四海。"教养，教导培养。大公，极公平无私。［24］天戈：王师。韩愈《潮州刺史谢上表》："天戈所麾，莫不宁顺。"疲癃（lóng），衰老或身有残缺、疾病的人。［25］仁义：仁爱正义，宽厚正直。《礼记·曲礼》："道德仁义，非礼不成。"孔颖达《正义》："仁是施恩及物，义是裁断合宜。"［26］鲰（zōu）生：文士自谦之词。六经，《诗》《书》《礼》《乐》《易》《春秋》。《庄子·天运》："孔子谓老聃曰：'丘治诗、书、礼、乐、易、春秋六经。'"［27］聩（kuì）聋：比喻愚昧的人。［28］声灵：声势威灵。［29］拭目：擦拭眼睛。比喻有所期待。版图，泛指国家疆域。雕题，一种古代蛮人的习俗。先在额上雕刻花纹，再涂以丹青。帡幪（píng méng），帐幕。引申为覆盖、荫护。［30］楼烦：古代北方部族名，精于骑射。因以代指善射的将士。［31］微躬：谦词。卑贱的身子。沈约《郊居赋》："绵四代于兹日，盈百祀于微躬。"［32］峨（é）峨：高耸貌。西仑山，即昆仑山。艨艟（méng tóng），一种古代战舰，船体用牛皮保护。

简析

潘飞声此诗所写，可与其《天外归槎录》所记参读：

［光绪十六年（1890）八月］初九日，趁朝凉，与包尔坐车入山，行六七里，椰子林外，时见一泓净水，种满碧荷，微风吹来，

暗闻妙香，沿山有花瓣，作黄白色，殆佛经所称薝蔔欤。土人须发连卷，跣足裸体，耳带环，胫束钏，役驯象如牛马，亦与世所塑罗汉像相类。沙地上建佛寺，卧佛长三丈许，殿旁白塔高一丈，僧云内藏佛骨及舍利子，塔前列石幢，树纸幡。僧披黄袈裟，出贝叶经相视，以锦袱袭之，若甚珍贵。而遍寻碑碣不可得，不知此地晋法显、魏惠生、唐玄奘、明郑和会至否。相传释迦从迦蓝屿来登此山，犹存足迹。山寺供释迦涅槃真身，岂即塔内所谓佛骨耶？记余来时，泊舟岛外，风浪极大，不敢登岸，每以为憾，此游可以补夙缘矣。

诗作叙议锡兰佛教的兴衰，喟叹西方洋教及武力对佛教文化的破坏。顺着这一思路，诗人突发奇想，希望以中华天下为公及仁义的理念振兴锡兰、印度，同时也流露出了对列强侵凌亚洲的不满，写来气格遒劲。后来，黄遵宪也作过举世闻名的《锡兰岛卧佛》（六首选录其六）：

噫嗟五大洲，立教几教皇。唯佛能大仁，首先唱天堂。以我悲悯心，置人安乐乡。古分十等人，贵贱如画疆。唯佛具大勇，自弃铜轮王。众生例平等，一律无低昂。罪畏末日审，报冀后世偿。佛说有弥勒，福德莫可当。将来僧祇劫，普渡胥安康。此皆大德慧，倾海谁能量。古学水火风，今学声气光。辩才总无碍，博综无不详。独惜说慈悲，未免过主张。臂称穷鸽肉，身供饿虎粮。左手割利刃，右手涂檀香。冤亲悉平等，善恶心皆忘。愈慈愈忍辱，转令身羸尪。兽蹄交鸟迹，一听外物戕。人间多虎豹，天上无凤凰。虎豹富筋力，故能恣强梁。凤凰太文彩，毛羽易摧伤。唯强乃秉权，强权如金刚。吁嗟古名国，兴废殊无常。罗马善法律，希腊工文章。开化首埃及，今亦归沦亡。念我亚细亚，大国居中央。尧舜四千年，圣贤代相望。大哉孔子道，上继皇哉唐。血气悉尊亲，声名被八荒。到今四夷侵，尽撤诸边防。天若祚中国，黄帝垂衣裳。浮海率三军，载书使四方。王威镇象主，鬼族驯狼肮。归化献赤土，颂德歌白狼。共尊天可汗，化外胥来航。远及牛贺洲，鞭之如群羊。海无烈风作，地降甘露祥。人人仰震旦，谁侮黄种黄。弱供万国役，治则天下强。明王久不作，四顾心茫茫。

黄遵宪观佛虽在潘飞声之前，但诗篇却是在辞官返乡后所补作，且思路大体一致，所以，就这一点而言，潘飞声此诗确乎具有导夫先路的意义。

七洲洋被风出险述怀[1]

题旨

此诗录自《天外归槎录》，写归国途中被风出险，因而有所感怀。

劳生出险患，悚惧思愆尤。[2]质性本粗犷，忤世遭嘲啁。[3]岂无文字灵，违格难见售[4]。独鹤唳青霄，众视若虫啾。[5]负米既已拙，歧路嗟蹇修。[6]伥伥其何之，鉏铻终寡俦[7]。愤然蹈域外，甘自罹罝罘。[8]穷荒致书币，意气惊蛟虬。[9]河源泛轻槎，雪岭腾飞輶[10]。贤王动颜色，拱待开绛帱[11]。翳余端章甫，称说唯孔周。[12]敢比汝南许，尹珍来从游。[13]李用溯洙泗，教化被瀛洲。[14]（李用，宋时吾粤东莞人，浮海至日本，以诗书教其国人，多被其化，人称曰“夫子”。）余辄陈诗书，戢彼戈与矛[15]。朝廷发轺车，报聘重怀柔[16]。磐磐节使才，慕义倾毡裘。[17]毳幕推宾筵，自分居卑陬。[18]手中御边策，瑟缩借前筹。四载卧寒毡，一事非所求。吾将谈笑归，玉关生可投。瑞士凌阴山，冰冻摧行辀[19]。挂席地中海，银汉冲斗牛。印度登迦蓝，玉检穷罗搜。[20]南洋观海门，燃犀烛蚴蟉[21]。胡为触飓风，骇浪掀沉浮。訇哮簸天地[22]，出没吞孤舟。余身讵惮殃，欹傺邻冥幽[23]。平生苦倔强，窃为神鬼雠。险极乃获安，天意仁爱稠。余生猛退省[24]，过喜还复忧。图南志鲲鹏，撼树讥蜉蝣。[25]所期欲强致，阅岁则已遒[26]。庄生慕逍遥，偃鼠知归休。[27]昌黎乐盘谷，秣马从淹留。[28]斯道诚足尚，与古当为俦。全生而养亲[29]，吾其老林邱。

注释

［1］出险：脱离险境。　［2］劳生：劳碌辛苦的人生。《庄子·大宗师》：“夫大块载我以形，劳我以生，佚我以老，息我以死。”悚惧，恐惧，害怕。愆（qiān）尤，罪过，过失。张衡《东京赋》：“卒无补于风规，只以昭其愆尤。”　［3］质性：资质，本性。粗犷，豪壮，狂放。忤，不顺从。嘲啁（zhōu），戏谑，调笑。［4］违格：违反法律规定。　［5］青霄：青天，碧空。众视，众人的观瞻。　［6］负米：谓外出求取俸禄钱财等以孝养父母。歧路，由大道分岔出去的小路。蹇（jiǎn）修，媒人。　［7］鉏铻（jǔ yǔ）：互相抵触，格格不入。寡俦（chóu），缺少同伴。　［8］愤然：

气愤发怒的样子。《淮南子·人间》："孔子读《易》至损、益，未尝不愤然而叹。"域外，疆界以外、国外。《汉书·邹阳传》："驰域外之议，独观乎昭旷之道也。"罹，遭逢。罝罘（jū fú），捕捉鸟兽的网子。 ［9］书币：泛指修好通聘问的书札礼单和礼品。《战国策·赵策四》："秦王使使者报曰：'吾所使赵国者，小大皆听吾言，则受书币。若不从吾言，则使者归矣。'"意气，意态，气概。《史记·管晏传》："意气扬扬，甚自得也。" ［10］輶（yóu）：古代一种轻便的车。 ［11］绛帱（chóu）：绛帐。为师门、讲席之敬称。 ［12］章甫：一种古代的礼冠，以黑布制成。始于殷代，殷亡后存于宋国，为读书人所戴的帽子。《论语·先进》："宗庙之事，如会同，端章甫，愿为小相焉。"称说，述说，陈述。［13］"敢比"二句：语见《后汉书·西南夷列传》："桓帝时，郡人尹珍自以生于荒裔，不知礼义，乃从汝南许慎、应奉受经书、图纬，学成，还乡里教授，于是南域始有学焉。珍官至荆州刺史。"［14］洙泗（zhū sì）：洙水和泗水。古时二水自今山东泗水县北合流而下，至曲阜北，又分为二水，洙水在北，泗水在南。春秋时属鲁国地。孔子在洙泗之间聚徒讲学。《礼记·檀弓》："吾与女事夫子于洙泗之间。"后因以"洙泗"代称孔子及儒家。教化，教导感化。 ［15］戢（jí）：收敛，收藏。 ［16］报聘：一种外交礼节。为答谢邻国的来访，而前往该国访问。《左传·宣公十年》："诸侯之师伐郑，取成而还，秋，刘康公报聘。" ［17］节使：持符节的使者。慕义，向慕正义。《史记·留侯世家》："此其君臣百姓必皆戴陛下之德，莫不乡风慕义，愿为臣妾。"毡裘，指代北方民族。［18］毳（cuì）幕：游牧民族居住的毡帐。自分，自己估量、揣测。卑陬（zōu），低下鄙陋。 ［19］行辀（zhōu）：行驶的车辆。［20］迦蓝：梵语僧迦蓝摩音译的略称。指佛寺。亦作伽蓝。玉检，古代收藏告天文书的封匣。［21］燃犀：据《晋书·温峤传》载：传说温峤曾至水深而多灵怪的牛渚矶，他点燃犀牛角照向水面，看到了很多水中怪物。蚴虯（yòu liú），蛟龙屈折行动貌。［22］訇哮：风势盛大的样子。［23］欿傺（kǎn chì）：陷于停止的状态。宋玉《九辩》："收恢台之孟夏兮，然欿傺而深藏。"［24］退省：反省。［25］图南：出自《庄子·逍遥游》。后以喻人的志向远大。鲲鹏，庄子所假托的大鱼大鸟。用以比喻至大之物。撼树，蚍蜉撼树，比喻高估自己的实力。蜉蝣（fú yóu），虫类。长六七分，头似蜻蛉而略小，有四翅，体细而狭。夏秋之交，多近水而飞，往往数小时即死。［26］遒：终竟，完尽。苏轼《滕达道挽词二首》其二："肮脏仪刑在，惊呼岁月遒。"［27］逍遥：自由自在，不受拘束。《庄子·让王》："逍遥于天地之间，而心意自得，吾何以天下为哉！"偃鼠，鼹（yǎn）鼠。［28］盘谷：山谷名，在今河南济源境内，史载王屋山下有盘谷川、盘谷山。韩愈有《送李愿归盘谷序》。秣（mò）马，喂马。淹留，久留，逗留。屈原《离骚》："时缤纷其变易兮，又何可以淹留。"［29］全生：保全天性，顺其自然。

简析

潘飞声此诗所写，可与其《天外归槎录》所记参读：

［（光绪十六年（1890）八月］二十一日，风势稍平，余强登舱面，犹觉激浪成山，腾沸奔湃。桅旁铁管已折其一，铁篷多飘入浪中。竹君、君迪、包尔及米诚夫人相见庆更生。明日可至香港矣。

诗写归国途中在七洲洋上遇风浪脱险之后的所思所想，后怕之余，也是在即将到港之际，明显带有借机反思这一段海外经历的意思。其中，尤其是从“质性本粗犷”到“意气惊蛟虬”，道出潘飞声何以会在妻子梁霭离世不久，毅然决定出国一展抱负的心路历程，为他处文字所罕及。

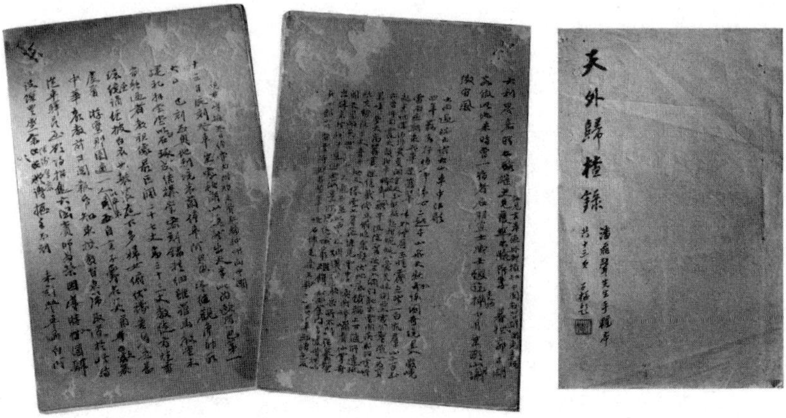

《天外归槎录》书影

香海集

甲午冬日珠江舟发

题旨

此诗录自《香海集》，写出了作者睥睨四海、建功立业的壮志豪情。

长剑铮铮夜有声，愁闻电檄促东征[1]。闭门未息尘中影，幞被依然海外程[2]。往岁弃繻空击楫[3]，何时扪虱快谈兵[4]。罪言敢恃匡时策[5]，孤愤填胸吐不平[6]。（时港中华报馆延余主笔。）

注释

［1］东征：东行。［2］幞（fú）被：用包袱裹束衣被，意为整理行装。［3］弃繻（xū）：语见《汉书·终军传》："初，军从济南当诣博士，步入关，关吏予军繻。军问：'以此何为？'吏曰：'为复传，还当以合符。'军曰：'大丈夫西游，终不复传还。'弃繻而去。"繻，帛边。书帛裂而分之，合为符信，作为出入关卡的凭

证。后因用为年少立大志之典。击楫，《晋书·祖逖传》载：祖逖率军北伐，渡江至中流时，击打船桨而立誓恢复中原。后因用为颂扬收复失地、统一国家的壮志之典。［4］扪虱：形容谈吐从容，无所畏忌。《晋书·王猛传》：“桓温入关，猛被褐而诣之，一面谈当世之事，扪虱而言，旁若无人。”［5］罪言：语见《新唐书·杜牧传》：“是时，刘从谏守泽潞，何进滔据魏博，颇骄蹇不循法度。牧追咎长庆以来朝廷措置亡术，复失山东，巨封剧镇，所以系天下轻重，不得承袭轻授，皆国家大事，嫌不当位而言，实有罪，故作《罪言》。”后因称奏议或议论时政得失的文章为“罪言”。匡时，匡正时世，挽救时局。［6］孤愤：韩非所著篇名。《史记·老子韩非列传》：“（韩非）悲廉直不容于邪佞之臣，观往者得失之变，故作《孤愤》。”司马贞《索隐》：“《孤愤》，愤孤直不容于时也。”后以“孤愤”谓因孤高嫉俗而产生的愤慨之情。

简析

这首律诗作于光绪二十年（1894）冬，先通过塑造自己长夜未休的侠影，寄寓报国无路之叹；再言海外归来未久，又将飘泊香港，进一步抒发不遇之怀；又分别借用祖逖击楫、王猛扪虱之典，写出救国的豪情壮志；最后以不畏艰难，畅言时事，振起全篇，颇见诗人勃勃英气。作为收入《香海集》的第一首作品，潘飞声应该是希望借助这首“压卷”之作，圈定一整部诗集的主要思想内容和特色，即尽抒怀抱，畅言抱负。在具体写法上，因为受到龚自珍“剑气箫心”的影响，潘飞声常以“剑”自喻，既见其自我塑造的仗剑报国形象，亦以寄托其落拓不遇的情怀，因而诗风豪迈腾跃，极具风云之气，正可为梁淯序《香海集》所云“推其贤，惜其志”下一注脚。

题朱竹君仗剑东归图

题旨

此诗录自《香海集》，题图之作，藉以倾泻一腔济世的抱负。

愤时拟尽屠蛟螭[1]，洗剑波涛曾誓师。三年尚抱手中策，时平李广真数奇[2]。东溟妖氛压边重[3]，警电传来事堪痛。梦中家国最难忘，胸里甲兵无所用[4]。龙泉裂箧夜有声[5]，铮铮亦作不平鸣[6]。国仇未复剑失色，安得不请终童缨[7]。归轮击楫此海水，生不杀贼有如此。十万横磨正多事[8]，张雷合按干将起[9]。

注释

[1] 蛟螭（chī）：犹蛟龙。亦泛指水族。 [2] 时平：时世承平。李广，陇西成纪（今属甘肃）人，西汉名将。位列唐武庙六十四将、宋武庙七十二将之一。数奇（jī），指命运不好，遇事多不利。《史记·李将军列传》："大将军青亦阴受上诫，以为李广老，数奇，毋令当单于，恐不得所欲。"颜师古注："言广命只不耦合也。" [3] 东溟：犹东洋，指日本。姚氛，当即"妖氛"，不祥的云气。多喻指凶灾、祸乱。 [4] 胸里甲兵：比喻人有用兵的谋略。

［5］龙泉：龙泉剑。原名龙渊，唐时因避高祖讳而改。［6］不平鸣：语见韩愈《送孟东野序》：“大凡物不得其平则鸣。”［7］请缨：比喻主动请求担当重任。《汉书·终军传》：“南越与汉和亲，乃遣军使南越，说其王，欲令入朝，比内诸侯。军自请：‘愿受长缨，必羁南越王而致之阙下。’”南越王愿举国内属而其相吕嘉不从，举兵杀王及终军。死时年仅二十余，时称“终童”。后因用以为称颂少年有为之典。［8］横磨：长而大的利剑。比喻精锐善战的士卒。《旧五代史·景延广传》：“晋朝有十万口横磨剑，翁若要战则早来。”［9］张雷：晋张华、雷焕的并称。传说二人据天象在丰城掘得宝剑龙泉、太阿。干将，古代宝剑名。锋利的宝剑的代称。

简析

诗题中“朱竹君”，丘逢甲《岭云海日楼诗钞·选外集》中有《有客自美洲归作仗剑东归图为题卷端》可参（三首选录其二、其三）：

梦绕落机天外峰，归舟一去云万重。西风磨剑海水绿，旷代人豪思阁龙。

古来剑侠王海外，虬髯之客何英雄。此世界真新世界，剧怜归计太匆匆。

其余情形未详。跟丘诗中着力主张睁眼看世界的观念所蕴含的思路基本上一致，潘飞声此诗也是借题图而表达对家国存亡的高度关注，以及积极用世的强烈抱负。全篇措语沉重，慷慨激越，“雄丽”而有“奇气”（邬启祚《耕云别墅诗话》），继承的正是粤东诗坛传统的雄直诗风。雄直，即雄浑刚直。这一判断，最早应出自洪亮吉《道中无事偶作论诗截句二十首》其五："药亭独漉许相参，吟苦时同佛一龛。尚得昔贤雄直气，岭南犹似胜江南。"（《更生斋诗》卷二）丘逢甲在评价时人之作时，也是相类似的看法："岭南论流派，独得古雄直。混茫接元气，造化入镌刻。"（《题王晓沧广文鹧鸪村人诗稿》）

次答詹公子应麟[1]

题旨

此诗录自《香海集》，抒写不平之鸣，不满于朝廷的不能任用贤能。

关心天下事，湖海几生才[2]。之子犹歌哭[3]，天阍[4]古未开。为君弹铁拨[5]，迟我上金台[6]。冀北苍凉尽，何人识郭隗。[7]

注释

[1] 诗题中"次答"，答和。次，次韵。谓古代赠答诗中，依仿他人来诗的韵字次第作诗回赠。也称"步韵"。 [2] 生才：化育人才。张九龄《和裴侍中承恩拜扫旋辔途中有怀寄州县官僚乡国亲故》："生才作霖雨，继代有清通。" [3] 之子：这个人。

《诗·周南·汉广》："之子于归，言秣其马。"郑玄笺："于是子之嫁，我愿秣其马。" ［4］天阍（hūn）：天宫之门。客星，亦以指客人。 ［5］铁拨：弹拨琴弦之器称拨，铁制者称铁拨。段安节《乐府杂录·琵琶》："开元中，有贺怀智，其乐器以石为槽，鹍（kūn）鸡筋作弦，用铁拨弹之。" ［6］迟（zhì）：等待。［7］冀北：语见《左传·昭公四年》："冀之北土，马之所生。"因以谓良马产地，并指人才荟萃之所。韩愈《送温处士赴河阳军序》："伯乐一过冀北之野，而马群遂空……东都，固士大夫之冀北也。"郭隗（wěi），燕昭王谋士。

简析

诗题中"詹应麟"，《香海集》中另一首《李芷汀大令东沅寄示小像为题长句并怀詹公子应麟》也有涉及，其余情形未详。詹氏原作亦未详。据潘飞声此诗所写，可大致推测其内容。诗写对时局的强烈关注，同时也有一种不满却又无奈的情绪，为的是友人詹应麟的怀才不遇。诗中所用"筑台招贤"之典，出自《战国策·燕策一》。金台，故址在今河北易县东南。相传燕昭王筑台于此，置千金于台上，延请天下士，故名。对此，学者杨宽曾提出，《战国策》及《史记·燕世家》所谓燕昭王即位礼贤，乐毅、邹衍、剧辛等人争相凑燕之说，"全出游士之夸饰，非其实也"（《战国史料编年辑证》）。当然，即便如此，似乎也不必影响到历来文人使用这一典事的初衷。

展亡妇遗像感赋

题旨

此诗录自《香海集》，写出了作者对亡妻梁霭的眷恋之情。

环佩微闻昨夜风[1]，起披图画蹑芳踪[2]。眉梢与我谈尘劫[3]，梦里寻卿见泪容[4]。十载长离真一瞬，三生有愿尽相逢[5]。仙心飞上瑶台顶[6]，只隔云屏第二重[7]。

注释

[1] 环佩：古人所系的佩玉。后多指女子所佩的玉饰。《礼记·经解》："行步则有环佩之声，升车则有鸾和之音。"郑玄注："环佩，佩环、佩玉也。" [2] 披图：指展阅图籍、图画等。沈宗畸《题高丽闵王妃遗像》："酾酒难招海国魂，披图喜识春风面。" [3] 尘劫：佛教称一世为一劫，无量无边劫为尘劫。后亦泛指尘世的劫难。《楞严经》卷一："纵经尘劫，终不能得。" [4] 泪容：谓脸上有泪或有泪痕。 [5] 三生：佛教用语。指前生、今生、来生。[6] 仙心：指道家超脱人世的思想。刘勰《文心雕龙·明诗》："及正始明道，诗杂仙心，何晏之徒，率多浮浅。"瑶台，传说中的神仙居处。《拾遗记》卷十："昆仑山者……傍有瑶台十二，各广千步，皆五色玉为台基。" [7] 云屏：喻层叠之山峰。

简析

潘飞声之妻梁霭于光绪十三年（1887）逝世。诗写十年生死两茫茫，见亡妻遗像再度勾起心中无尽的伤痛。尤其是尾联，作者的思绪穿越时空，希望追寻亡妻的踪影而不得，表现出与亡妻永远无法再见的痛苦，具见伉俪情深。这是在悼亡诗中融入游仙诗题材写法的成功尝试。此前，潘飞声曾作有《金菊对芙蓉·仲夏葬亡室于禅山带雾冈夜宿山家作》（山黛描烟），下片云：

追念往事朦胧。早寒闺胆怯，何况尘封。问空山悄悄，依倚谁同。慰君只有秋衾梦，怕羁魂、未许相逢。镇无聊赖，斜欹短枕，诉与幽蛩。

在写法上，也是徜徉于现实与梦境之间，通过追念亡妻生前生活细节，同时也包含了自己当下的境况，从而表现出痛彻心扉的思念。此后的光绪二十五年（1899），梁霭遗集刻成，潘飞声于跋识末尾赋诗志之，并以告慰亡妻：

寒闺断句愧雕镌，绣入弓衣字字研。旧有离忧同吊屈，得传名姓比生天。《别裁集》付尚书录，都讲诗从太史编。午夜焚香亲告奠，玉台遗稿对凄然。

写来更是哀怨缠绵，字字涕泪，真可谓一往情深。

柏林竹枝词

题旨

此组诗录自光绪刻本《说剑堂集》，凡二十四首，吟咏柏林风土人情。

其一

阿侬生长柏林城[1]，家近新湖碧玉塍[2]。今日薄寒天罢雪，铁鞋携得去溜冰。

注释

[1] 阿侬：称对方。《南齐书·东昏侯纪》："何世天子无要人，但阿侬货主恶耳。" [2] 塍（chéng）：田间的土埂。《说文》："塍，稻中畦也。"

其二

冰街十里酒人多[1]，车马纷纷踏冻过[2]。别有金铃风响处[3]，雪床摇漾入银河[4]。

注释

［1］酒人：饮酒的人。《史记·荆轲列传》：“荆轲虽游于酒人乎，然其为人沉深好书。”《集解》引徐广曰：“饮酒之人。”［2］纷纷：众多貌。陶渊明《劝农》六首其三：“纷纷士女，趋时竞逐。”　［3］金铃：金属制成的铃。　［4］雪床：雪子，状似小粒冰雹。苏轼《浣溪沙》：“雨脚半收檐断线，雪床初下瓦跳珠。”自注：“京师俚语，谓‘霰’（xiàn）为雪床。”摇漾，飞貌。沈约《咏湖中雁》：“刷羽同摇漾，一举还故乡。”李善注：“摇漾，飞貌也。”银河，天空联亘如带的星群。江总《内殿赋新诗》：“织女今夕渡银河，当见清（一作新）秋停玉梭。”也称为“天河”“天汉”“星河”“银汉”“云汉”。

其三

几日兰闺刺绣成[1]，吴绫蛋盒载糖橙[2]。却劳纤手亲相赠[3]，佳节耶稣庆更生[4]。

注释

［1］兰闺：对女子居室的美称。骆宾王《从军中行路难》二首其二：“春来秋去移灰琯，兰闺柳市芳尘断。”　［2］吴绫：古代吴地所产的一种有纹彩的丝织品，以轻薄著名。唐代是越州（今浙江绍兴）贡品，清代为吴江名产，因越州由吴州改名而来，吴绫也就沿用下来。　［3］纤手：指女子细而柔嫩的手。　［4］耶稣：基督教所信奉的救世主，称为基督。据《新约全书》，耶稣是上帝（或称天

主）的儿子，为救赎人类，降世成人。生于犹太伯利恒，召十二门徒，任教于犹太各地。后为犹太教当权者所仇视，被捕送交罗马帝国驻犹太总督彼拉多，钉死在十字架上，死后复活升天。更生，重生，再生。《史记·主父偃列传》："元元黎民得免于战国，逢明天子，人人自以为更生。"

其四

层层楼阁白如霜，夹道新阴拂绿杨[1]。最是浓春三月好，满城开放紫丁香。

注释

[1] 新阴：春夏之交新生枝叶逐渐茂密而形成的树荫。

其五

经堂晨诣各携书[1]，祷告低鬟向紫毹[2]。博得玉人齐礼拜[3]，欧洲艳福是耶稣。（西国无拜跪礼，唯祷告耶稣则屈膝[4]。）

注释

[1] 经堂：佛教称藏经之堂和诵经、做佛事之堂。此指教堂。[2] 祷告：祝告鬼神或上帝，以求福佑。低鬟，犹低首，低头。鬟，古代妇女头上的发髻。刘禹锡《伤秦姝行》："芳筵银烛一相见，浅笑低鬟初目成。"毹（shū），毛织的地毯。 [3] 玉人：美女。

元稹《莺莺传》：“待月西厢下，迎风户半开。拂墙花影动，疑是玉人来。”礼拜，基督教徒每星期日聚众集会，对上帝敬拜的仪式。［4］屈膝：跪下或跪倒。丘迟《与陈伯之书》：“对穹庐以屈膝。”

其六

芜亚陂前树郁苍[1]，鹰旗招展出榆桑[2]。朝凉爱听行军乐，一队游人过较场[3]。

注释

［1］芜亚陂（pí）：地名。陂系多音字，另见本书“买陂塘”一篇读音。郁苍，草木苍翠茂盛貌。［2］招展：飘荡，摇曳。榆桑，桑树及榆树。［3］较场：也作“校场”，古时操练兵马或比赛技艺的场所。

其七

华筵香露酌葡萄[1]，更擘波罗酿雪糕[2]。几度刀叉齐换席，晶盘五月供樱桃[3]。

注释

［1］华筵：丰盛的筵席。［2］擘（bò）：分开，剖裂。［3］晶盘：明亮的圆盘。

其八

列肆玻璃作画屏[1]，迷楼拚把客囊倾[2]。数钱姹女休争羡[3]，队队青娥报货名[4]。

注释

[1] 列肆：市场中成列的商铺。《史记·平准书》："县官当食租衣税而已，今弘羊令吏坐市列肆，贩物求利。" [2] 迷楼：隋炀帝建筑的宫殿，故址在今江苏扬州，建筑富丽，穷极工巧。相传一入此楼，往往终日不得出，故称为"迷楼"。拚（pàn，旧读pān），舍弃，不顾惜。客囊，客中的钱袋。喻指所带钱财。 [3] 姹女：少女。 [4] 青娥：少女。白居易《长恨歌》："梨园弟子白发新，椒房阿监青娥老。"

其九

异种莲称墨利加[1]，钵丹亭子最清华[2]。殊方风气原无定[3]，六月披裘去看花。

注释

[1] 异种：奇特的品种。墨利加，即美利坚。如魏源曾作有《外大西洋墨利加洲总叙》。 [2] 钵丹：潘飞声曾作有《罗敷艳歌·钵丹园看花分咏得白莲》（玻璃亭子明如水）。清华，形容景物秀丽。谢混《游西池》："景昃鸣禽集，水木湛清华。" [3] 殊方：远

方，异域。班固《西都赋》："逾昆仑，越巨海，殊方异类，至于三万里。"

其十

百锦氍毹贴地平[1]，蛮娘腰细着衣轻。兰因舞作鸳鸯队[2]，妒杀胡儿得目成[3]。（男女抱腰之舞名兰因。）

注释

[1] 氍（qú）毹：毛织的布或地毯。无名氏《陇西行》："请客北堂上，坐客毡氍毹。" [2] 兰因舞：钱德培《欧游随笔》所记可参：[光绪五年（1879）正月初十日]"少顷，德君率眷属等至舞厅，排行围绕，然后官绅等作盘旋之舞。舞式：一曰走阵，男女相携，鱼贯而行；一曰长阵，数十人两面排立旋舞；一曰方阵，每四对为一队，参差相舞；一曰兰因舞，一曰坡儿茄，一曰伐儿崔，皆男女相抱，四围飞旋，唯步法有不同耳。" [3] 妒杀：谓极其嫉妒。胡儿，此指清末民初泛用为对外国人的蔑称。目成，眉来眼去，以目传情。屈原《九歌·少司命》："满堂兮美人，忽独与余兮目成。"

其十一

洒衣香露似花云，云影衣裳月色裙。恰是小乔初嫁服[1]，莫将新寡误文君[2]。（西俗尚白，妇人新婚衣履皆白色。）

注释

[1] 小乔：三国吴周瑜之妻。唐彦谦《汉代》："王氏怜诸谢，周郎定小乔。"后用以泛指美人。　[2] "莫将"句：《史记·司马相如列传》："是时卓王孙有女文君新寡，好音，故相如缪与令相重，而以琴心挑之。……文君夜亡奔相如，相如乃与驰归成都。"

其十二

画里云烟任对摹，通灵妙腕属名姝[1]。写真别具丹青笔[2]，羞仿华清共浴图[3]。（画院有妇人携笔砚到摹者，院中所藏两美出浴图，风神绝肖[4]。）

注释

[1] 通灵：通于神灵。名姝，有名的美女。《新唐书·元载传》："名姝异技，虽禁中不逮。"　[2] 写真：绘画图像。《颜氏家训·杂艺》："武烈太子偏能写真，坐上宾客，随宜点染，即成数人。"　[3] 华清：华清池，唐代华清宫的温泉浴池，在陕西西安临潼城南骊山麓。　[4] 风神：风采神情。《晋书·裴楷传》："楷风神高迈，容仪俊爽。"绝肖（xiào），完全相似，极像。

其十三

河流曲曲绕春城，照见惊鸿荡桨轻[1]。掉入女儿湖上去，画船都唤美人名[2]。（河上小舟，俱以美人名名之。）

注释

［1］惊鸿：因受惊而轻捷飞起的鸿鸟。曹植《洛神赋》：“翩若惊鸿，婉若游龙。”后用以比喻女子的体态轻盈。［2］“画船”句：潘飞声《梦横塘》（草痕消雨）词序可参：“兰琣琦女史邀泛帖尔园之新湖，有瑞典女郎威丽默打桨。时四月六日，新绿乍齐，湖波半剪，铁桥环曲，间备罨画，图中佳瞩。船名绿衣姒，亦美人名也。”画船，装饰华美的游船。

其十四

雪纱帘幕掩窗门，中有雏鬟侑酒尊[1]。良夜月斜街上过[2]，一灯红影最销魂。（酒肆有女侑酒者，门外悬红灯为记。）

注释

［1］雏鬟：年轻女子。侑（yòu）酒，为饮酒者助兴。［2］良夜：景色佳美的夜晚。李益《写情》：“从此无心爱良夜，任他明月下西楼。”

其十五

省识群花待客期[1]，架非庖与架非基。泥人更爱游斯地，密订缠头未可辞。[2]（架非庖、架非基、游斯地皆茶肆之最盛者，入夜诸妓云集以待客[3]。）

注释

［1］省识：认识。杜甫《咏怀古迹》五首其三：“画图省识春风面，环佩空归月夜魂。”　［2］泥：当通“昵”。缠头，古时舞者用彩锦缠头，当宾客宴集，赏舞完毕，常赠罗锦给舞者为彩，称为“缠头”。对于青楼歌妓，宾客也往往赐锦，或以财物代替。后把送给歌妓或妓女的财物称为“缠头”。白居易《琵琶行》：“五陵年少争缠头，一曲红绡不知数。”　［3］云集：如云般密集群聚。比喻许多人从各处来，聚集在一起，极言聚合人众之盛。贾谊《过秦论》：“斩木为兵，揭竿为旗，天下云集而响应，赢粮而景从。”

其十六

花册芳名隶教坊[1]，怜他蝴蝶过东墙[2]。迷香未许营金屋[3]，始信温柔别有乡[4]。（德例为妓必须入官注册，然禁设勾栏，多有携妓诣客寓者。[5]）

注释

［1］教坊：此处当指妓院。《警世通言·杜十娘怒沉百宝箱》：“但教坊落籍，其费甚多，非千金不可。我囊空如洗，如之奈何？”　［2］东墙：东边的墙垣。借指邻家。宋玉《登徒子好色赋》：“东家之子，增之一分则太长，减之一分则太短，著粉则太白，施朱则太赤。眉如翠羽，肌如白雪，腰如束素，齿如含贝。嫣然一笑，惑阳城，迷下蔡。然此女登墙窥臣三年，至今未许也。”　［3］金屋：形容屋宇的华美。庾信《春赋》：“出丽华之金屋，下飞燕之兰宫。”

［4］温柔乡：指沉湎女色时，温柔欢悦的境地。《飞燕外传》："是夜进合德，帝大悦，以辅属体，无所不靡，谓为温柔乡。"［5］注册：把名字记入簿册。多指取得某种资格。勾栏，妓院。《聊斋志异·陈云栖》："诚以闺阁之身，腼然酬应如勾栏，所不堪耳。"客寓，客店。

其十七

百裥罗裙曳地娇[1]，酥胸微露隔烟绡[2]。香魂记得惊羞夜，别有金诃护细腰[3]。

注释

［1］百裥（jiǎn）：多褶的裙子。曳地，拖地。　［2］烟绡：薄烟似的轻纱。　［3］金诃（hē）：妇女遮掩胸部的饰物。相传始用于杨贵妃。高承《事物纪原》卷三："贵妃私安禄山，之后颇无礼，因狂悖，指爪伤贵妃胸乳间，遂作诃子之饰以蔽之。"

其十八

女伴茶筵撤席迟，亲扶窄袖理琴丝[1]。玫瑰曲与荷花曲，半唱销魂绝妙词[2]。

注释

［1］琴丝：琴弦。　［2］销魂：心迷神惑。江淹《别赋》：

“黯然销魂者，唯别而已矣。”绝妙，好到极点。《北齐书·郑述祖传》：“述祖能鼓琴，自造龙吟十弄，云尝梦人弹琴，寤而写得，当时以为绝妙。”

其十九

油壁青骢踏软尘[1]，郊原消夏胜嬉春[2]。海山自是无遮会[3]，飞过鸳鸯不避人。（西俗男女杂游园林胜处为消夏会。）

注释

[1] 油壁青骢：即油壁车、毛色青白相杂的骏马。《钱唐苏小歌》：“妾乘油壁车，郎骑青骢马。”软尘，飞扬的尘土。指都市的繁华热闹。 [2] 郊原：郊外的平原。苏轼《游鹤林招隐》：“郊原雨初霁，春物有余妍。”消夏，避暑，用消遣的方式度过夏季。嬉春，游乐于春光之中。 [3] 无遮会：佛教用语，原指布施僧俗的大会。无遮，谓包容广大，没有遮隔。不分贤圣道俗贵贱上下，平等行财施及法施的法会，称为“无遮会”。

其二十

高塔金棱出半空[1]，强邻从此懔和戎[2]。女儿也具英雄气，斜日登临数战功。（纪功塔乃威廉第一克法后所建。）

注释

[1] 棱：物体上条状的突起部分。 [2] 慓：恐惧。和戎，指与别国媾和修好。《左传·襄公四年》："公曰：'然则莫如和戎乎？'对曰：'和戎有五利焉。'"

其二十一

帖园花木自幽深[1]，溱洧因缘邂逅寻[2]。未把痴情诉天主[3]，先将名字镂同心。（帖尔园为男女偕游之所[4]，有邂逅定情，以刀镂树作心形而各书名其中。）

注释

[1] 幽深：深而幽静。刘长卿《喜朱拾遗承恩拜命赴任上都》："沧州离别风烟远，青琐幽深漏刻长。" [2] 溱洧（zhēn wěi）：溱水与洧水。在今河南省。《诗·郑风》的篇名，共二章，首章二句为："溱与洧，方涣涣兮。"据诗序："溱洧，刺乱也。"或亦指赋情侣游乐之诗。因缘，缘分。邂逅，不期而遇。《诗·唐风·绸缪》："今夕何夕，见此邂逅。" [3] 天主：上帝。即天主教所尊奉的神，在教义中认为是世界的创造者和主宰者。 [4] 偕：一同，偕同。《诗·秦风·无衣》："王于兴师，修我甲兵，与子偕行。"

其二十二

蕊榜簪花女塾师[1]，广栽桃李绛纱帷[2]。怪他娇小垂髫

女[3]，也解看书也唱诗[4]。（德国幼女至七岁，无论贫富，必入塾读书，兼习歌调，故举国无不知书能歌者。塾中女师，亦须考授[5]。）

注释

［1］蕊榜：传说中道教学道升仙，列名蕊宫。后指科举考试中揭晓名第的榜示。杨慎《艺林伐山》卷十：“世传大罗天放榜于蕊珠宫，故曰蕊榜。”簪花，戴花。杜牧《为人题赠》二首其二：“有恨簪花懒，无聊斗草稀。”塾师，旧时私塾中的教师。程乙本《红楼梦》第九回：“凡族中为官者，皆有帮助银两，以为学中膏火之费，举年高有德之人为塾师。” ［2］桃李：语见《韩诗外传》卷七：“夫春树桃李，夏得阴其下，秋得食其实。”后世因用桃李比喻所栽培的门生后辈。绛纱，犹绛帐。对师门、讲席之敬称。 ［3］垂髫（tiáo）：古时童子不束发，故称童子为“垂髫”。陶渊明《桃花源记》：“黄发垂髫，并怡然自乐。” ［4］唱诗：宗教用语。吟唱圣歌。基督教在教堂内举行崇拜礼仪时唱圣歌的合唱队。 ［5］考授：清制，某些学官及经办文字事务之额缺，须通过考试而授职。

其二十三

雅剧兰闺引兴长，耶稣生日夜传觞[1]。绿松灯下花船影，应喜佳人得婿乡。（耶稣生日，家家燃松树灯，至除夕而止[2]。女伴设宴，有戏摘花瓣为舟、浮水验其所止方向，以卜择配之所[3]。）

注释

［1］传觞：宴饮中传递酒杯劝酒。　［2］除夕：岁除之夜，即农历一年中最后一天的晚上。此处当系西历元旦前的最后一个晚上。［3］择配：选择配偶。《水浒传》第一一〇回：“段三娘从小不循闺训，自家择配。”

其二十四

君主生辰庆祝欢［1］**，千重火树月中看**［2］**。海天飞下银槎使**［3］**，笑逐姮娥出广寒**［4］**。**

注释

［1］君主：君主国的元首。大体由家系世袭产生。　［2］火树：形容灯火辉煌。傅玄《朝会赋》：“华灯若乎火树，炽百枝之煌煌。”　［3］银槎：航行在银河中的木筏。张华《博物志》卷十谓有住海边者，曾乘槎到天河，见牛郎织女。　［4］姮（héng）娥：后羿之妻。相传因偷吃不死之药而飞升月宫，成为仙女。汉人为避文帝讳，改“姮”为“嫦”。广寒，广寒宫，是中国神话传说中位于月球的宫殿，月球的居民有太阴星君（月神、月光娘娘）、吴刚、嫦娥、玉兔。后人将嫦娥奔月后所居住的屋舍命名为广寒宫。传说唐玄宗于望日游月中，见一大宫府，榜曰“广寒清虚之府”。后人因称月宫为“广寒宫”。

简析

潘飞声的这组《柏林竹枝词》，可能是最早吟咏德国柏林的竹枝词，对于认识19世纪后期柏林的风土人情有一定的价值。如其中第四首，写柏林春天花木。对于这座自己心目中的欧洲花城，潘飞声也曾写过一首《伤情怨》（春寒香信尚怯），序云："德意志柏林城，泉甘土沃，花事极盛，四月紫丁香，八月秋海棠，人家园林，随地皆是。游览所及，写以小词，又见羁人幽绪，随感而伤也。"后又在其《在山泉诗话》卷一中云："柏林天气极寒，三月树始发青，四月桃梅渐放，五月则牡丹、芍药烂漫如锦矣。我国驻柏林公使署在斯布列，河弯环处，楼台如镜，牡丹一本，高与檐齐。"与竹枝词相得益彰，都能彰显这座花城的特色。又如第三、第五、第二十三首，写宗教信仰，包括复活节互赠复活蛋和糖果、崇拜耶稣的习俗以及庆祝圣诞节等。又如第十九、第十、第十七、第七、第十五首，写柏林人，尤其是柏林女性的生活习惯，包括男女消夏会派对、男女舞蹈、女士的身材和服饰以及饮葡萄酒、吃菠萝雪糕与喝咖啡等。又如第一、二十、二十一、二十四首，写德国风俗及游览胜地，包括溜冰、纪功塔、帖尔园、德王诞辰等。又如第二十二首，写德国的义务教育制度。感佩之余，潘飞声后来在《德意志学校说略》一文中也是一再强调。

整个欧洲的风土人情，本来就有极大的相似性。不过，在不同的旅欧晚清人士写来，着眼点乃至观察的态度，却可能是极不相同的。试以潘飞声竹枝词中第十二首"人体油画"和第二十三首"庆祝圣诞"与张祖翼（署"局中门外汉"）《伦敦竹枝词》中的相关内容对读：

石像阴阳裸体陈，画工静对细摹神。怪他学画皆娇女，画到腰间倍认真。（大博物院中有石雕人兽各像。人无论男女，皆裸露，形体毕具，凹凸隐现，真如生者。谓使学画人物者得以摹拟而神肖也。画工皆女子，携画具入院，静对而摹之，日以百计，毫无羞涩之状，盖亦司空见惯而不怪耳。）

家家都爱挂春宫，道是春宫却不同。只有横陈娇小样，绝不淫亵丑形容。（凡画美人者，无论著色墨笔，皆寸丝不挂，唯蔽其下体而已。听事书室皆悬之，毫不为怪。）

青枝圆颗插门高，年景家家女客邀。难得佳人枝下立，殷勤檀口送樱桃。（彼国腊月二十五日为耶稣生日，彼俗不重元旦而重此日。是日闭市，家家饮团圆酒，或男女之旅居者，亲友即邀其同饮。门楣高处皆插冬青果一枝，有女客来立其下，无论识与不识，皆就与接吻。女子或有不愿者，然于此日立此枝下，皆不得辞，过此日即不准矣。故事相沿，不知何说，殆风俗之陋欤？）

如果说，对于油画的多“怪”，还只是缘于张祖翼的少见的话，那么，讥弹西人圣诞节习俗为“风俗之陋”，则未免稍嫌武断。

海上秋吟

秋感八首

题旨

此组诗录自《海上秋吟》，围绕中日甲午战事，抒写愤慨时局之意，壮怀激烈。

其一

三边棨戟耀霜明[1]，士马刍粮尽远征[2]。早识和戎卑魏绛[3]，徒闻飞渡阻甘英。九重神算劳宵旰[4]，专阃元戎属父兄[5]。不抵黄龙谋痛饮[6]，鹰鹯犹踞凤凰城[7]。

注释

[1] 三边：汉代幽、并、凉三州，其地都邻边防。后泛指边疆。棨（qǐ）戟，古时官吏出行时，作为前驱的仪仗，戟上有赤黑缯做的套子。后亦架于宫殿、官署门前，以示威严。《后汉书·杜诗传》："世祖召见，赐以棨戟。" [2] 士马：兵马。引申指军队。刍粮，

粮草。《新五代史·刘延朗传》："是时，高祖悉握精兵在北，馈运刍粮，远近劳弊。" ［3］魏绛：魏庄子。《左传》载：晋悼公四年（前570），大会诸侯，悼公的弟弟杨干扰乱军队纪律，执掌军法的魏绛冒死戮杨干之仆。 ［4］神算：神妙的计谋或准确的推测。宵旰（gàn），比喻勤于政事。《新唐书·刘蕡传》："终任贤之效，无宵旰之忧矣。" ［5］元戎：主将，元帅。 ［6］黄龙痛饮：宋金交战，岳飞曾说要直捣黄龙府，与人痛饮。后遂以"黄龙痛饮"指彻底击败敌人，欢庆胜利。 ［7］鹰鹯（zhān）：比喻勇猛善于搏斗的人。《左传·文公十八年》："见无礼于其君者诛之，如鹰鹯之逐鸟雀也。"凤凰城，京城。

其二

山河东北拱藩封[1]，百仞金汤翼镐酆[2]。兵戍恨无都护卒，狡谋自诩夜郎雄[3]。弈棋谁遣输先着[4]，尊俎原难与折衷[5]。肘腋患深今始悟，纵擒翘首武侯功[6]。

注释

［1］藩封：分封藩王。 ［2］百仞：八尺为仞。百仞，形容极深或极高。金汤，比喻防守严密，无懈可击。《后汉书·光武帝纪赞》："金汤失险，车书共道。"镐（hào），镐京，西周国都，在今陕西西安西南。酆（fēng），今作"丰"，周文王灭崇侯虎后曾都于此。后为周武王之弟的封国。故地在今陕西西安鄠（hù）邑北。［3］狡谋：狡诈的计谋。自诩，自夸，自耀。夜郎，汉时位于西南的夷族部落，在今贵州一带。元鼎六年（前111），武帝破南越后置牂牁

郡，封夜郎侯为王。《史记·西南夷列传》："滇王与汉使者言曰：'汉孰与我大？'及夜郎侯亦然。以道不通故，各自以为一州主，不知汉广大。" [4]着（zhāo）：下棋时下一子或走一步。 [5]折衷：调和太过与不及，使之得当合理。《文心雕龙·奏启》："是以世人为文，竞于诋诃，吹毛取瑕，次骨为戾，复似善骂，多失折衷。" [6]擒纵：《三国志·蜀书·诸葛亮传》裴松之注引《汉晋春秋》载：诸葛亮征南夷，七次生擒酋长孟获，七次释放，使之心悦诚服，不复背叛。后比喻善用策略，使对方诚服。

其三

牙山险失折旗杠[1]，平壤三军决击撞[2]。马革裹尸随卞壶，（谓左军门宝贵。）[3]**龙骧破敌望刘江[4]。金牌有意迟援骑[5]，铁甲无功护战艭[6]。太息沉舟唯邓禹[7]，忠魂肯逐怒涛降[8]。**（谓邓壮节公。）

注释

[1]牙山：朝鲜忠清道牙山县。旗杠，旗杆。 [2]三军：旧时的左、中、右三军，后为军队的通称。 [3]马革裹尸：比喻英勇作战，效命沙场。《后汉书·马援传》："男儿要当死于边野，以马革裹尸还葬耳。"卞壶（kǔn）字望之，济阴郡冤句（今山东菏泽）人。咸和三年（328），带兵平定苏峻叛乱，以身殉国。军门，清代对提督的尊称。左宝贵字冠廷，山东费县人。甲午战争期间，在平壤抗击日军殉国。 [4]龙骧（xiāng）：昂举腾跃貌。刘江，明辽东总兵，曾于永乐十七年（1419）率部在望海埚之战中全歼数千来犯之

倭。［5］金牌：宋代驿传中有金字牌急脚递，以木牌朱漆金字，望之者无不避路，日行五百余里。有军前机速处分，则自御前发下，称为“金牌”。后指皇帝发给官员以示其职权，或使其可便利行事的信物。［6］艭（shuāng）：古书上说的一种小船。［7］太息：大声叹气。屈原《离骚》：“长太息以掩涕兮，哀民生之多艰。”邓禹字仲华，南阳新野（今河南新野）人。新莽败亡后投刘秀，为东汉光武帝夺得天下立下汗马功劳，位居“云台二十八将”之首。［8］忠魂：忠勇志士的英魂。怒涛，汹涌的波涛。柳永《望海潮》：“云树绕堤沙，怒涛卷霜雪，天堑无涯。”

其四

横海犀军下濑时[1]，童男五百将名知。忍教敌骑贻巾帼[2]，竟委戈船听指麾[3]。岂有奇谋操竖子[4]，劝修降款哂胡儿[5]。圣朝恩赦终宽大[6]，不责仇鸾罪勠尸[7]。

注释

［1］横海：汉代将军名号，谓能横行海上。犀军，强兵。下濑（lài），汉代将军名号，亦代称水军。［2］巾帼：古代妇女用以覆发的头巾和发饰。《新唐书·高丽传》：“庶人衣褐，戴弁。女子首巾帼。”后用以代称女子。［3］戈船：古代战船的一种。指麾（huī），也作“指挥”，发号施令，指示别人行动。阮籍《为郑冲劝晋王笺》：“吕尚磻溪之渔者，一朝指麾，乃封营丘。”［4］奇谋：神奇巧妙无法预知的计谋。《北史·独孤信传》：“信美风度，雅有奇谋大略。”竖子，骂人愚弱无能。《战国策·燕策三》：“荆

轲怒叱太子曰：‘今日往而不反者，竖子也。’” [5]降款：犹降书、降服。《陈书·吴明彻传》：“明彻总统众军十余万，发自京师，缘江城镇，相续降款。”哂（shěn），讥笑。 [6]圣朝：古时对当代王朝的尊称。李密《陈情表》：“逮奉圣朝，沐浴清化。”恩赦，由帝王特恩赦免罪犯。韩愈《赴江陵途中寄赠王二十补阙等三学士》：“前日遇恩赦，私心喜还忧。” [7]“不责”句：仇（qiú）鸾字伯翔，陕西镇原（今属甘肃）人。死后被嘉靖皇帝以叛逆的罪名开棺戮尸。

其五

岩疆天险坐沦亡[1]，南北分筹大海防。司马论兵闲射虎，（谓冯宫保子材、苏军门元春。）[2]**老罴当道遏奔狼。**（谓宋帅。）**汉家岂分朱崖弃[3]，台峤终非黑齿藏[4]。犹有义旗俞戚在[5]，通奸先要斩徐汪[6]。**

注释

[1]岩疆：边远险要之地。天险，天然险要的地方。《魏书·邢峦传》：“剑阁天险，古来所称。”沦亡，沦陷而灭亡。《汉书·楚元王刘交传》：“秦始皇之末至二世时，日月薄食，山陵沦亡。” [2]司马论兵：当指《司马法》。射虎，一般指李广射虎的故事，常用以形容英雄豪气。老罴（pí）当道，喻猛将坐镇要冲。《北史·王罴传》载：王罴除华州刺史，“尝修州城未毕，梯在城外。神武遣韩轨、司马子如从河东宵济袭罴，罴不觉。比晓，轨众已乘梯入城。罴尚卧未起，闻合外汹汹声，便袒身露髻徒跣，持一白棒，大呼而出，

谓曰：‘老黑当道卧，貉子那得过！’敌见，惊退。”宫保，太子太保、太子少保的通称。明代习惯上尊称太子太保为宫保，清代则用以称太子少保。冯子材字南干，号萃亭，广东钦州（今属广西）人。苏元春字子熙，广西永安（今属广西蒙山）人。 [3] 朱崖：即珠崖。今海南海口。 [4] 台峤（qiáo）：台湾。黑齿，亦称“漆齿”，一说古族名，亦泛指边远之国。因其俗喜嚼食槟榔而齿黑，故得名。《战国策·赵策二》：“被发文身，错臂左衽，瓯越之民也。黑齿雕题，鳀冠秫缝，大吴之国也。” [5] 义旗：义军的旗帜，后泛指义军。戚、俞，指抗倭名将戚继光、俞大猷。戚继光字元敬，号南塘，晚号孟诸，山东登州人。俞大猷字志甫，号虚江，福建晋江人。[6] “通奸”句：指通倭奸人徐海、汪直。

其六

葛岭何心袖手观[1]，中行遣使古来难[2]。东南腹地输瓯脱，亿万金缯过契丹[3]。货殖更愁淫巧夺[4]，户庭长恐沃沮盘[5]。富强不策匡时急[6]，莫为朝廷哭治安[7]。

注释

[1] 葛岭：位于浙江杭州西湖之北。相传葛洪曾于此结庐修道炼丹，故而得名。 [2] 中行：唐宋时，尚书省分六部为三行，以兵、吏及左右司为“前行”，刑、户为“中行”，工、礼为“后行”。[3] 契丹：我国古代民族，是东胡的一支，原居于今辽河上游西拉木伦河一带。10世纪初，耶律阿保机并合各部，建立契丹国，后改称“辽”。 [4] 货殖：谓经商营利。《论语·先进》：“赐不受

命，而货殖焉，亿则屡中。”淫巧，过于奇巧而无益之物。《书·泰誓》：“作奇技淫巧，以悦妇人。” [5]户庭：也作“庭户”，家门以内的庭院。陆机《拟明月皎夜光》：“朗月照闲房，蟋蟀吟户庭。”沃沮，公元前2世纪至5世纪朝鲜半岛北部的部族。 [6]富强：国家富足而强盛。匡时，匡正时弊，挽救时局。 [7]治安：政治清明，国家安定。后亦泛指国家社会秩序的安宁。《史记·孝文本纪》：“古者殷周有国，治安皆千余岁。”

其七

煌煌天语谕重申[1]，感奋戎行气愈振[2]。选将论功留宿卫[3]，荐才兴艺诏疆臣[4]。清时莫更忘锋镝[5]，大局从来误党人[6]。荡垢涤瑕旋转事[7]，昆明习战仗贤亲[8]。（闻某亲王奏请重治海军。）

注释

[1]煌煌：明亮辉耀貌。天语，谓天子诏谕，皇帝所语。 [2]戎行（háng）：军队。陆机《辩亡论》：“拔吕蒙于戎行，识潘濬于系虏。” [3]宿卫：值宿宫禁，担任警卫。《史记·齐悼惠王世家》：“哀王三年，其弟章入宿卫于汉，吕太后封为朱虚侯。” [4]疆臣：负镇守一方重责的高级地方官吏。清代称总督、巡抚为封疆大吏，省称“疆吏”或“疆臣”。 [5]清时：清平之时，太平盛世。 [6]党人：朋党。《后汉书·党锢传序》：“二家宾客，互相讥揣，遂各树朋徒，渐成尤隙，由是甘陵有南北部，党人之议，自此始矣。” [7]旋转：扭转，改变。 [8]昆明：当系“昆明灰”

之省，劫火的余灰。后以指战乱。习战，练习作战。

其八

环球何地限鸿沟[1]，鹗视鹰瞵费运筹[2]。臂断匈奴通大夏，胆尝勾践切同仇[3]。时艰愧我空扪虱，身贱殊方合饭牛[4]。千日要浇元石酒[5]，苍茫一洗杞人忧[6]。

注释

［1］鸿沟：古代运河，在今河南省，楚汉相争时是两军对峙的临时分界。比喻界线分明。　［2］鹗（è）视：像鹗鸟般目光锐利的顾视。比喻勇猛的样子。鹰瞵（lín），像鹰一样凶狠贪婪地注视着。形容心怀不善，伺机攫取。　［3］胆尝：即尝胆，比喻刻苦自励。《史记·越王勾践世家》："吴既赦越，越王勾践反国，乃苦身焦思，置胆于坐，坐卧即仰胆，饮食亦尝胆也。"同仇，一致对付仇敌。《诗·秦风·无衣》："王于兴师，修我戈矛，与子同仇。"　［4］饭牛：比喻贤才屈身于卑贱之事。《吕氏春秋·举难》："宁戚欲干齐桓公，穷困无以自进，于是为商旅将任车以至齐，暮宿于郭门之外。桓公郊迎客，夜开门，辟任车，爝火甚盛，从者甚众。宁戚饭牛居车下，望桓公而悲，击牛角疾歌。桓公闻之，抚其仆之手曰：'异哉！之歌者非常人也！'命后车载之。"　［5］元石：即混元石。传说女娲炼石补天，曾选中此石，不料石无意补天，以致寂寞至今。因其诞生于天地初开辟的远古时期，故名"混元"。　［6］杞人忧：比喻不必要的忧虑。《列子·天瑞》："杞国有人忧天地崩坠，身亡所寄，废寝食者。"

简析

潘飞声《海上秋吟》收其《秋感》七律八首，卷首有丘炜萲题诗二首：

> 纷纷党论愤臣民，公道持论果孰真。自大夜郎能敌汉，同仇秦国惜无人。（乙未和约，内廷画押后颁出，朱谕有“将非宿选，兵非素练，纷纷召集，不殊乌合，以致水陆交绥，战无一胜”之语，万众读之，同为感泣。）
>
> 弈棋谁遣输先着，（我华政府上届办理朝鲜乱党，在济物浦与日本所立之约，有“后此朝鲜有事，中日两国，皆须知照，互以兵往”，日本故于甲午之役占我先着。又朝鲜为我藩属，率敢与东西各国立平等之约，政府不一诘问，日本因此目朝鲜为自主之国矣。）染指何堪厚彼邻。（俄、法、德代索辽东，纷纷要谢。近日时局，至不忍言。）第一救时须妙策，羊亡牢补治维新。

另载李欣荣同作八首，何桂林、沈宗略和作各八首。由丘氏题辞所述所评，尤其是明确提出“第一救时须妙策，羊亡牢补治维新”，亦可见出潘飞声组诗围绕中日甲午战事的创作背景，以及愤慨时局的创作意旨。如组诗中第三首，写的是甲午战争初起时中国陆军在平壤战役中受挫，以及之后的大东沟海战，邓世昌英勇作战，壮烈牺牲。可与前选潘飞声所撰《邓壮节公传》参读。又如第五首中“汉家岂分朱崖弃，台峤终非黑齿藏”，是感叹台湾被迫割让给日本；第六首中“东南腹地输瓯脱，亿万金缯过契丹”，说的则是赔偿日本军费二万万两白银之事，均饱含感慨深沉、壮怀激烈之意。

潘飞声《在山泉诗话》卷三中“郑成功传”一则又记云：“有自署亚卢者，撰《郑成功传》，称述颇多特笔，唯于焚荷兰夹板事阙然不载。余因以诗补之云：‘海隅崛起战群龙，汉将谁能歌大风。我是闽人称后学，黄金唯铸郑成功。’‘今古中原两火战，鸦军冲突鹳鹅场。荷兰一炬无余板，十倍周郎赤壁强。’”其中，“亚卢”是指柳亚子，其《郑成功传》发表于《江苏（东京）》清光绪二十九年（1903）第4期。二诗表达出诗人希望能有像郑成功那样的英雄志士，将日本侵略者逐出台湾，与上述组诗合观，可谓相得益彰。或者正因如此，潘氏组诗随后又刊于《民权素》第八集［民国四年（1915）七月］，又可见潘氏此组政治抒情诗所写，切近时事，已然引发共鸣，形成共识，一如《民权素》此组诗引首所评：“番禺潘兰史，一署老剑，著有《说剑堂集》。集中诗，格调清逸，五律较佳，七绝有落纤艳处。《秋吟八首》，殊慷壮悲激，愤慨时局，尤不免子野闻歌之戚也。”

游萨克逊日记

登百石台

题旨

此二诗录自《游萨克逊日记》，写出了萨克逊风光奇特而令人着迷的一面。

侵晨入山深，迂回出怪石。[1]见石不见天，一线路逼仄[2]。初疑西方国，昏荒古未辟[3]。穆王所不到，谁唤巨灵擘。[4]蒸岚互澒洞[5]，浓绿化幽墨。朝曦况冱寒[6]，渐上畏巉峊[7]。陡见高台宽，结构倚苍壁。下视王石岭，众峰伏肘腋[8]。石门拖修眉，雪山敛一发[9]。始识置身高，天外快登陟[10]。铁桥卧云海，松翠展瑶席[11]。群山喜我至，晴朗助颜色[12]。行将驾飙骖[13]，不借王乔舄[14]。

注释

[1] 侵晨：天色渐亮时。迂回，曲折回旋。　[2] 逼仄：狭

窄。杜甫《逼仄行赠毕曜》："逼仄何逼仄，我居巷南子巷北。"［3］昏荒：蒙昧荒凉。［4］穆王：周穆王。巨灵，神话传说中劈开华山的河神。擘，分开，剖裂。［5］澒（hòng）洞：绵延，弥漫。贾谊《旱云赋》："运清浊之澒洞兮，正重沓而并起。"［6］冱（hù）寒：寒气冻结。《左传·昭公四年》："其藏冰也深山穷谷，固阴冱寒，于是乎取之。"［7］巉崱（zè）：高峻。［8］肘腋：比喻切近之地。［9］一发：形容远山微茫。苏轼《澄迈驿通潮阁》二首其二："杳杳天低鹘没处，青山一发是中原。"［10］登陟（zhì）：登上。［11］瑶席：通常供坐卧之用的席子的美称。［12］颜色：色彩。［13］飙骖（biāo cān）：指御风而行的神车。［14］王乔舄（xì）：《后汉书》载：王乔，汉叶县人，曾为县令。相传其善于神术，曾把鞋子化成两只凫鸟，乘坐入朝觐见帝王。舄，鞋。

鸟啼径看瀑布泉

越石下山脚，径僻藤萝封。将酌石上泉，汗漫投云松[1]。两崖束青岳，拥掩山凹空[2]。已见雪色瀑，飞出岚翠丛[3]。石床坐高处，以手探白龙[4]。珠玑落我袖，足底酣笙钟[5]。茅屋酒家胡[6]，饮我玻瓈[7]钟。怪我异裳服[8]，更叩来何从。我言自东海，西摄王母踪[9]。荒外得酒泉，得非神瀵同[10]。朝饥易成醉，酒面禁凉风[11]。绿云出涧侧[12]，壁立森千峰[13]。唯闻啼鸟声，吹落山花红。

注释

［1］汗漫：漫无边际。　［2］拥掩：遮掩。　［3］岚翠：指山间青绿色的雾气。　［4］白龙：形容奔腾直泻的瀑布。　［5］笙钟：谓陈于东方之钟乐。《仪礼·大射》："设乏西十北十，凡乏用革，乐人宿县于阼阶东，笙磬西面，其南笙钟。"郑玄注："笙，犹生也。"胡培翚《正义》引褚寅亮曰："东为阳中，万物以生，故东方曰笙钟、笙磬。"　［6］酒家胡：原指酒家当垆侍酒的胡姬。后亦泛指酒家侍者或卖酒妇女。　［7］玻瓈（lí）：即玻璃。　［8］裳服：衣服。　［9］王母：神话传说中的女神。张衡《思玄赋》："聘王母于银台兮，羞玉芝以疗饥。"　［10］神瀵（fèn）：传说中水名，出自《列子·汤问》。　［11］酒面：饮酒后的脸。白居易《赠晦叔忆梦得》："酒面浮花应是喜，歌眉敛黛不关愁。"　［12］绿云：绿色的云彩。多形容缭绕仙人之瑞云。　［13］森：满，罗列。

简析

潘飞声此二诗所写，可与其《游萨克逊日记》所记对读：

余久慕萨克逊山水之胜。光绪十六年四月，余在柏林，旅居多暇，乃往游焉。

初七日早起，闻鸟声，出观后圃，花塍十余亩，风露清凉，始识昨夜宿众香国里。主人供加非鸡子饭讫，哈、爱、戈三生导行入山。山皆巨石，谽谺竦峭，突出云际，作大斧劈皴。历险至百石台，登铁桥，桥架岩巉中，怪峰左右，虎豹怒蹲，奇不可状。俯瞰峭壁千寻，河流一线，王石岭，陵陵石岭，环列相对，最远一峰，则奥国雪山也。有以望远镜缩观岭上炮台石基，形胜如在目前。下台拾级数百，回望来路，高在天上矣。缘涧折入鸟啼径，山曲处飞瀑成帘，石磴无尘，林气疏远，此处化奇险为清幽。

萨克逊，号称欧洲四大名胜之一："佳山水之在欧罗者，瑞士一也，意大利二也，英吉利之苏格兰三也，日耳曼之萨克逊四也。"（姚文栋《游萨克逊日记序》）潘飞声此次游玩，从四月六日至九日，虽仅历时四天，同行者为其学生哈恩、爱尔、戈龄，但所记录下来的萨克逊山水风光美不胜收，当令后来者见之而思齐。此二诗细致刻画奇险怪石、清幽飞瀑，尤以选用五古之体描画异域奇山异水为能得奇崛之气，实可谓古气幽深，逼真传神，妙不可言。或者也因此，这两首诗后来都被胡朴安收入所编《南社丛选·诗选》卷三。

罗浮纪游[1]

题旨

此四诗均录自《游罗浮日记》，分别题咏罗浮山中的四处胜景。

胡蝶洞

一蝶归仙山，一蝶飞人间。庄梦方蘧蘧[2]，安能超尘寰[3]。洞门不可即，矗立青孱颜[4]。梦中下一蝶，驮魂上松关。仙人如春烟，窈窕双翠鬟[5]。欲随幺凤羽[6]，但见明月弯。铢衣湿烟露[7]，天风闻佩环。

注释

[1] 罗浮：山名。在广东博罗县境内东江之滨，也称东樵山。山跨博罗、增城、龙门三县，纵横250千米。罗浮本来是罗山和浮山两个山，由横贯的铁桥峰将两山相连。罗浮山脉有大小峰峦432个，罗山主峰是飞云顶；浮山主峰称上界三峰，鼎足峭立，与飞云顶对

峙。是著名的名山胜境，道教称为第七洞天、第三十二泉源福地。［2］蘧（qú）蘧：悠然自得貌。《庄子·齐物论》："昔者庄周梦为胡蝶，栩栩然胡蝶也。自喻适志与，不知周也。俄然觉，则蘧蘧然周也。"［3］尘寰：人世间。［4］孱（chán）颜：斑驳陆离貌。［5］窈窕：娴静美好貌。《诗·周南·关雎》："窈窕淑女，君子好逑。"毛传："窈窕，幽闲也。"翠鬟，指美女。［6］幺凤：鸟名。又称桐花凤。羽毛五色，体型较小。苏轼《异鹊》："家有五亩园，幺凤集桐花。"［7］铢衣：六铢衣的省称。据佛教经典，天仙之衣为六铢衣。古代二十四铢为一两，衣重六铢，极言其轻薄。贾至《赠薛瑶英》："舞怯铢衣重，笑疑桃脸开。"

洗衲石

山花犹早春，云水已秋色。落我无尘衣[1]，寸寸作秋碧。隐师旧说法[2]，洗衲此遗石[3]。玉龙伏涧底，不敢怒破壁[4]。白雪散平林[5]，绿天若初夕。还叩香积厨，却乞伊蒲食。[6]笑问老寒山，我岂烟火客。

注释

［1］无尘：不着尘埃。常表示超尘脱俗。崔橹《莲花》诗残句："无人解把无尘袖，盛取残香尽日怜。"［2］说法：讲解佛法。［3］衲（nà）：僧徒的衣服，常用许多碎布补缀而成，因即

以为僧衣的代称。白居易《赠僧五首·自远禅师》："自出家来长自在，缘身一衲一绳床。" [4]破壁：张彦远《历代名画记》卷七："武帝崇饰佛寺，多命僧繇画之……金陵安乐寺四白龙不点眼睛，每云：'点睛即飞去。'人以为妄诞，固请点之。须臾，雷电破壁，两龙乘云腾去上天，二龙未点睛者见在。"后遂以"破壁"为龙或画龙之典。 [5]平林：平原上的林木。 [6]香积厨：僧家的厨房。伊蒲食，即伊蒲馔。斋供，素食。亦省作"伊蒲"。谢安《游鸡足山记》："山之绝顶，一僧，洛阳人，留共食，所具皆佳品。予谓野亭曰：'此伊蒲馔也。'"

涤云桥

罗浮大云海，洞阴多野云。[1]云水日相涤，仙山古无尘。

注释

[1]"罗浮"二句：写罗浮云景。屈大均《广东新语》卷三："天晓时，云如万箭从崖石隙飞出，遇风则彼此相射，如战斗状。山大，故气盛，盛而其势怒发不可御，为石所压，故缕缕触之而出。"

洗月涧

云涛天半飞，月乃出石罅[1]。万壑荡空明[2]，仙山古无夜。

注释

［1］石罅（xià）：石头的缝隙。韦应物《同元锡题琅琊寺》："山中清景多，石罅寒泉洁。" ［2］空明：空旷澄净的天空。苏轼《海市》："东方云海空复空，群仙出没空明中。"

简析

潘飞声所著《游罗浮日记》，《晨风阁丛书》甲集本题作《罗浮纪游》，乃是记光绪二十八年（1902）三月十六日至二十四日约同陆正祥、梁湇等游罗浮山之事，日凡一记。《日记》后附录三人游记诗，共39首。其中，潘飞声19首，以上所录，分列第三、五、八、九首。这些纪游诗，被认为几乎可以让易顺鼎《罗浮纪游》诸诗不得专美于前："往年余所见罗浮游诗，当以易实甫为第一，兹见番禺潘兰史飞声所作，足与抗手。"（陈道量《单云阁诗话》）

在上录四诗中，陈衍曾摘录其前两首中警句，如《胡蝶洞》中"梦中下一蝶，驮魂上松关。仙人如春烟，窈窕双翠鬟"，《洗衲石》中"山花犹早春，云水已秋色。落我无尘衣，寸寸作秋碧""白雪散平林，绿天若初夕"，并评云："写得罗浮二山，上下纯绿。"（《石遗室诗话》卷九）若与易顺鼎《酥醪观后多古松，万翠如海，松下有朝斗、逍遥二石台》中首四句："斜阳化为月，走入万绿中。绿亦化为海，日入不得红。"以及《黛海歌赋罗浮》中起首十数句对读："罗浮非土亦非石，乃是太古以来空中纯黛色，积成黛海浸天湿。此黛四万八千岁，此海三万六千尺。山为黛海之波涛，云为黛海之潮汐，泉为黛海之风雨，瀑为黛海之冰雪。更将黛色染两眉，乃是一日与一月。天入黛海不能碧，日入黛海不能赤，月入黛海不能白。旁人不知罗浮是海水，但道绿嶂苍崖兼翠壁。"足见所言非虚。又，后两首，曾被梁启超评为潘飞声《罗浮纪游》中的"最爱"，并谓相比之下《洗月涧》一首"较胜"（《饮冰室诗话》）。

以上诗作中所分咏之胡蝶洞、涤云桥、洗月涧，《游罗浮日记》中有相关内容可以参读，其一：

> 道士云：逾后山四五里，可到胡蝶洞。此洞岩壑幽深，细草如织，产五色胡蝶，大如彩禽。然山路峻峭，游客罕至。惜时渐昏黑，亟宜归观。回望玉女峰，烟鬟雾縠，已隐万重青障矣。余自署"胡蝶洞主"，旧与亡妇佩琼居士有偕隐罗浮之约，何可不一至其地？然仙人已仙，余滞尘海，洞天有主，未易追踪，唯有仰眺烟霞，漫漫太息已。

梁霭曾作诗《兰史自署蝴蝶洞主，制印置闺中，言将偕隐罗浮也，为赋长句，用东坡松风亭下韵》，潘飞声《题叶兰台太史师扁舟偕隐园遗卷》四首其二尾注亦云："余前与妇飞素有偕隐罗浮胡蝶洞之约，悼亡后刻印曰：'独骑胡蝶，醉吸酥醪。'"其二：

> 桥名涤尘，余谓此处岂尚有尘可涤，应易名涤云桥。

其三：

道士导游洞侧虾岩，潭水凝湛，风林蔽日，而石版平衍如堂奥，下列石台、石几，最宜玩月。虾公名太俚，拟易名洗月涧，倩善书者勒题石眉。

可见，潘飞声尤其是第一首诗中飘飘欲仙的诗思神悟，应与尘世间的无奈“太息”不无关联。

南社丛刻

辛亥九秋送蒋万里从军[1]

题旨

此二诗录自柳亚子等编《南社丛刻》第十二集。武昌首义，蒋万里投笔从戎，作者赋此以赠行。

其一

汉上旌旗梦里过，苍凉横槊大风歌[2]。一灯午夜闻鸡起[3]，谁识诗人旧枕戈[4]。

注释

[1] 诗题中“辛亥九秋”，宣统三年（1911）秋。秋季三月共九十天，故云九秋。杜甫《月》：“斟酌姮娥寡，天寒耐九秋。”蒋同超字士超，又字伯寅，号万里，江苏无锡人。南社社友。著有《振素庵诗钞》等。 [2] 横槊：横持长矛。横槊赋诗，形容意气风发的样子。元稹《唐故工部员外郎杜君墓系铭》：“曹氏父子鞍马间为

文，往往横槊赋诗。”大风歌，指汉高祖刘邦作《大风歌》：“大风起兮云飞扬，威加海内兮归故乡，安得猛士兮守四方!” [3]午夜闻鸡起：《晋书·祖逖传》载：东晋时祖逖和刘琨二人同为司州主簿，友情很深，常互相勉励振作，夜里听到鸡叫就起床舞剑，刻苦练武。后以“闻鸡起舞”比喻有志之士及时奋发自励。 [4]枕戈：枕着武器等待天明。形容时时警惕，准备作战，不敢安睡。

其二

功名肯向马前休，一剑霜寒第几州[1]。四万万人齐仰首，才人那得不封侯[2]。

注释

[1]“一剑”句：僧贯休《献钱尚父》：“满堂花醉三千客，一剑霜寒十四州。” [2]才人：有才能的人，有才情的人。王充《论衡·书解》：“故才人能令其行可尊，不能使人必法已。”封侯，泛指显赫功名。《史记·卫将军列传》：“人奴之生，得毋笞骂即足矣，安得封侯事乎？”

简析

潘飞声的这两首送别之作，写来慷慨激昂，尤其是第二首中“剑”意象的使用，表现出杀敌立功的豪迈气概，是因为忧国伤时，使诗人不能自已。南社中人在辛亥前后所写的诗，如黄节《岳坟》：“中原十载拜祠堂，不及西湖山更苍。大汉天声垂断绝，万方兵气此潜藏。双坟晚蜂鸣乌石，一市秋茶说岳王。独有匹夫凭吊去，从来忠愤使人伤。”又如宋教仁《哭铸三尽节黄花冈二首》：“孤月残云了一生，无情天地恨何平。常山节烈终呼贼，崖海风波失援兵。特为两间留正气，空教千古说忠名。伤心汉室终难复，血染杜鹃泪有声。”“海天杯酒吊先生，时势如斯感靡平。不幸文山难救国，多才武穆竟知兵。卅年片梦成长别，万古千秋得有名。恨未从军轻一掷，头颅无价哭无声。”大抵皆如是。

两首诗有类联章，一气流转，顺流而下，转接自然。第二首中“才人那得不封侯”句，郭延礼《近代六十家诗选》作“才人何必事封侯”，未审何据。这一改动，与首句“功名肯向马前休”所转接出的意思似乎不大协调：既然早有奋起从军、报效国家之志，就该跨马挥戈，决战沙场，追求功名。当然，如果把“何必事封侯”理解成激励乃至颂扬语，即既然是为国为民而如此，那就不必一定要像古人那样追求功名，也未尝不可。因为，两者之间本来就是对立统一的关系。

南社丛选

渡黄河

题旨

此诗录自胡朴安编《南社丛选·诗选》卷三，是一首渡黄河北上，目睹纷乱时局的忧心之作。

莽莽中原尽战尘，沧桑残局又翻新。卅年吾道其南意，今日黄河以北人。贾谊终惭虚席语[1]，王通留得著书身[2]。黄冠来去携琴客[3]，弹向空山独自春。

注释

[1]“贾谊”句：贾谊，汉洛阳（今河南洛阳）人。汉文帝召为博士，旋迁大中大夫，受到权贵中伤，贬为长沙王太傅，后又召为梁怀王太傅。著有《贾长沙集》《新书》。虚席，表示礼贤。 [2]王通：隋龙门（今属山西）人。曾献《太平十二策》，未被隋文帝采用。后隐居河、汾之间，著书讲学。著有《中说》等。 [3]黄冠：《礼记·郊特牲》：“野夫黄冠。黄冠，草服也。”道士亦称黄冠。

唐求《题青城山范贤观》：“数里缘山不厌难，为寻真诀问黄冠。”

简析

理解潘飞声的这首心忧时局之作，关键点有二：一是“吾道其南”，相传孔子曾说过：“吾门有偃，吾道其南。”但出处不详。据清人费崇朱《孔子门人考》：“子游为今苏州府常熟人，朱子《吴公祠记》考之甚详，足以证明《史记》之说。予更有一切证：孔子曰：‘吾门有偃，吾道其南’，吴在南，故云然也。”费文转引自铸九《言子琐考》。诗作借用此语，是希望表达个人的志向。二是所谓贾谊“虚席语”，出自李商隐著名的《贾生》：“宣室求贤访逐臣，贾生才调更无伦。可怜夜半虚前席，不问苍生问鬼神。”如果说义山诗批评、讽刺的是汉文帝在那次会见中选择的话题，那么，潘飞声此处则是转换了评论的角度，认为贾谊本人其实也需要对此进行反思，因为他没有做到为君为国尽心竭力地谋划“苍生”之事。全篇语势冷峻而又遒劲，音节清越处，“如万玉哀鸣”，被认为可“入晚唐”（姚鹓雏《姚鹓雏文集·杂著卷》），即媲美小李（李商隐）。潘飞声此类作品尚有如《抵津门》《威海卫》：

> 津门重到感平生，两度仓皇问北征。塞外节旄期属国，江南词赋有芜城。何人天下关忧乐，一范胸中负甲兵。客夜闻鸡惊起舞，老来髀肉不胜情。
>
> 不战何能守，仓皇委敌舟。整齐惊刺眼，收拾待重头。何地寻天险，无人泣楚囚。鱼龙成寂寞，凄绝此神州。

均可称诗笔清俊，映照一时。

说剑堂诗集

看云图为丘萩园孝廉炜萲题[1]

题旨

此诗录自《说剑堂诗集》卷一，贴紧图画，写丘炜萲通过此图散发出的别样精神风貌。

听云不如看云静，抛撇声闻入幽境[2]。看山不如看云幻，浮动空明落虚涧。君家五百石洞天[3]，云梯石栈相钩连[4]。青冥割取石作画[5]，白昼冷抱云高眠。客云诗录恣搜采，杜老荡胸爱云海[6]。吟情飞上白云端，新句纷披散霞彩[7]。君更放眼观南溟[8]，谓胜昔年游帝京。西山阴霾晻白日[9]，天阍高叩无客星。世间万事不挂眼[10]，出岫何心云亦懒[11]。蜃楼海市任沧桑[12]，布袜青鞋且萧散。五年香瀣住烟鬟[13]，昨梦星洲见海山。寄语潮阳丘水部（仲阏）[14]，移家鸡犬共云间[15]。

注释

［1］诗题中“看云图”，当即丘炜萲《挥麈拾遗》卷五中所谓“星洲看云图”。 ［2］抛撇：抛开。 ［3］五百石洞天：丘逢甲《五百石洞天挥麈序》：“孝廉藏石五百，有米老风。洞天者，其说出道书，假神灵之居，标文章之目。” ［4］云梯石栈：在山间凿石架木做成的通道。李白《蜀道难》：“地崩山摧壮士死，然后天梯石栈相钩连。” ［5］青冥：蓝天。张九龄《将至岳阳》：“湘岸多深林，青冥昼结阴。”又为古剑名。崔豹《古今注·舆服》：“吴大皇帝有宝刀三、宝剑六，一曰白虹……五曰青冥。” ［6］荡胸：心胸摇荡。杜甫《望岳》：“荡胸生层云，决眦入归鸟。” ［7］纷披：盛多貌。杜甫《九日寄岑参》：“是节东篱菊，纷披为谁秀。” ［8］南溟：指南边的大海。语出庄子《逍遥游》：“南冥者，天池也。” ［9］晻（yǎn）：指阴云兴起状，古同“暗”。 ［10］挂眼：犹留意，重视。 ［11］出岫（xiù）：岫，山洞。陶渊明《归去来兮辞》：“云无心以出岫，鸟倦飞而知还。” ［12］蜃楼海市：由光线折射所产生的楼阁、城市等虚幻景象。多用来比喻虚幻的事物。《隋唐遗事》：“李湛曰：‘此海市蜃楼比耳，岂长久耶？’” ［13］香澥（xiè）：此指香港。 ［14］丘水部：丘逢甲字仙根，号仲阏，福建彰化（今属台湾）人。著有《岭云海日楼诗钞》等。 ［15］“移家”句：王充《论衡·道虚》：“淮南王学道，招会天下有道之人，倾一国之尊，下道术之士。是以道术之士，并会淮南，奇方异术，莫不争出。王遂得道，举家升天，畜产皆仙，犬吠于天上，鸡鸣于云中。”

简析

此诗名为题画，实则写人。大旨乃谓由此看云图可概见丘炜萲之置身世外之概，超凡出尘之想。同时丘逢甲也有一首《题菽园看云图》，通篇借题发挥，而与潘飞声此诗立意几乎全然不同：

看云不作狄梁公，屈身几以牝朝终。看云不作杜陵翁，许身稷契仍诗穷。男儿生果抱雄志，眼光到处古人避。我所思兮大海南，岛上看云有奇士。丹青貌形不貌神，茫茫四海谁写真。直取乾坤万古眼，写入一气相氤氲。阳云出冬阴云夏，鲁马赵牛物交化。置身云外看云中，云之君兮纷来下。眼前所见云非云，中有看者精神存。古今万事云变灭，嗟哉郁郁何纷纷。不见卿云纠缦色，但见浮云蔽西北。坐令下士怀百忧，高天无青日不白。平生长剑空倚天，未能划断云连绵。亦知阴霾势非久，其奈勃郁当吾前。登高丘兮望远海，八表停云有人在。世间难得吉祥云，望气空怜成五采。九渊沉沉蛰者龙，云兮虽起当谁从。雷霆收声电收影，眼见闭塞将成冬。天地心留画图里，云生海山吸海水。淋漓元气大九州，霖雨苍生卧龙起。

原题作《题星洲寓公看云图》，载《清议报》1899年（光绪二十五年）12月13日。开篇所云“屈身牝朝”，本指狄仁杰屈事武后，作者借以抨击西后专权，赞赏丘炜萲资助康梁维新。即此，已可见出丘逢甲此诗在情感基调上的差异，正丘炜萲所评“借题抒诚，热心君国”（《挥麈拾遗》卷五）。

送张在初都统德彝出使英伦十韵[1]

题旨

此诗录自《说剑堂诗集》卷一，写送别张德彝出任驻英大臣事。

都护尊持节[2]，朝廷首睦邻[3]。回銮新政要[4]，报国夙经纶[5]。家世天河使，经筵帝座亲（前年上习西文，公备顾问）[6]。两参珥貂议[7]，八泛饮牛津[8]。旗拂龙蛇远，鞭投蜃鳄驯[9]。贤王如故旧，外部仰忠纯[10]。送别逾万里，重逢过十春。汉家侪将相[11]，西域望星辰。换约曾征史[12]，铭勋自有人[13]。从容任尊俎[14]，应不惜公身。

注释

[1] 诗题中“张在初”，张德彝原名德明，字在初，汉军镶黄旗人。著有《航海述奇》等。 [2] 都护：官名。西汉神爵二年（前60）置“西域都护”，为驻守西域地区的最高长官，控制西域各国。持节，古代使臣奉命出行，必执符节以为凭证。《史记·张释之冯唐列传》：“是日令冯唐持节赦魏尚，复以为云中守。” [3] 睦邻：与邻国和睦相处。《书·蔡仲之命》：“懋乃攸绩，睦乃四邻，以蕃王室，以和兄弟，康济小民。” [4] 回銮：旧时称帝王及后

妃的车驾为銮驾，因称帝、后外出回返为“回銮”。［5］经纶：整理丝缕、理出丝绪和编丝成绳，统称经纶。引申为筹划治理国家大事。［6］经筵：汉唐以来帝王为讲论经史而特设的御前讲席。宋代始称经筵，置讲官，以翰林学士或其他官员充任或兼任。宋代以每年二月至端午节、八月至冬至节为讲期，逢单日入侍，轮流讲读。元、明、清三代沿袭此制，而明代尤为重视。除皇帝外，太子出阁后，亦有讲筵之设。清制，经筵讲官，为大臣兼衔，于仲秋仲春之日进讲。［7］珥貂：插戴貂尾。汉代侍中、中常侍于冠上插貂尾为饰。后借指皇帝之近臣。［8］饮牛津：指天河。［9］蜃：蛤蜊。或为蛤类的总称。［10］外部：清末对外务部的简称。［11］侪（chái）：同辈或同类的人。《说文》：“侪，等辈也。”［12］换约：更换条约。［13］铭勋：铭功。张衡《东京赋》：“铭勋彝器，历世弥光。”张铣注：“彝器，钟鼎，祖宗之器，以铭纪功勋也。”［14］尊俎：盛酒食的器具。此处有运筹于庙堂之上的意思。刘向《新序》：“夫不出于尊俎之间，而知千里之外，其晏子之谓也。”

简析

张德彝的驻外经历较为丰富，除曾随斌椿、蒲安臣出使欧洲以外，再于光绪二年（1876）任驻英使馆译员，又于光绪二十二年（1896）任驻外参赞，光绪二十七年（1901）任驻英、意、比大臣，光绪二十八年（1902）专任驻英大臣。潘飞声的这首赠别诗，即先历述张氏这些外交经历，同时赞颂其在这方面业已建立的功勋，最后则期望其在外交战线上继续为国建功立业。临歧之际，此种写法虽属寻常，且略有溢美之嫌，然亦贵在有度。另外，诗中连用典实，然用典较为恰切，因而显得典雅不失气度，婉曲无碍流畅。晚清此类诗作，大抵如是作。其著者，有如袁昶《送洪文卿阁学奉使俄德诸国》四首：

诏持龙节度西溟，又捧天书问北庭。神禹久思穷亥步，孔融真遣案丁零。遥知氿极双旌驻，应见神州一发青。直待车书通绝徼，归来扈跸禅亭亭。

声华籍籍侍中居，清切承明出入庐。早擅多闻笺豹尾，亲图异物到邛虚。工名几勒黄龙舰，（德厂督造铁舰。）国语新衔赤雀书。争识威仪迎汉使，吹螺伐鼓出穹闾。

竹枝异域词重谱，（尤悔庵有《外国竹枝词》，君之乡先辈也。）敕勒风吹草又低。候馆花开赤璎珞，周庐瓦覆碧流黎。异鱼飞出天池北，神马徕从雪岭西。写入夷坚支乙志，杀青他日试标题。

不嫌夺我凤池头，潭思珠钤佐庙谋。敕赐重臣双白璧，图开生绢九瀛洲。茯苓赋有林牙诵，苜蓿花随驿使稠。接伴中朝人第一，君家景伯旧风流。

此组诗原载《安般簃集·诗续丁》，因被曾朴写入其《孽海花》第九回而流播较广。

送陈伯严[1]

题旨

此诗录自《说剑堂诗集》卷一，是一首送别友人的劝慰之作。

文士一挥手，风云气郁盘[2]。青天犹日月，大句起波澜[3]。同此故园感，而非行路难[4]。神州仍袖手[5]，且放酒杯宽[6]。

注释

［1］诗题中“陈伯严”，陈三立字伯严，号散原，江西修水人。“同光体”主要作家。著有《散原精舍诗集》《文集》。　［2］郁盘：曲折幽深貌。郁勃回挠。宋濂《金华张氏先祠记》：“金华县东行四十五里，有地曰岑唐，山川相缪，而风气郁盘。”　［3］波澜：此指诗文的跌宕起伏。杜甫《敬赠郑谏议十韵》：“毫发无遗憾，波澜独老成。”　［4］行路难：古乐府杂曲歌辞。《乐府解题》：“《行路难》，备言世路艰难及离别伤悲之意。”　［5］袖手：藏手于袖。谓不能或不欲参与其事。　［6］酒杯宽：饮酒多。杜甫《遣闷戏呈路十九曹长》：“晚节渐于诗律细，谁家数去酒杯宽。”

简析

梁启超《广诗中八贤歌》论及陈三立有云：

> 义宁公子壮且醇，每翻陈语逾清新。啮墨咽泪常苦辛，竟作神州袖手人。义宁陈三立伯严。（君昔赠余诗有“凭栏一片风云气，来作神州袖手人”之句。）

潘飞声此诗中“袖手”云云，即沿陈三立诗中之意而来，借以表达劝慰之意。因为友人在“戊戌变法”之后的此种个人境遇，及其所采取的应对态度，其实饱含深深的无奈与愤懑之情，在当时也有一定的典型性和代表性。一样深刻的时代感受，同病相怜，又都心有难甘，所以临歧惜别之际，写来颇有风云气象和时代气息。

吴家馆（槎上酒家名）[1]

题旨

此诗录自《说剑堂诗集》卷一，乃秋日游宴之什。

豚栅鸡埘短竹篱[2]，村花随地点胭脂。一帘斜认吴家馆，正是行人觅醉时。

注释

[1] 诗题，《南社丛选·诗选》卷三作“秋日游槎上古猗园至大寺前饮吴家酒院作”。槎上，上海嘉定区南翔镇。古猗（yī）园，始建于明嘉靖间，清乾隆十一年（1746）重修。 [2] 豚栅鸡埘（shí）：猪圈、鸡窝。《正韵》：凿垣为鸡作栖曰埘。王驾《社日》：“鹅湖山下稻粱肥，豚栅鸡埘半掩扉。”

简析

此诗，又见于大雅堂藏潘飞声书法佳作《行书槎上行春诗》，作于民国二十一年（1932）十月，书文为：

> “老屋杉皮护竹篱，野花随地点胭脂。行人借问吴家馆，正是春晴买醉时。”师子仁兄先生正句，《槎上行春》一绝。弟潘飞声，壬申十月，年七十又五。

有白文“潘飞声印”，朱文“十劫居士”“壬申阅劫后作”。可见，《南社丛选》［民国十三年（1924）出版］所载，当为此诗初稿。相比于初稿所表现出的略显活泼、灵动，此修改稿中“春晴”时节“行人”“借问”的强烈暗示，明显与所谓“阅劫后”的抑郁情调更为契合。“阅劫”，未审是否指当年二月十五日（3月21日）沤社第十五次雅集，悼念去世不久的一代词宗朱祖谋。又，书文中“师子仁兄”，当为孙雄，原名同康，字师郑，号郑斋，晚号铸翁、诗史阁主人，江苏常熟人。著有《郑斋类稿》《师郑堂集》等。所编《道咸同光四朝诗史》，卷六中选录有潘飞声《题师郑先生诗史阁图》《袁瞿园吏部招饮，重晤师郑先生，赋诗呈正》《师郑先生出示吕眉生女士辽东小草，读竟，用小草中书素兰集韵奉题》等。

丁卯十一月九日七十生朝避客至湖上作五日清游成诗四首[1]

题旨

此组诗录自《说剑堂诗集》卷三，是七十岁生日避客西湖的清雅游赏之作。

其一

重结湖山五日缘，此翁七十早华颠[2]。青蓑绿笠穿云去[3]，犹有人猜是少年。

注释

[1] 诗题中“生朝”，即生日。　[2] 华颠：白头。指年老。《后汉书·崔骃传》：“唐且华颠以悟秦，甘罗童牙而报赵。”　[3] 青蓑绿笠：郑逸梅《南社丛谈》所录作“雨蓑烟笠”。

其二

侵寻昨夜宿酲消[1]，晓策苍藤过六桥。多谢湖神赐晴暖，黄花与我作生朝[2]。

注释

[1]侵寻：渐进，渐次发展。《史记·孝武本纪》："是岁，天子始巡郡县，侵寻于泰山矣。"《集解》引晋灼曰："遂往之意也。"《索隐》："浸淫渐染之义。"宿酲（chéng），宿醉。徐干《情诗》："忧思连相属，中心如宿酲。" [2]与我：《南社丛谈》本作"为我"。

其三

本来莼菜胜鲈鱼[1]，羹制犹夸宋嫂初[2]。比似参禅求至味，自家蔬笋有行厨[3]。（刘子行、戴鹤皋约饮，以是日茹素辞之。梁卧云道士邀饮于功德林。[4]）

注释

[1]莼（chún）菜鲈鱼：语见《晋书·张翰传》：张翰在洛阳做官，"因见秋风起，乃思吴中菰菜、莼羹、鲈鱼脍，曰：'人生贵适志，何能羁宦数千里以要名爵乎？'遂命驾而归。" [2]宋嫂：即宋五嫂。其所制鱼羹，曾为西湖名馔。周密《武林旧事·西湖游幸》："小舟时有宣唤赐予，如宋五嫂鱼羹，尝经御赏，人所共趋，遂成富媪。" [3]行厨：犹掌灶。曹唐《小游仙诗九十八首》其五十八："行厨侍女炊何物，满灶无烟玉炭红。" [4]尾注，《南社丛谈》本作"诸友约饮，以是日茹素辞。道士梁卧云为作素馔于功德林"。戴鹤皋，即戴振声。茹素，吃素。

其四

老来得酒增豪兴，乱后看山似故人。却向烟波相慰藉[1]，劝他西子不须颦[2]。

注释

［1］却向：《南社丛谈》本作“好向”。 ［2］“劝他”句：语见《庄子·天运》：“西子病心而颦其里，其里之丑人见而美之，归亦捧心而颦其里。”西子，西施。

简析

潘飞声此组纪游诗，曾被郑逸梅录入其《南社丛谈》，诗题作“丁卯十一月九日（1927年12月2日），七十初度，避客西湖，得诗四首，寄甸丞、虞琴、梦坡、仲可”。初度，谓始生之年时。屈原《离骚》云：“皇览揆余初度兮，肇锡余以嘉名。”后因称生日为“初度”。诗题中提到的四位友人，分别是：金蓉镜初名鼎元，字养寿，又字学范，号子筏，后更名蓉镜，字香严，号甸丞。浙江嘉兴人。著有《滮湖遗老集》。姚景瀛字虞琴，又字渔吟，晚年以字

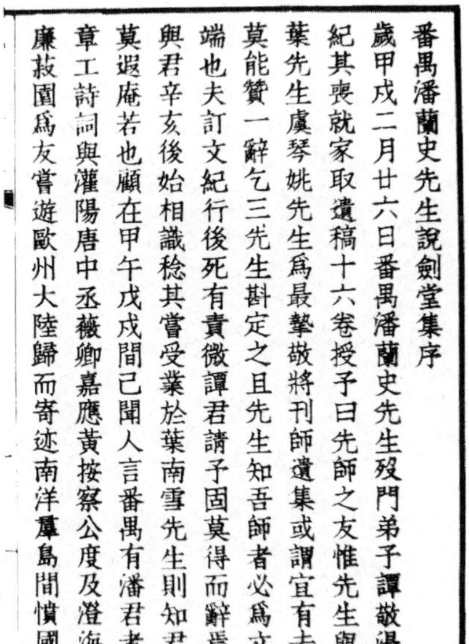
番禺潘蘭史先生說劍堂集序
歲甲戌二月廿六日番禺潘蘭史先生殁門弟子譚敬湯安經
紀其喪就家取遺稿十六卷授予曰先師之友惟先生與遐庵
葉先生虞琴姚先生爲最摯敬將刊師遺集或謂宜有去取敬
莫能贊一辭乞三先生斟定之且先生知吾師者必爲文序其
端也夫訂文紀行後死有責微譚君請予固莫得而辭焉瀞子
與君辛亥後始相識稔其嘗受業於葉南雪先生則知君者宜
莫遐庵若也顧在甲午戊戌間已聞人言番禺有潘君者能文
章工詩詞與灌陽唐中丞薇卿嘉應黃按察公度及澄海邱孝
廉菽園爲友嘗遊歐州大陸歸而寄迹南洋羣島間憤國勢危

《说剑堂集》内页

行，浙江杭州人。著有《珍帚斋诗草》。周庆云字景星、逢吉，号湘龄、梦坡，浙江吴兴人。著有《梦坡室丛书》。徐珂原名昌，字仲可，一字仲玉，浙江杭州人。著有《纯飞馆词》等。诗如其题，四章一气而下，出以云淡风轻之笔，又将西湖的相关典事信手拈来，写来颇为闲雅清隽。宋末刘克庄曾作过《避客》一律：

　　簪笔西清惭德薄，角巾东路喜身轻。不烦左辖诵新句，时有老婆呼小名。乍可戴花筵上舞，安能扶杖省中行。过门蓦有相看者，向道先生病宿酲。

背景甚为不同，却也似隐有一种淡淡的忧愁，可与潘诗相埒。

词选

海山词

大江西上曲[1]

丁亥七月十三日[2]，余远游西溟。舟发，杨椒坪、谢梧山、居古泉、黄绮云、黄日坡、杨湘舲、胡敬之、曾式如、杨仑西、伍意庄、居秋海送至珠江，率赋留别。仓皇行色，不复按谱求工也。[3]

题旨

此词录自《海山词》，为赴德国临行留别诸友人之作。

江亭酒醒，听西风一笛，离愁吹起。已拚乡心抛撇去[4]，禁得桥阑重倚。戴笠前盟，诛茅后约，[5]酒尽平生泪。丝丝疏柳，向人还更憔悴。　早分万里关山[6]，吴箫燕筑，萍梗看身世[7]。何况西溟风雪路，多恐敝裘难理。潮打秋来，海浮天去，归梦知何际。苍茫云水，挂帆吾又行矣。

注释

［1］大江西上曲：即《念奴娇》。王灼《碧鸡漫志》云：大石调，又转入道调宫，又转入高宫大石调。姜夔词注双调。元高拭词注大石调，又大吕调。苏轼“赤壁怀古”词，有“大江东去，一樽还酹江月”句，因名《大江东去》，又名《酹江月》，又名《赤壁词》，又名《酹月》。曾觌词名《壶中天慢》。戴复古词有“大江西上”句，名《大江西上曲》。姚述尧词有“太平无事，欢娱时节”句，名《太平欢》。韩淲词有“年年眉寿，坐对南枝”句，名《寿南枝》，又名《古梅曲》。姜夔词名《湘月》，自注：即《念奴娇》鬲指声。张辑词有“柳花淮甸春冷”句，名《淮甸春》。米友仁词名《白雪词》。张翥词名《百字令》，又名《百字谣》。丘长春词名《无俗念》。游文仲词名《千秋岁》。《翰墨全书》词名《庆长春》，又名《杏花天》。此调有平韵、仄韵二体。　［2］丁亥七月十三日：即1887年8月31日。　［3］留别：离开者给朋友赠送诗词以为纪念。许浑《访别韦隐居不值诗序》：“棹回已晚，因题是诗留别。”行色，出行的神色。　［4］抛撇：弃置不顾。　［5］戴笠：戴斗笠。形容清贫。周处《风土记》：“卿虽乘车我戴笠，后日相逢下车揖；我步行，君乘马，他日相逢君当下。”诛茅，剪除茅草。引申为结庐安居。庾信《哀江南赋》：“诛茅宋玉之宅，穿径临江之府。”　［6］关山：关隘与山峰。比喻路途遥远或行路的困难。王勃《滕王阁序》：“关山难越，谁悲失路之人。”　［7］萍梗：比喻行踪如浮萍断梗一样，漂泊不定。白居易《东南行一百韵》：“身方逐萍梗，年欲近桑榆。”

简析

这首留别词由眼前景触发胸中意，再层层深入，缠绵盘桓，最后仍结于景，以照应开篇，在章法结构上，极似龚自珍21岁所作《湘月·壬申夏，泛舟西湖，述怀有赋。时予别杭州盖十年矣》：

> 天风吹我，堕湖山一角，果然清丽。曾是东华生小客，回首苍茫无际。屠狗功名，雕龙文卷，岂是平生意。乡亲苏小，定应笑我非计。　　才见一抹斜阳，半堤香草，顿惹清愁起。罗袜音尘何处觅，渺渺予怀孤寄。怨去吹箫，狂来说剑，两样消魂味。两般春梦，橹声荡入云水。

难怪论者曾说潘飞声词“意慕定庵，而无其发风动气”（毕倚虹《芳菲菲堂词话》。亦载冒广生《小三吾亭词话》卷四）。所谓“无其发风动气”，当是指30岁的潘飞声尚能收敛感慨以至归于平淡，而不像龚自珍热情奋发之气发扬蹈厉于外。

词序中“杨椒坪”句，《粤东词钞二编》作“里中诸子送至珠江”，《说剑堂词集》作“杨椒坪、谢梧山、居古泉、伍少溪、伍金城、杨湘舲、胡汉秋、伍亿颂、杨仑西、伍意庄、居秋海送至珠江”。两相对照并去其重复，可知送行者有以下15人：杨永衍（椒坪）、谢梧山、居廉（古泉）、伍延鎏（少溪）、伍金城、黄绮云、黄映奎（日坡）、杨文桂（湘舲）、胡敬之、曾文玉（式如）、胡漫（汉秋）、伍亿颂、杨其光（仑西）、伍德彝（意庄）、居秋海。据此亦可略知潘飞声本土交游的部分情形。

买陂塘[1]

女郎有字莺丽姒者，屡订五湖之约，赋此宠之[2]

题旨

此词录自《海山词》，抒写在德羁旅期间的艳遇。

铁阑桥、夜深风雪，忍寒相待如许[3]。天涯久悔狂游倦[4]，那肯更沾风絮。凭听取。也未要酬珠，事事依分付。几番暗诉。愿海角追随，灵心侠骨，冷暖仗郎护。[5]　伤心事，我正风尘羁旅[6]。萍踪飘泊无据[7]。柏陵花月非侬宅，剩可五湖归去。卿莫误。祝恨海填平[8]，奇福天应与。相怜最苦。怕未老樊川[9]，寻春较晚，佳约又迟汝。

注释

[1] 买陂（bēi）塘：一名《摸鱼儿》，又名《摸鱼子》，唐教坊曲名。晁补之词有“买陂塘、旋栽杨柳”句，更名《买陂塘》，又名《陂塘柳》，或名《迈陂塘》。辛弃疾赋怪石词名《山鬼谣》。李治赋并蒂荷词有“请君试听双蕖怨”句，名《双蕖怨》。　[2] 词题中“五湖”，近代一般以洞庭湖、鄱阳湖、太湖、巢湖、洪泽湖为“五湖”。古代的说法不同，如《国语》《史记》中的五湖专指太湖，或

太湖及其附近的湖泊。 [3]相待：对待，款待。 [4]狂游：纵情游逛。薛能《牡丹》四首其二："万朵照初筵，狂游忆少年。" [5]海角：本指突出于海中的狭长形陆地，常形容极远僻的地方。灵心，聪慧的心灵。冷暖，寒冷和温暖。泛指人的生活起居。白居易《赋得乌夜啼》："画堂鹦鹉鸟，冷暖不相知。" [6]风尘：比喻旅途的艰辛劳累。杜甫《赠别贺兰铦》："国步初返正，乾坤尚风尘。"羁旅，寄身外乡作客。宋玉《九辩》："廓落兮羁旅而无友生，惆怅兮而私自怜。" [7]萍踪：比喻行踪不定。无据，无所依凭。 [8]恨海填平：指古代神话中的精卫鸟填海事。亦比喻冤恨极深或意志坚定。 [9]樊川：即杜牧。祖居长安城南樊川，故称"杜樊川"。

简析

在历代羁旅行役词中，柳永的《八声甘州》是公认的名篇：

> 对潇潇暮雨洒江天，一番洗清秋。渐霜风凄紧，关河冷落，残照当楼。是处红衰翠减，苒苒物华休。唯有长江水，无语东流。
>
> 不忍登高临远，望故乡渺邈，归思难收。叹年来踪迹，何事苦淹留。想佳人、妆楼颙望，误几回、天际识归舟。争知我，倚阑干处，正恁凝愁。

上片为登楼凝眸的望中所见，动人归思。下片写望中所思，缱绻缠绵。全篇铺叙展衍，章法细致绵密，意绪动宕开阖，堪称杰构。潘飞声羁旅之情与浪花之遇均颇类柳永，此首《买陂塘》写来也是铺排有序，上、下片分别写人、写己，在对照中言情。难怪陶森甲序《海山词》以"柳永长亭之雨”同时概括其中部分词作的内容与风格。

蝶恋花[1]

送绮云字女史归伦敦，酒阑，复歌此调[2]

题旨

此词录自《海山词》，是一首依依惜别欧洲女史的多情之作。

楼外斜阳红一线。怕看香车[3]，不把湘帘卷[4]。草草离筵花下款[5]。多情许握黄金钏[6]。　恨别江郎肠惯断[7]。海角蓬飘[8]，甚日重相见[9]。莫惜深杯珍重劝[10]。醉中禁得天涯远[11]。

注释

［1］蝶恋花：唐教坊曲。本名《鹊踏枝》，晏殊词改今名。柳永《乐章集》注小石调。赵令畤词注商调。杨朝英《朝野新声太平乐府》注双调。冯延巳词有“杨柳风轻，展尽黄金缕”句，名《黄金缕》。赵令畤词有“不卷珠帘，人在深深院”句，名《卷珠帘》。司马槱词有“夜凉明月生南浦”句，名《明月生南浦》。韩淲词有

“细雨吹池沼”句，名《细雨吹池沼》。贺铸词名《凤栖梧》。李石词名《一箩金》。衷元吉词名《鱼水同欢》。沈会宗词名《转调蝶恋花》。 ［2］词题中“女史”，对有才能女子的美称。酒阑，谓酒筵将尽。杜甫《魏将军歌》：“吾为子起歌都护，酒阑插剑肝胆露。” ［3］香车：装饰华美的车子。亦指妇女乘的车子。欧阳修《蝶恋花》：“百草千花寒食路，香车系在谁家树。” ［4］湘帘：用湘妃竹编成的帘子。赵孟頫《即事三绝》其一：“湘帘疏织浪纹稀，白苎新裁暑气微。” ［5］草草：简陋之意。离筵，饯别的宴席。 ［6］钏（chuàn）：臂镯的古称。俗称镯，镯子。《通俗文》：“环臂谓之钏。” ［7］肠断：形容非常悲伤。江淹《别赋》：“是以行子肠断，百感凄恻。”典出干宝《搜神记》卷二十：“临川东兴，有人入山，得猿子，便将归。猿母自后逐至家。此人缚猿子于庭中树上，以示之。其母便搏颊向人，欲乞哀状，直谓口不能言耳。此人既不能放，竟击杀之，猿母悲唤，自掷而死。此人破肠视之，寸寸断裂。” ［8］蓬飘：飞蓬飘荡，以喻人之流徙无定。曹植《杂诗》六首其二：“转蓬离本根，飘飘随长风。” ［9］甚日：何日。 ［10］深杯：满杯。指饮酒。珍重，善加保重，多用于临别的客套语。王僧孺《与何炯书》：“所以握手恋恋，离别珍重。” ［11］禁得：承受得住。天涯，在天的边缘。喻距离很远。王勃《送杜少府之任蜀州》：“海内存知己，天涯若比邻。”

简析

潘飞声此首送别词，以多情妙笔写出伤离之意。如上片“怕看香车”二句，谓目送将要离去者所乘坐之车，已是不忍，所以放下车帘以免看到，却又更添彼此愁绪。表达伤别之意，同时关合行者、留者双方，真可谓善写离情。下片中“江郎”，是词人以写《恨赋》《别赋》而著称的江淹自比。据钟嵘《诗品·齐光禄江淹》所云：“初，淹罢宣城郡，遂宿冶亭，梦一美丈夫，自称郭璞，谓淹曰：‘我有笔在卿处多年矣，可以见还。’淹探怀中，得五色笔以授之。尔后为诗，不复成语，故世传江郎才尽。”也可以是自恨面对此情此景，纵使才比江淹，也难赋深情。结末“莫惜深杯”二句，是说既然只有在醉中才能禁得住天涯之远、离别之苦，那么，别离之际何妨痛饮以求一醉。亦可谓出语深挚之至。难怪此类作品会被誉为“缠绵尽致”“词笔自是一代作手”（毕倚虹《芳菲菲堂词话》）。

诉衷情[1]

听媚雅女士洋琴

题旨

此词录自《海山词》，抒写与琴师媚雅所共有的天涯沦落之感。

楼迴。人静。移玉镜[2]。照银栊[3]。琴语定[4]。帘影。月朦胧[5]。芳思许谁同。丁东。隔花弹乱红[6]。一痕风。

注释

［1］诉衷情：唐教坊曲名。毛文锡词有“桃花流水漾纵横”句，又名《桃花水》。按《花间集》此调有两体，单调者，或间入一仄韵，或间入两仄韵，韦庄、顾夐、温庭筠三词略同。双调者，全押平韵，毛文锡、魏承班三词略同。　［2］玉镜：玉磨成的镜子。［3］栊：窗框格。李煜《捣练子》：“无奈夜长人不寐，数声和月到帘栊。”　［4］琴语：琴声。　［5］朦胧：月色昏暗貌。来鹄《寒食山馆书情》：“蜀魄啼来春寂寞，楚魂吟后月朦胧。”　［6］乱红：落花。

简析

潘飞声在德期间，遇琴师媚雅，颇有“同是天涯沦落人，相逢何必曾相识”（白居易《琵琶行》）之感，因而缘调赋词，以写幽怀，并可与下录《琵琶仙》一首互参：

> 兰史多情，尤多艳迹。居德意志时，有女史名媚雅者，授琴来柏林，彼此有身世之感，兰史赋《诉衷情》词云云。他日媚雅邀游蝶渡，招同女史二十六人，各按琴曲，延兰史入座正拍，复成《琵琶仙》词云云。顺德赖虚舟，年七十矣，续而艳之，诧为奇福，因题其后云：“纠缦情云结绮寮，万花丛里拥娇娆。文君自有求凰曲，不待相如玉轸挑。”“琴虽异体一般弦，得叶宫商韵总圆。廿六娇娥翻舞袖，倚声齐踏鹧鸪天。”（毕倚虹《芳菲菲堂词话》）

其中“奇福”“万花丛里拥娇娆”云云，并非完全是夸饰之言。潘飞声在德期间，所接触的欧洲女史，除媚雅外，据《海山词》中的相关词作及其《在山泉诗话》中的相关内容所载，尚有嬉婵、芬英、高璧、玲字、苏姒、兰珸琦、威丽默、麦家丽、马丽婷、莺丽姒、符梨姒、李拾璧、越梨思、绮云字、渠家、雪芝、贝殊，以及洋妓安那和日本舞妓阿摩鬌等。对此，王韶生评《海山词》有云："大半为泰西女郎而写，说者虽艳其遇，然与柳耆卿同科，未免流于尘杂。即使艳丽至于透骨，而风格实不高也。"（《读说剑堂集》）又，《钱锺书手稿集·中文笔记》第一册有钱锺书读《西海纪行卷》和《天外归槎录》笔记，对每月束脩仅300马克（不足70两）的潘飞声文辞间不断表现自己受洋妇倾慕的得意之情，讥为"措大梦想"，并谓："兰史致力词章，居欧教授三载，著作中无只字及其文学，足以自封，可笑可叹。"又，汪辟疆《光宣诗坛点将录》"埋名而不隐姓"地点潘飞声为"地耗星白日鼠白胜"，判词"粉墨登场一曲新，塞阴俯拾杜陵人。琴书一棹江南艇，艳说英伦迹已陈"中"艳说"云云，都同样带有批评或否定的意思。当然，如果转换视角，这些看法则未必可从。

琵琶仙[1]

蝶渡纪游

题旨

此词录自《海山词》，记蝶渡之游乐，不无恋恋于众芳环绕之意。

仙舫晶屏，有人画、洛浦灵妃眉妩[2]。歌扇轻约蘋风[3]，云鬟醮香雾[4]。芳渡口、银衩浸绿，更红了、樱桃千树。初度刘郎[5]，三生杜牧[6]，尘梦休赋[7]。　还怜我、似水才名[8]，话佳日、匆匆莫闲度。都把一襟羁思[9]，与前汀鸥鹭。扶窄袖、瑶丝代语，唤水仙、共点琴谱。只惜弦里飞花，断肠何处。（是日，同游女史二十八人。有名蘽家者，赠玫瑰一枝，又按琴唱曲，译曲意，即言花之色香也。）

注释

［1］琵琶仙：姜夔自度黄钟商曲。据推，潘飞声此词实有恨别之意。　［2］洛浦：洛水之滨。借指洛神。灵妃，神话传说中的洛水女神，指宓妃。郭璞《游仙诗》十四首其二："灵妃顾我笑，粲然启玉齿。"后泛指美丽的仙女。　［3］歌扇：古代歌者歌唱时，持以掩面的扇子。欧阳修《玉楼春》："春山敛黛低歌扇，暂解吴钩登祖宴。"蘋风，掠过蘋草之风，微风。李隆基《同玉真公主过大哥山池》："桂月先秋冷，蘋风向晚清。"　［4］云鬟：盘卷如云的秀发。杜甫《月夜》："香雾云鬟湿，清辉玉臂寒。"　［5］初度刘郎：刘义庆《幽明录》载：东汉刘晨、阮肇在天台山遇仙，归来已是晋代。后刘等重访天台山，旧踪渺然。因称去而复来的人为"前度刘郎"。刘禹锡《再游玄都观》："种桃道士归何处，前度刘郎今又来。"此处改用之。初度，首次，第一次。　［6］三生杜牧：杜牧去官后，郁郁不得志，落拓扬州，好作青楼之游，以风流名。有《遣怀》诗云："十年一觉扬州梦，赢得青楼薄幸名。"后言风情者，多以"三生杜牧"比况出入歌舞繁华之地的风流才士。　［7］尘梦：尘世的梦幻。

［8］才名：因才学出众而有名气。　［9］羁思：羁旅之思。

简析

潘飞声此词所写蝶渡海山及娥眉之美，可与其《在山泉诗话》卷二“蝶渡记游”条所记对读：

蝶渡，在柏林西郭，一水明猗，园林夹岸，夏时士女杂游胜处。琴师媚雅女士与其友兰吾琦招余往游，兰桡载酒，茵席眠琴，是日二十四女史同拍照画。媚雅倚花侧帽，有王夫人林下风。兰吾琦纤巧明慧，尤工酒令，每出一语，颠倒四座。又有名渠家者，赠余玫瑰一枝，并按琴度曲，译曲意，即言花之色香，盖借花以喻人也。（日本井上哲博通西文，为余言西诗多借物以写情韵。）余尝赋绝句六章，载《西海集》。海山仙娥，渺然天外，真所谓盛筵难再矣。忆录旧诗于此：“三载欧西识姓名，花游来听踏歌声。都将飘泊鸾凰意，博得佳人握手迎。”“小轮舟捷过犽舲，十里清流带鹤汀。偶启璃窗看远树，绿云吹上水银屏。”“夹岸园林列绮筵。樱桃红里酒旗偏，高台别有乘凉处，新筑危阑望水烟。”“粉腻脂香隔座闻，斗茶联坐落花茵。晶球摄出惊鸿影，许我绡衣侍洛神。”“几度听琴得免嫌，弦边亲见玉纤纤。宵深低唱玫瑰曲，一簇花云扑画帘。”“花阴凉透白蘋风，千点煤灯照水红。蝶渡何如桃叶渡，秦淮无此细腰宫。”

作为可能是第一部在德国编成的中国词集［据陶森甲序尾署“光绪十四年（1888）冬十有二月，宁乡陶森甲椝林序于德意志拍尔陵使署之西楼”及张德彝序尾署“戊子（1888）冬月，张德彝拜识于柏林行馆”］，《海山词》多写与欧洲女史往还之情，秾艳迷人。盖海外寂寞，时光难遣，所以眷恋群芳，词风自丽。正如桂林题辞所云：“草窗风调梦窗词，情是三生杜牧之。如此华年如此笔，却来海外画娥眉。”比之以史上多情风流的杜牧，确实是生动地描摹出了风华正茂的潘飞声倾倒海外众娥眉的倜傥形象。又，像《海山词》这样，翻译洋人名字“媚雅”等，并以之杂糅入词，中西合璧，也算是在一定程度上拓展了传统词作的用语乃至题材范围。

满江红[1]

博子墩，译言橡树林也。有布王富得利第二离宫，风亭雪阁，数十里相望。大河湾环，明湖迤逦，山光水色，苍翠万重，为布鲁斯第一佳山水。[2]

题旨

此词录自《海山词》，追溯中西交往历史，表达希望中国强大、万方来服之意。

如此江山，问天外、何年开辟[3]。凭吊古、飞桥百里[4]，粉楼千尺。邻国终输瓯脱地，名王不射单于镝。[5]看离宫、百二冷斜阳，苍苍碧。　蒲萄酒，氍毹席。挠饮器，悬光璧。[6]话银槎通使，大秦陈迹。[7]左纛可能除帝制，轺车那许遮安息。[8]待甚时、朝汉筑高台[9]，来吹笛。

注释

［1］满江红：此调有仄韵、平韵两体。仄韵词宋人填者最多，其体不一。《钦定词谱》以柳词为正体，其余各以类列。柳永《乐章集》注仙吕调。高拭词注南吕调。平韵词只有姜词一体，宋元人俱如此填。［2］词序中“博子墩”，今译波茨坦。德国古城，在柏林西南27千米。曾为普鲁士王国的夏宫。布王富得利第二，即普鲁士国王腓特烈二世。离宫，古代帝王出巡时的行宫。迤逦，连续不断貌。苍翠，深绿色。王维《辋川闲居赠裴秀才迪》：“寒山转苍翠，秋水日潺湲。”布鲁斯，普鲁士的旧译名。［3］何年开辟：波茨坦建于14世纪。著名的桑苏茜宫（一译无愁宫）建于18世纪中叶。［4］飞桥百里：夸言跨海大桥之雄伟。《后汉书・西域传》载：大秦国“有飞桥数百里可度海北”。［5］瓯脱：汉时匈奴语，指边界。瓯脱地，边地，亦指两国之间的“弃地”，有争议之地。名王，指弗里德里希二世。旧译腓特烈二世，又称腓特烈大帝。在位时加强军事官僚专制制度，扩充军队，发动战争，扩充普鲁士王国版图。单于，此指普鲁士王。镝，箭头。［6］挠饮器：调和、搅拌酒类所用的器具。悬光，高空下照之光。多指月光。《晋书・陆机传论》：“如朗月之悬光。”［7］银槎通使：此指张骞出使西域事。后人把《博物志》所云乘槎事与张骞出使事合用，谓张骞乘槎。如胡仔《苕溪渔隐丛话》前集卷十一引《荆楚岁时记》：“张华《博物志》云：‘汉武帝令张骞穷河源，乘槎经月而去。’”大秦，即罗马帝国。东汉永元九年（97），西域都护班超派属官甘英出使大秦，中途临海而止。［8］左纛：纛，饰以牦牛尾或雉尾的大旗。古代帝王乘舆的车衡左边或左骓上插有大旗，称为“左纛”。可能，怎能，难道。轺（yáo）车，使节所用之车。安息，即波斯。今伊朗。《后汉书・西域传》

载："其（大秦国）王常欲通使于汉，而安息欲以汉缯彩与之交市，故遮阂不得自达。"遮阂，犹阻隔。 ［9］朝汉台：即朝台。南越王赵佗曾筑朝汉台，以示臣服汉朝。《元和郡县图志》卷三十四："朝台，在（南海）县东北二十里。昔尉佗初遇陆贾之处也，后岁时于此望汉朝拜，故曰'朝台'。"

简析

潘飞声在德国期间，漫游各邦，与当地及旅德文人雅士交游，思想上受到了一定的影响，所为词也因之一改少时纤仄之风，意境渐趋深厚。这首《满江红》就是一个例子。此词写景恢弘阔大，更融入中西史实，其苍茫时空之感，被认为不减"髯苏大江之浪"（陶森甲《海山词序》）。所谓"大江之浪"，是指苏轼著名的《念奴娇·赤壁怀古》：

> 大江东去，浪淘尽、千古风流人物。故垒西边，人道是、三国周郎赤壁。乱石穿空，惊涛拍岸，卷起千堆雪。江山如画，一时多少豪杰。　　遥想公瑾当年，小乔初嫁了，雄姿英发。羽扇纶巾，谈笑间、樯橹灰飞烟灭。故国神游，多情应笑我，早生华发。人生如梦，一尊还酹江月。

此词起笔即高屋建瓴，同时推出空间与时间、自然与人事，以浩荡而又深沉的悲慨，为全词奠定基调。全篇鲸吞鳌掷，大开大阖，雄放的笔势与悲壮的内核浑然一体，给读者带来了艺术美感与人生哲理的巨大震撼。因而，"大江东去"几乎成为整个豪放词派的代名词。就此而言，潘词还是相差了一段不小的距离。其中，可能的原因之一是，像潘飞声这样的晚近词人的域外创作，依旧执着于戴着镣铐舞蹈，多数作品中使用的新名词、新意象往往会被习惯性地转换成或者湮没入古典气息十分浓郁的语汇，稀释掉本该顺理成章地催生出的新意境，崭新的题材和内容未能完全激发出写法上的崭新变化。

水龙吟

独游帖尔园，至沙律定堡看黄叶[1]

题旨

此词录自《海山词》，写沙律定堡看黄叶，油然而起故园情。

可怜瘦尽秋怀，寥空也换凄凉色。平林远近，西风作意[2]，教伊狼藉[3]。薄霭愁笼，斜阳冷染，画残金碧[4]。怪宵来悄听，闲阶堕玉，幽蛩语[5]、无人识。　况又江关庾信。尽频年、赋成萧瑟。[6]殊方异客[7]，空山何处，独寻行迹。我本飘零[8]，树犹如此，岁华堪惜。想故园旧侣，著书才罢，一尊相忆[9]。

注释

[1] 词题中“帖尔园”，潘飞声《柏林竹枝词》自注：“帖尔园为男女偕游之所。”　[2] 作意：特地，加意。陆龟蒙《幽居有白

菊一丛因而成咏呈知己》："月中若有闲田地，为劝嫦娥作意裁。"［3］狼藉：传说狼群在草地上卧息，离去时常将草地弄得一片凌乱以灭迹。后用此语形容凌乱不堪。［4］金碧：中国绘画颜料中的泥金、石青和石绿。泥金一般用于钩染山廓、石纹、坡脚、沙嘴、彩霞，以及宫室、楼阁等建筑物。故以此绘出的山水楼阁，色泽呈金绿色，笔调细致华丽。［5］蛩（qióng）：蟋蟀鸣叫声。［6］"况又"二句：杜甫《咏怀古迹》五首其一："庾信平生最萧瑟，暮年诗赋动江关。"江关，指江陵。庾信字子山，小字兰成，南朝梁新野（今河南新野）人。梁元帝即位，任为右卫将军，后元帝使其出使西魏，值西魏灭梁，信留长安，并任官；北周代魏，信累迁骠骑大将军、开府仪同三司，在北朝达二十七年，世称"庾开府"。庾信前期作品，文藻艳丽，与徐陵齐名，时称"徐庾体"；后期作品，常有乡关之思，风格一变为沉郁，语言清新。著有《庾开府集》。萧瑟，悲楚凄凉。［7］异客：作客他乡的人。王维《九月九日忆山东兄弟》："独在异乡为异客，每逢佳节倍思亲。"［8］飘零：比喻漂泊流落。树犹如此，出自《世说新语·言语》："桓公北征，经金城，见前为琅邪时种柳，皆已十围，慨然曰：'木犹如此，人何以堪！'"多用于感伤人生的变化。［9］一尊：一杯。

简析

潘飞声"寓德京四年"，遍览柏林郊外"涤尘胜赏"（《在山泉诗话》卷二）。除帖尔园、沙律定堡之外，尚有如蝶渡、白湖、夏鳞湖、斯布列河、高列林、柏崎园、金鳞池、扶荔园、钵丹园、布王富得利第二离宫、莎露园、威陵、石门、定陵河、佛罗洼园等，且游踪所及，即有吟咏。此词所记，虽不如蝶渡之游给人念念难忘之感，但也赋景流利，写情劲直，清切著明，正如陶森甲所谓“玉田之疏”“奔赴腕底”（《海山词序》）。张炎词的疏宕之气，在其《八声甘州·辛卯岁，沈尧道同余北归，各处杭越。逾岁，尧道来问寂寞，语笑数日，又复别去。赋此曲，并寄赵学舟》一类作品中表现得较为典型：

记玉关踏雪事清游，寒气脆貂裘。傍枯林古道，长河饮马，此意悠悠。短梦依然江表，老泪洒西州。一字无题处，落叶都愁。　载取白云归去，问谁留楚佩，弄影中洲。折芦花赠远，零落一身秋。向寻常、野桥流水，待招来、不是旧沙鸥。空怀感，有斜阳处，却怕登楼。

写亡国之痛，尤其是换头改出以疏宕之笔，“问谁留楚佩”二句，故作摇曳，亦以疏间密，使得全篇悲中带壮，流畅浑厚而又不纤不滞。对照读来，潘词亦可谓能得玉田“疏”字诀。

添字罗敷媚[1]
用纳兰容若韵

题旨

此词录自《海山词》，乃用韵纳兰的自抒绮怀之作。

名园夜趁嬉春约，扶步青苔。阿姊催回[2]。行到悄无人

地、月华来[3]。　　相逢只恨当时错，鸾信羞开[4]。触恼愁怀[5]。一片落红曾印、缕金鞋[6]。

注释

［1］罗敷媚：一名《采桑子》。唐教坊曲有《杨下采桑》，调名本此。《尊前集》注羽调。《乐府雅词》注中吕宫。李煜词名《丑奴儿令》，冯延巳词名《罗敷媚歌》，贺铸词名《丑奴儿》，陈师道词名《罗敷媚》。一首词的曲调虽有定格，但在歌唱时，还可以对音节韵度，略有增减，使其美听。从音乐的角度来取名，增叫作添声，减叫作偷声。从歌词的角度来取名，增叫作添字，又称摊破，减叫作减字。　［2］阿姊：姐姐。《木兰诗》："阿姊闻妹来，当户理红妆。"　［3］月华：月光。沈约《应王中丞思远咏月》："月华临静夜，夜静灭氛埃。"　［4］鸾：古代传说中凤凰一类的神鸟。赤色多者为凤，青色多者为鸾。多为神仙坐骑。青鸾，即青鸟。借指传送信息的使者。王实甫《西厢记》第四本第三折："我这里青鸾有信频须寄，你却休金榜无名誓不归。"　［5］触恼：惹怒。　［6］缕金：金丝。

简析

潘飞声此词域外自抒"愁怀"，也即绮怀，虽其本事未详，甚或无须指实，写来也是绣口锦心，缠绵极矣，不失为一段好文字。正如《芳菲菲堂词话》所载："兰史尝游柏林，毡裘绝域，声教不同。碧眼细腰，执经问字，亦从来文人未有之奇也。……（词笔）求诸近代中，于纳兰公子性德为近。”用纳兰《添字采桑子》词韵写“从来文人未有之奇”，虽未袭用其化情为景之法，却也能与原唱风神相若：

闲愁似与斜阳约，红点苍苔。蛱蝶飞回。又是梧桐新绿影、上阶来。　　天涯望处音尘断，花谢花开。懊恼离怀。空压钿筐金缕绣、合欢鞋。

而所谓“于纳兰公子性德为近”，其实在潘氏《海山词》以外的作品中也是比比皆是，如收入《花语词》中的《罗敷媚》四首：

朝来悄把红窗启，见汝梳头。见汝回眸。轻卷罗帏挂玉钩。晚来悄把红窗掩，为汝勾留。为我含羞。道是良缘却种愁。

分明认得仙模样，只隔银屏。斜背银灯。未敢人前唤小名。添香捧砚非闲事，艳福难胜。好愿难成。谁赚红儿豆几升。

隔花忽报青娥别，泪湿红笺。懒拾钗钿。阿母书来病可怜。情知此后难重见，两地愁牵。鸾信谁传。又误归期过下弦。

而今翻悔当时误，种了相思。枉了相思。闲煞春花影满帏。枕边犹记真真字，人也依稀。梦也依稀。落尽玫瑰月又西。

幽悄动人，芬芳侧艳，实堪称纳兰嫡子。又如《长相思词》中《鹧鸪天·十一月二十八夜，客楼听雨，感不成寐。明日是亡妇生辰，用成容若韵》：“别泪更深作雨飘。布帷孤枕拥寒宵。遥思故阁萦蛛网，空剩游尘拂凤翘。寻旧梦，更无聊。客楼花落又明朝。天涯默数飘零恨，两渡西溟望鹊桥。”用韵纳兰《于中好·十月初四夜风雨，其明日是亡妇生辰》（尘满疏帘素带飘），其凄惋凝重处，亦绝似纳兰标志性的悼亡词风格。

花语词

台城路

海山仙馆

题旨

此词录自《花语词》，忆写海山仙馆昔日花木池桥之胜，抒发今昔盛衰之慨。

花阴梦破衫痕碧，残荷冷摇苍翠。曲曲回廊，闲闲野鹭[1]，不管游人停舣。风窗半启。占几叠湖山，几分烟水。垂柳萧疏[2]，宵来渐渐有秋意。　　年来游侣散尽，便诗筒酒盏[3]，随分抛弃[4]。雪阁吹箫，虹桥问月，风景依稀重记[5]。荒凉若此[6]。又玉笛声中[7]，落红铺地。隔岸归鸦，冷烟飞不起。

注释

[1] 闲闲：悠闲貌。鲍溶《寄张十七校书李仁行秀才》："去年

八月此佳辰，池上闲闲四五人。” ［2］萧疏：冷落稀疏。 ［3］诗筒：盛放诗稿以便传递的竹筒。 ［4］随分：随意，随便。辛弃疾《踏莎行》：“随分杯盘，等闲歌舞。” ［5］依稀：仿佛。赵嘏《江楼旧感》：“同来望月人何处？风景依稀似去年。” ［6］荒凉：形容景况荒芜而冷清。 ［7］玉笛：笛子的美称。李白《春夜洛城闻笛》：“谁家玉笛暗飞声，散入春风满洛城。”

简析

海山仙馆，潘氏别墅，一名潘园，故址在广州旧城西，极水木清华之胜，系取“海上神山，仙人旧馆”语义名之，为海山仙馆主人潘仕成长子镂伯所撰门外楹联（潘桂《天蠁琴斋诗草》：“海山仙馆在荔支湾，从伯祖德畬方伯公所建。雪阁风廊，荷堂花溆，逶迤十数里，为岭南山水园亭之冠。门外联云：‘海上神仙，旧馆仙人。’集句天成，盖公长子镂伯先生手撰也”）。徐绍棨《广东藏书纪事诗·潘仕成》即云：“藕花宜夏菊宜秋，风月平章事事幽。海上神山仙子馆，墨庄文囿足风流。”“墨庄文囿”句，出自潘飞声祖父潘恕吟咏海山仙馆之诗，盖纪其实。潘仕成是潘飞声从伯祖，所以，在潘飞声词笔下，这首《台城路》整个上片尚依稀可见昔日海山仙馆的绝代风华［潘氏多年之后所作《汉宫春》（零落神山）词序亦云：“吾家海山仙馆，在半塘荔子湾，为南汉昌华苑故址，从伯祖德舆公别业也。水榭风廊，迤逦十数里。中有碧璜，乃仿西湖三潭印月，辟七塘而成者。余足迹遍吴越，曾瞻内苑昆明湖，所称名园，未之能及。今人事沧桑，时移景易，维舟凭眺，只余百顷荒塘，荷花送晚耳。夏鸣之、田石友所绘二画，犹在友人家，时假披览，尚可指其一二胜概。辛未消夏，偶怀故乡，为拈此调”］。不过，从上结“垂柳萧疏”二句开始，即转入抒写触景伤情之怀，从今不如昔之感写到残破不堪之状，最后以目睹先人遗业衰废之象，不免黯然神伤而收束全篇。

潘氏之败，粤人多有感慨者。如南海李仕良有《过海山仙馆遗址》，可录以参读：

我步西城西，野花纷簇路。遗址认山庄，旧是探幽处。主人方雄豪，百万讵回顾。买得天一隅，结构亭台护。流露降雪堂，金碧纷无数。佳气郁葱哉，森然簇嘉树。插架汉唐书，嵌壁宋元字。沉沉油幕垂，曲曲朱栏互。时有坠钗横，罗绮姬姜妒。此乐信神仙，高拥烟云住。祸福忽相乘，转瞬不如故。高明鬼瞰来，翻覆人情负。此地亦偿官，冷落凭谁诉。树影尚离披，泉声仍漭溯。孰是孔翠亭，孰是瘗鹤墓。可怜坏道中，故物文塔具。吁嗟复吁嗟，消息畴能悟。席草吊荒凉，徘徊秋水渡。客曰盍归来，夕阳天欲暮。孤影徒惊人，稻田赶飞鹭。

观此，则海山仙馆主人当日之奢华豪纵，概可想见。

水龙吟[1]

秋夜同何杞南师过半塘桐竹圃弹琴[2]

题旨

此词录自《花语词》，写秋夜抚琴事，有知音难觅之叹。

柴门淡月如烟，垂杨浸在轻烟里。半池荷露，一堤花影，两三船舣[3]。今夜流云，昨宵宿雨，碧天无际。把湘帘四卷，瑶琴漫理[4]，还乍听、疑流水[5]。　前度城西旧寺。集词人、携尊同醉。（曾集长寿寺为琴会。）听潮亭上，弦声浩漫[6]，有江湖气。响散松阴，愁生焦尾[7]，知音谁是[8]。记回船尚有，娟娟蟾影[9]，照人无睡。

注释

［1］水龙吟：姜夔词注“无射商，俗名越调”。曾觌词结句有“是丰年瑞”句，名《丰年瑞》。吕渭老词名《鼓笛慢》。史达祖词名《龙吟曲》。杨樵云词因秦观词起句，更名《小楼连苑》。方味道词结句有“伴庄椿岁”句，名《庄椿岁》。　［2］词题中“何杞南”，何藜青字子南，一字杞南，广东南海人。著有《红棉山馆诗钞》。半塘，潘飞声曾作《携家游半塘得诗八首》。　［3］舣（yǐ）：停船靠岸。　［4］瑶琴：用玉装饰的琴。或指音色优美的琴。唐彦谦《和陶渊明贫士诗七首》其三：“松风四山来，清宵响瑶琴。”　［5］流水：形容乐曲的高妙。《列子·汤问》：“伯牙鼓琴，志在高山。钟子期曰：‘善哉！峨峨兮若泰山。’志在流水。钟子期曰：‘善哉！洋洋兮若江河。’”　［6］浩漫：广大深远貌。李白《寻鲁城北范居士失道落苍耳中见范置酒摘苍耳作》：“客心不自得，浩漫将何之。”　［7］焦尾：东汉蔡邕以尾端烧焦的桐木所制成的名琴。李颀《题僧房双桐》：“谁能事音律，焦尾蔡邕家。”　［8］知音：知心朋友。　［9］娟娟：美好，柔美。杜甫《船下夔州郭宿雨湿不得上岸别王十二判官》：“依沙宿舸船，石濑月娟娟。”

蟾影，月光。

简析

潘飞声此词咏秋夜抚琴，加以如烟淡月，此景此人此行，刻写如画，令人陶醉，读之，颇有遗世高士之形象如在目前之感，故得“笔端饶有清气”（李佳《左庵词话》）之评。其中，上、下片结拍处分别从月色自然过渡到琴声、再由琴声顺势回到月色，照应得宜，章法细密。琴，是一种极有意味的乐器，潘词亦隐有借弹琴以曲折抒发抑塞之怀之意。在这个意义上，可与刘长卿《弹琴》相通：“泠泠七弦上，静听松风寒。古调虽自爱，今人多不弹。”

清平乐[1]

月夜坐梧桐庭院中，秋影满帘，花阴如梦，黯然赋此，不自知其销魂也

题旨

此词录自《花语词》，写梧桐庭院夜坐，不无些许闲愁。

一庭香雾。卷入红帘去。檀板玉箫无意绪[2]。闲杀秋宵如许[3]。　　碧梧影落沉沉。冷萤飞照秋心[4]。欲向曲阑微步，

愁他满地花阴。

注释

［1］清平乐：《宋史·乐志》属大石调。柳永《乐章集》注越调。《碧鸡漫志》云：欧阳炯称李白有应制《清平乐》四首，此其一也，在越调，又有黄钟宫、黄钟商两音。《中兴以来绝妙词选》名《清平乐令》。张辑词有“忆著故山萝月”句，名《忆萝月》。张翥词有“明朝来醉东风”句，名《醉东风》。［2］檀板：以檀木制成的拍板，为戏曲伴奏与器乐合奏时的节拍器。玉箫，玉制的箫或箫的美称。意绪，思绪，心绪。王融《咏琵琶》：“丝中传意绪，花里寄春情。”［3］杀：用在动词后，表示程度深。如许，如此，这样。［4］秋心：秋日的心绪。多指因秋来而引起的悲愁心情。

简析

潘飞声此首词题中所提及的“梧桐庭院”，并非泛泛无所指，据其《题张小屡为曹仲安绘读画思亲图》，知乃其先世藏书画处：“余先世藏书画处曰‘梧桐庭院’，明溪处曰‘读画斋’。”这或许就是词中所述闲愁的重要引发缘由，故风格虽略嫌纤细，但未必就一定显得那么单薄寡淡，因为常情常景本就是日常生活诗意化的题中应有之义。类似的例子，嘉、道年间广东名臣吴荣光之女尚憙也有总题为“辛丑秋，家严出秋声、秋色、秋心、秋影命题”中的一首《唐多令·秋影》：

寒露散空濛。明霞在远峰。爱冰蟾、斜挂疏桐。瑟瑟西风催漏去，频移向、画帘中。　小径百花丛。花间尔伴侬。对清谭、却又无踪。翠袖添寒灯欲暗，还疑是、隔纱笼。

只是写来更为细腻而已。

浣溪沙[1]
越台春望[2]

题旨

此词录自《花语词》，写春日登越王台所见所感。

极浦蛮烟一抹清[3]，啼鹃深树唤新晴。雨余山寺塔层层[4]。　曾是昔年歌舞处，霸图消与暮钟声[5]。木棉红出越王城[6]。

注释

[1] 浣溪沙：唐教坊曲名。张泌词有“露浓香泛小庭花”句，名《小庭花》。贺铸名《减字浣溪沙》。韩淲词有“芍药酴糜满院春”句，名《满院春》；有“东风拂栏露犹寒”句，名《东风寒》；有“一曲西风醉木犀”句，名《醉木犀》；有“霜后黄花尚自开”句，名《霜菊黄》；有“广寒曾折最高枝”句，名《广寒枝》；有“春衫

初试薄香罗”，名《试香罗》；有“清和风里绿荫初”句，名《清和风》；有“一番春事怨啼鹃”句，名《怨啼鹃》。［2］越台：在广州越秀山上，相传为南越王赵佗所建。［3］极浦：遥远的水滨。蛮烟，指南方少数民族地区山林中的瘴气。一抹，一片。［4］层层：一层又一层。刘禹锡《竹枝词》九首其九：“山上层层桃李花，云间烟火是人家。”［5］霸图：霸者的事功。［6］木棉：又名红棉、攀枝花、斑枝花。树干挺拔，三四月开花，花为深红色，大而美，犹如锦缎。胡古愚《树艺篇·草部》：“攀枝花，树高四五丈，花类山茶，开时殷红如锦，一名‘木棉花’。木棉树极高，花红，如莲微小，结实，即斑枝花。”谢堃《花木小志》：“此花唯两粤有之。其树合抱，其花纯赤，花大如碗，开时与余霞相掩映，虽张南本亦不能写其形似也。”越王城，即越城，古代广州城名，另有楚庭（楚亭）、南武城、任嚣城、羊城（五羊城）、赵佗城、番禺城诸称。

简析

越台春望，可以说是广东近代词史上的一个“母题”。少时曾以《越王台赋》置县试“高等”（《在山泉诗话》卷一）的潘飞声，此词扣紧词题，采取上片景、下片情的长调常规赋法，将无限感慨寄寓于“霸图消与暮钟声”一句中。

所谓“母题”，可以是指道光二十三年（1843）越台词社第一次雅集即以此为题，社员之间以词酬赠唱和，如陈澧自序《灯前细雨词》所云：“去岁，黄君蓉石（玉阶）、许君青皋（玉彬）邀为填词社，凡五会，而余仅成二词。”陈澧所作《凤凰台上忆吹箫·越王台春望，癸卯二月越台词社作》：

芳树啼鸪，野花团蝶，嫩晴刚引吟筇。访故王台榭，依约樵踪。零落当年黄屋，都分付、蜑雨蛮风。添惆怅、望佗城一片，海气冥濛。　青山，向人似笑，笑淘尽潮声，谁是英雄。只几堆新垒，鸟散云空。休说楼船下濑，伤心见、断镞苔封。还依旧、攀枝乱开，万点春红。

措语醇雅，自是“学人之词”高境。同社社员许玉彬、谭莹所赋同调同题之作（首句分别为“北郭峰回”“水落蛮江”），过片数句一为“关心。狼烽乍熄，又珠海繁华，暖入箫声”，一为“年时。冥冥氛祲，剩一角孤城，飐闪旌旗”，均颇能直面惨淡的现实，可谓慨叹深沉。

长相思词

浪淘沙[1]

长相思室夜坐感赋（室即亡妇梁佩琼所居红芳馆，丁亥闰四月悼亡，因取苏子卿“死当长相思”句改颜其室）

题旨

此词录自《长相思词》，因夜坐长相思室，回忆亡妻生前情事而有此深切悼念之作。此词为原词之节选。

细雨做成秋。凉入心头。几回枯坐数更筹[2]。仿佛旧时扶病夜[3]，劝我添裘。　药篋未曾收[4]。空对茶瓯[5]。似闻风动绣帘钩。待展灵旗招梦返，梦怕难留。

注释

[1] 浪淘沙：盖《浪淘沙令》。柳永《乐章集》注歇指调。蒋氏《九宫谱目》：越调。《唐书·礼乐志》：歇指调乃林钟律之商声，越调乃无射律之商声也。贺铸词名《曲入冥》。李清照词名《卖花声》。史达祖词名《过龙门》。马钰词名《炼丹砂》。按唐人《浪淘

沙》，本七言断句，至李煜始制两段令词，虽每段尚存七言诗两句，其实因旧曲名，另创新声也。杜安世、柳永、宋祁、杜安石词，均源出于李煜词也。至柳永、周邦彦别作慢词，与此截然不同，盖调长拍缓，即古曼声之意也。 ［2］枯坐：孤单无聊地默坐。更筹，古代夜间计时的器具。庾肩吾《奉和春夜应令》："烧香知夜漏，刻烛验更筹。" ［3］扶病：指带病，抱病行动。《礼记·问丧》："身病体羸，以杖扶病也。" ［4］药筐：药箱。 ［5］茶瓯：茶杯。

简析

睹物思人、追忆生前生活细节，是历代悼亡诗词中的固定写法之一。在这方面，著名的例子有如潘岳《悼亡诗》其一中"望庐思其人，入室想所历。帷屏无仿佛，翰墨有余迹。流芳未及歇，遗挂犹在壁"，元稹《遣悲怀三首》其一中"顾我无衣搜荩箧，泥他沽酒拔金钗。野蔬充膳甘长藿，落叶添薪仰古槐"、其二中"衣裳已施行看尽，针线犹存未忍开"、其三中"唯将终夜长开眼，报答平生未展眉"，以及苏轼《江城子》（十年生死两茫茫）中"夜来幽梦忽还乡。小轩窗。正梳妆"，贺铸《半死桐》（重过阊门万事非）中"谁复挑灯夜补衣"等。潘飞声此词中"仿佛旧时"二句，正是对这种写法的继承。潘妻梁霭亦有诗才，平日伉俪情深。梁氏故去后，潘飞声将其生前所居红芳馆改为"长相思室"，先后赋词十六章，名曰《长相思词》，以寄哀思。此词不仅以凄情苦语回忆生前情事，阴阳两隔、相将神伤之际，更云欲寄情于梦，却又怕梦境难留，尤能道得无尽的怅惘与伤恸之情。

沁园春[1]

丁亥十月十夜柏林客馆梦亡妇[2]

题旨

此词录自《长相思词》，写在异国他乡的客馆梦见故去半年的亡妻的伤恸之情。

如此长宵，听雨听风，回肠自支[3]。想兰房遗挂[4]，久萦烟网，花魂偷返，又杳天涯。旅枕秋凉[5]，残灯梦瘦，莫道瑶宫总不知[6]。分明见，是云鬟似旧，絮语迟迟[7]。　相逢慢诉相思。问碧海鲸波鹤怎携。叹玉箫红泪[8]，空沾絮果[9]，檀奴青鬓[10]，尚恋尘丝。钿合三生[11]，银槎万里，到死相依更不离。（妇语如此。）翻然醒[12]，记一声珍重，仙去移时[13]。

注释

［1］沁园春：金词注般涉调。《蒋氏十三调》注中吕调。张辑词结句有“号我东仙”句，名《东仙》。李刘词名《寿星明》。秦观减字词名《洞庭春色》。　［2］词题中“丁亥十月十夜”，即1887年11月24日夜。客馆，招待宾客休息、居住的房舍。　［3］回肠：喻思虑忧愁盘旋于脑际，如肠之来回蠕动。自支，支撑住自己。　［4］兰房：对女子居室的美称。刘孝绰《淇上人戏荡子妇示行事诗》：“日

暗人声静，微步出兰房。”［5］旅枕：旅途夜卧。［6］瑶宫：泛指华美的房屋，也指神仙所居之处。［7］絮语：连绵不绝的轻声细语。迟迟，舒缓。［8］红泪：美人泪。［9］絮果：比喻离散的结局。［10］檀奴：女子对丈夫或情郎的昵称。青鬟，浓黑的鬟发。［11］钿合：以金银珠宝镶嵌的盒子。白居易《长恨歌》：“唯将旧物表深情，钿合金钗寄将去。”三生，佛家所说的三世转生，即前生、今生和来生。［12］翻然：忽然改变。陆机《谢平原内史表》：“而一朝翻然，更以为罪。”［13］仙去：去世。死的婉辞。移时，一会儿。杜甫《上牛头寺》：“何处莺啼切，移时独未休。”

简析

光绪十三年（1887）四月，潘飞声妻梁霭病逝。或许是为了“觅忘忧境”（承厚《长相思词》题辞），同年七月潘飞声远赴德国讲学。但离乡仍然难忘旧情，潘飞声当年十月间写成了这首情意深沉的悼亡词。其刻骨铭心处，就曾被称为“闻者掩涕”（毕倚虹《芳菲菲堂词话》）。借梦境以写悼亡，早前纳兰性德《沁园春》就是这么写的，序曰：“丁巳重阳前三日，梦亡妇淡妆素服，执手哽咽，语多不复能记。但临别有云：‘衔恨愿为天上月，年年犹得向郎圆。’妇素未工诗，不知何以得此也。觉后感赋。”词云：

瞬息浮生，薄命如斯，低徊怎忘。记绣榻闲时，并吹红雨，雕阑曲处，同倚斜阳。梦好难留，诗残莫续，赢得更深哭一场。遗容在，只灵飙一转，未许端详。　　重寻碧落茫茫。料短发、朝来定有霜。便人间天上，尘缘未断，春花秋叶，触绪还伤。欲结绸缪，翻惊摇落，减尽荀衣昨日香。真无奈，倩声声邻笛，谱出回肠。

比较来看，成、潘二词均以哀叹长吟起笔，其中，对往日恩爱时光的回味，尤能见出今日永诀的痛苦不堪，以及梦醒之后的无尽恨憾。沉痛与哀伤之余，亦均能运典无痕，运笔疾徐有度。

饮琼浆馆词

蝶恋花

录别为银屏校书作[1]

题旨

此词录自《饮琼浆馆词》，抒写在香港饯别洪银屏校书的依依惜别之情。

客里云萍情绪乱[2]。便道欢场[3]，说梦应肠断。莫惜深杯珍重劝。银筝醉死银灯畔[4]。　　同是天涯何所恋[5]。月识郎心，花也如侬面。东去伯劳西去燕[6]。人生那得长相见。

注释

[1] 词题，《芳菲菲堂词话》作“香海别洪银屏校书”。录别，犹诉说离别之情。校书，妓女的别称。王建《寄蜀中薛涛校书》：“万里桥边女校书，枇杷花里闭门居。”　[2] 云萍：天上的浮云和水中的浮萍。比喻聚散无常，飘泊无定。　[3] 欢场：欢乐的场景或场面。　[4] 银筝：用银装饰的筝或用银字表示音调高低的筝。

醉死，像在醉梦中那样昏昏沉沉度日。形容生活目的不明确，糊里糊涂。［5］同是天涯：犹同病相怜。白居易《琵琶行》：“同是天涯沦落人，相逢何必曾相识。”［6］“东去”句：语见《东飞伯劳歌》：“东飞伯劳西飞燕，黄姑织女时相见。”后以“劳燕分飞”比喻别离。伯劳，鸟名。

简析

潘飞声寓居香港时，其艳迹之传诵众口者，即有如此首《蝶恋花》所赋者，宛转清愁，似能以旷达解之，而又解之难尽：“潘兰史眷女校书洪银屏，银屏离去，兰史于香港襟海楼为之饯行。以《红豆》为题，作诗惜别，先后得五十余人之题赠，如吴趼人、丘菽园、冒鹤亭、陈蝶仙等，合为一册，名《红豆图咏》。”（郑逸梅《艺林散叶续编》）

如此情深一往之作，著名词学家唐圭璋先生尝有和作，载其《梦桐室词话》：

> 番禺潘兰史词笔秾丽，与纳兰容若相近。世传其《蝶恋花》为银屏校书作云云。此词缠绵宛转，一往情深，诚有白香山沦落江州之感。予尝和之云：“堤上千花如雪乱。心逐云飞，苦被山遮断。沉恨不须明月劝。泪珠自落红绵畔。　虚掷今生无可恋。日守琼窗，忍负春风面。不及画梁双语燕。天涯何必长相见。”一时遣兴，亦何足以敌兰史之沉着。

所评“白香山沦落江州之感”，确能道得潘词“沉着”处，而非但言秾丽者可比。

双双燕[1]

昔在菊坡精舍听陈兰甫先生话罗浮之游，云仅得“罗浮睡了”四字，久之未成词也。壬寅三月，余游罗浮，至东江泊舟，望四百峰横亘烟月中，觉陈先生此四字神妙如绘，故于游记中纪其事。后黄公度京卿以飘逸仙才成词一首见寄，猿惊鹤举，惜不能起陈先生相诵也。寒夜无眠，独起步月，如置身五龙潭上，玉女峰边。忽忆公度原韵，意有所悟，拟和成稿，盖距公度寄示时又易一寒暑矣。[2]

题旨

此词录自《饮琼浆馆词》，由描绘罗浮月夜幽景妙境，进而抒写归隐罗浮之雅兴深情。

罗浮睡了，看上界沉沉[3]，万峰未醒。唤起霜娥[4]，照得山河尽冷。白遍梅田千井[5]。见玉女、青青两鬓[6]。恰当天上呼船，倒卧飞云绝顶。[7]　　仙洞有人赋隐[8]。羡胡蝶双栖，翠屏安稳[9]。烟扃拟叩[10]，还隔花深松暝。谁揭瑶台明镜[11]。应画我、高寒瘦影。指他东海火轮，只是蓬莱尘境。[12]

注释

［1］双双燕：调见史达祖《梅溪集》，词咏双燕，即以为名。　［2］词序中“菊坡精舍”，清代书院。同治六年（1867）广东巡抚蒋益澧与盐运使方濬颐拨款创建于广州越秀山麓，陈澧为院长。陈卒，仿学海堂制，公举学长四人，分任评校学生课业。学生选自粤秀、越华、羊城三书院的肄业生。教学内容为经史词章等。光绪二十九年（1903）改为存古学堂。陈澧字兰甫，号东塾，广东番禺人，原籍江苏上元。著有《东塾集》《忆江南馆词》等。黄遵宪字公度，嘉应州（广东梅州）人。著有《人境庐诗草》。鹤举，像鹤飞动的样子。步月，月下散步。白居易《闲咏》：“步月怜清景，眠松爱绿阴。”此词序其他版本字词稍有不同。　［3］上界：天上，仙界。指神仙居住的地方。张九龄《祠紫盖山经玉泉山寺》：“上界投佛影，中天扬梵音。”　［4］霜娥：嫦娥。借指月。　［5］梅田：罗浮山古时多植梅花。井，井田。《孟子·滕文公下》：“方里而井，井九百亩其中为公田，八家皆私百亩，同养公田。”　［6］玉女：仙女。　［7］恰当：正好。天上呼船，罗浮山外有浮碇冈，俗传为罗浮之碇石。因以联想此为天上神仙呼船之所。飞云，飞云顶。为罗浮山的主峰，其上常有飞云缭绕。绝顶，山的最高峰。　［8］仙洞：仙人居住的山洞。白居易《春题华阳观》：“帝子吹箫逐凤皇，空留仙洞号华阳。”　［9］翠屏：形容峰峦排列的绿色山岩。［10］扃（jiōng）：门。　［11］明镜：指明月。　［12］火轮：指轮船。尘境，佛教语。佛教以色、声、香、味、触、法为六尘，因称现实世界为“尘境”。

简析

黄遵宪"原韵"为《双双燕·题兰史罗浮纪游图》：

罗浮睡了，试召鹤呼龙，凭谁唤醒。尘封丹灶，剩有星残月冷。欲问移家仙井。何处觅、风鬟雾鬓。只应独立苍茫，高唱万峰峰顶。

荒径。蓬蒿丰隐。幸空谷无人，栖身应隐。危楼倚遍，看到云昏花暝。回首海波如镜。忽露出、飞来旧影。又愁风雨合离，化作他人仙境。（兰史所著《罗浮游记》，引陈兰甫先生"罗浮睡了"一语，便觉有对此茫茫，百端交集之感。先生真能移我情矣。辄续成之。狗尾之诮，不敢辞也。又兰史与其夫人旧有偕隐罗浮之约，故"风鬟"句及之。）

通篇感慨深沉，寄托幽远，"猿惊鹤举"。虽然看上去就是一幅仙意盎然的名山图卷，但一结点明主旨，充满了爱国的热情。与黄遵宪对树"诗界革命"大纛的丘逢甲，所作《题兰史罗浮纪游图》同样深有感慨，却是投枪匕首般地直陈："天公应悔蓬莱割左股，隳落欲界非仙都。迩来仙人所治地益窄，堑山跨海来群胡。各思圈地逞势力，此邦多宝尤觊觎。"结云："题君此图正风雨，想见罗浮离合云模糊。"一词一诗，写法相异，所见略同。所以，钱仲联认为"这词也可作词界革命观"（《清词三百首》）。

潘飞声得黄遵宪此词，激赏之余，以同调、同首句和之，据自注中"壬寅""寒夜""又一寒暑"等语，知此词当作于光绪二十九年（1903）冬。两相对读，潘词类多词人之词语，将罗浮山女性化、仙灵化，赋予生命意识，神韵悠然，含情不尽，可谓"仙袂飘举"（钱仲联《近百年词坛点将录》）。从特定的层面看，潘词虽不无飘飘出尘之想与淡淡的幽思，在表达内心的想象的同时，也可称写照出了现实的苦难，且篇末亦能以新事物入词，然终似不如黄遵宪原作深稳雅健，更无有黄词表露出的词界革新伊始时独领风骚的勇气和决心。黄遵宪的这类词作，以其“独立苍茫，高唱万峰峰顶”的振臂一呼，为金天羽、黄人、李叔同等人对词界进一步的革新开启了先路，也对胡适、梁启超等人更为彻底的词界革命起到了触动作用。

风入松[1]

三月镜湖客中作[2]

题旨

此词录自《饮琼浆馆词》，春日镜湖客中伤离之作。

旅怀十日畏春寒。春色怕阑珊[3]。东风那送愁人梦，想如今、梦也都难。别泪犹悬襟上，惊魂不到花间。　　真珠如意玉连环[4]。密约共追欢[5]。欢场只逐当筵散，劝红筝、隔苑休弹。尽备一宵酒兴[6]，梨云深叩蓬山[7]。

注释

[1] 风入松：古琴曲有《风入松》，唐僧皎然有《风入松》歌，见《乐府诗集》，调名本此。《宋史·乐志》注林钟商。元高拭词注

仙吕调。又双调，《蒋氏十三调》注双调。亦名《风入松慢》。韩淲词有“小楼春映远山横”句，名《远山横》。［2］词题中“镜湖”，又称“鉴湖”，在今浙江绍兴。因水平如镜而得名。［3］阑珊：衰落、萧瑟貌。李煜《浪淘沙》：“帘外雨潺潺，春意阑珊。”［4］真珠：即珍珠。如意，搔背的器具。以骨角、竹木削作人手指爪形，有长柄，可如人心意，搔背部的痒，故称。后世演变成一种象征吉祥的陈设品，以金、玉等精致质料刻制，顶端多作灵芝形或云形，长柄微曲，可供赏玩。玉连环，古代一种玉器玩具。［5］密约：暗约之佳期。追欢，寻欢。苏轼《去岁与子野游逍遥堂》：“往岁追欢地，寒窗梦不成。”［6］酒兴：饮酒的兴致。白居易《咏怀》：“白发满头归得也，诗情酒兴渐阑珊。”［7］梨云：即梨花云，指梦境。张邦基《墨庄漫录》卷六引王建《梦看梨花云歌》：“薄薄落落雾不分，梦中唤作梨花云。瑶池水光蓬莱雪，青叶白花相次发……落英散粉飘满空，梨花颜色同不同。眼穿臂短取不得，取得亦如从梦中。无人为我解此梦，梨花一曲心珍重。”

简析

王易在其《词曲史·测运十》之“词曲之现状”中论曰：“词学自晚清中兴。今词坛耆宿之存者虽止彊村一翁，而十余年来造述蔚如，足以列作者之林者尚不乏人。其存者如……潘飞声，字兰史，番禺人；有《说剑堂集词》，清丽时参疏宕。”所举列的例证之作，就是这首《风入松》。此外，似未见任何词学著作论及此词。词写客中离情，与唐宋时期惯见的“男子而作闺音”之作不同，几乎是直抒胸臆，却也能写得情深入骨。尤其是下片中所充溢的蜜意柔情，甚至可以与朱彝尊的艳词《卜算子》相比观：

留赠镜湖纱，浣女机中织。裁作轻衫稳称身，更染蒲萄色。松叶颇黎碧，劝饮春纤执。本向人前欲避嫌，禁不住、心怜惜。

当然，朱氏此首虽被认为关涉与妻妹冯寿常（字静志）之间扑朔迷离的“风怀”传闻，但写来的确是独出机杼，尽态极妍，几欲“尽掩古人”（陈廷焯《词则·闲情集》卷四）。

说剑堂词集

浪淘沙
病中寄眉子

题旨

此词录自《说剑堂词集》，病中寄眉子，一抒寂寞愁苦之怀。

啼鸟报春分[1]。唤醒梨魂。青山江上替眉颦。一阵落红风过处，流水无人。　病久歇芳尊[2]。难遣黄昏。倩谁呼梦劝温存[3]。分付绿筠帘底月[4]，莫入重门[5]。

注释

[1] 春分：二十四节气之一。每年在阳历3月20或21日。此日，太阳直射赤道，南北半球昼夜长短平分，故称。苏轼《癸丑春分后雪》："雪入春分省见稀，半开桃杏不胜威。"　[2] 芳尊：借指美酒。　[3] 温存：休养。　[4] 分付：嘱咐。　[5] 重门：一层一层，许多层的门户。

简析

潘飞声在沪期间亦有艳迹，眉子乃其所眷者。此首言情之妙，妙在上、下二结。上片“一阵落红”结二句，意谓风吹花落，已是可叹；流水无情，更行可悲；而这些都无人见，则落花之情更有何人知晓！如此写来，看似寻常无比的“落花有意、流水无情”之意，便明显深入了一层，所欲传达的情意，亦可谓感伤之极。结拍“分付绿筠”二句，无非是极写病中寂寞，愁苦难排，然以极无理也是极哀痛之语出之，便见深情，因月光照入“重门”，则将更增一已见月怀人之绪矣。

所谓无理而妙，是指诗词创作中，乍看似乎没有道理，深入下去却又入情入理。常举的例子，有李益《江南曲》中“早知潮有信，嫁与弄潮儿”二句，断不可以理求之，然自是妙语。又，《浪淘沙》一调，名篇佳作多在上、下片二结上痛下功夫。如李煜的《浪淘沙》，就是如此：

> 帘外雨潺潺。春意阑珊。罗衾不耐五更寒。梦里不知身是客，一晌贪欢。　　独自莫凭阑。无限江山。别时容易见时难。流水落花春去也，天上人间。

上结“梦里不知”二句，承前叙梦醒后的凄凉感受，以及回忆梦中欢快情事而来，似轻闲实苦痛。歇拍“流水落花”二句，则承彼时“贪欢”亡国仅在倏忽之间，此时“客”里凭栏但见无限江山，不见故国“朱颜”，相见既已遥遥无期，而人生复有几何等意而来，通贯全阕，道尽人生之大悲哀。从这一点上，可以看出潘飞声词在创作上的历史继承性。

减兰[1]
题寇白门小像

题旨

此词录自《说剑堂词集》，题咏“秦淮八艳”之一的寇白门画像，表达某种感慨之意。

情波半剪。柳下词笺花下扇[2]。明月金尊[3]。谁识当年寇白门。　明珠无价[4]。却笑蘼芜轻一嫁[5]。漫诉南朝[6]。零落秦淮旧板桥[7]。

注释

[1]减兰：即《减字木兰花》。《乐章集》注仙吕调。《梅苑》李子正词名《减兰》。徐介轩词名《木兰香》。《高丽史·乐志》名《天下乐令》。《木兰花》即《木兰花令》，唐教坊曲名。朱权《太和正音谱》注高平调。　[2]词笺：赋诗填词的笺纸。龚自珍《漫感》：“绝域从军计惘然，东南幽恨满词笺。”　[3]金尊：酒樽的美称。　[4]明珠：宝珠。无价，无法估量其价值。形容极为珍贵。[5]蘼芜：柳如是小字。浙江嘉兴人，为明末清初女诗人，才貌为“秦淮八艳”之首。　[6]漫诉：犹漫话。　[7]秦淮：秦淮河流经南京。

简析

寇白门和马湘兰、卞玉京、李香君、柳如是、董小宛、顾横波、陈圆圆合称“秦淮八艳”。这个说法，出自叶衍兰编《秦淮八艳图咏》。而《图咏》的主要文献来源，则是《板桥杂记》。据《杂记》中卷“丽品”记载，当日脍炙人口、且为作者余怀“得而见之”的秦淮佳丽，实际上包括旧院中尹春、尹文、李十娘、李媚、葛嫩、李大娘、顾媚、董白、卞赛、卞敏、范珏、顿文、沙才、马娇、马嫩、小马嫩、顾喜、朱小大、王小大、张元、刘元、崔科、董年、李香等24人，另附珠市中王月、王节、寇湄等3人。可见，《图咏》在受到《杂记》深刻影响的同时，显然也有自己的取舍和考虑，即希望续写乃至重写这一青楼经典，体现出晚清文人对于“秦淮八艳”的某种回味和思考，正如叶衍兰自跋《秦淮八艳图咏》所云：

> 因思前明末造，士大夫多以文藻、气节相高下，章台柳枝、清溪桃叶亦皆负盛名、擅绝艺。虽流传未尽于是，而此八人或以明慧著，或以节烈彰，或以任侠倾动一时，或以禅悦忏修晚景，其人其事均足千秋，且皆出于风尘沦贱之余，莲挺污泥而性仍高洁，不为金钿所染，尤觉嵚奇。彼须眉男子，遭逢时变、委曲求全以带宠遇，或幸际升平、恩礼殊渥而背弃天常，卒致屠灭者，对此能无障面耶？写灵芬于舞衫歌扇中，弥觉玉台生色也。有同好定能抒发幽怀，却不仅《板桥杂记》而外续添佳话也。

早年师从叶衍兰的潘飞声所题此词，大致上也有此意。

《图咏》收录“八艳”图像共九幅，为叶衍兰绘制，其中就有潘飞声这首《减兰》词题中所提到的“寇白门小像”。又，“八艳”人各一传，也是叶衍兰撰著的。题咏部分，则包括叶衍兰等四人分别以《国香慢》等八调依次吟咏“八艳”词作共计32首。其中，寇白门小传云：

寇湄，字白门，秦淮名妓也。娟娟静美，跌宕风流，工度曲，善画兰，略解拈韵，能吟咏。年十八、九时，为保国购之，藏以金屋，如李掌武之谢秋娘也。明季甲申三月，京师陷，保国生降，家口没入官。白门以万金赎身，匹马短衣，从一婢归。为女侠，筑园亭，结宾客，日与文人词侣往还，酒酣耳热。亦自叹美人之迟暮，嗟红粉之飘零也。既从扬州某孝廉，不得志，复还金陵。老矣，犹时召诸少年流连觞咏。未几，病卒。钱牧斋《金陵杂题》云：“丛残红粉念君恩，女侠谁知寇白门。黄土盖棺心未死，香丸一缕是芳魂。”又某诗云：“寇家姊妹总芳菲，十八年来花信迷。今日秦淮恐相值，防他红泪一沾衣。”则寇家多佳丽，白门其一也。

叶衍兰所题《翠楼吟·寇白门》一首曰：

酒污翻裙，钗光射鬓，柔情未消豪气。侯门歌舞散，负一舸、千金深意。销磨纨绮。是铁骑边愁，银舻乡味。长干里。旧巢犹在，燕归凝睇。　　佳丽。空说南朝，叹渡江桃叶，玉筝重理。坠欢如梦醒，想低拥、樊通双髻。啼妆慵洗。恨雀扇轻抛，蚕丝牢系。帘波细。艳魂一缕，倩谁扶起。

题画之作，如果能够做到画中态与画外意交织熔铸，便是上品。如果还能做到与心中情浑然一体，入而能出，就是极品。《图咏》正是如此，画中态、词中意、心中情兼具，图、文、词三位一体，相得益彰。潘飞声的这首题画词，也是如此。即便是词中“却笑蘼芜轻一嫁”一句，其实在一定程度上也有借以彰显“八艳”气节之意。

三姝媚[1]

重过吴门留园感旧[2]

题旨

此词录自《说剑堂词集》，述写重过吴门留园的种种感慨。

繁红愁过眼[3]。荡遥山双颦，镜奁半剪。步屧廊回[4]，话胜游还识[5]，旧时莺燕[6]。几日微寒，怕坠粉、顿成秋苑。自惜跉踦[7]，冷掩梨云，梦随人远。何况欢场催散。　又隔水飘灯，送春将晚。楼角垂杨，但翠眉犹画[8]，好花人面。涴地青苔[9]，空负我、阑干寻遍。有盈盈胡蝶[10]，栖香正倦。

注释

[1]三姝媚：调见史达祖《梅溪集》。　[2]词题中“吴门”，指苏州一带。为春秋吴国故地，故称。留园，在苏州阊门外，以园内建筑布置精巧、奇石众多而知名，与苏州拙政园、北京颐和园、承德避暑山庄并称中国四大名园。　[3]繁红：繁花。晏殊《采桑子》：“免使繁红。一片西飞一片东。”过眼，经过眼前。苏轼《山村五绝》其四：“杖藜裹饭去匆匆，过眼青钱转手空。”　[4]步屧（xiè）：漫步。屧，木屐。　[5]胜游：快乐的游览。司空图《寄永嘉崔道融》：“旅寓虽难定，乘闲是胜游。”　[6]莺燕：莺善鸣，燕善

舞，因以喻歌妓。张养浩《寒食游廉园》："花柳巧为莺燕地，管弦遥递绮罗风。"［7］竛竮（líng píng）：孤单貌。［8］翠眉：古代用黛螺所染画的眉毛。后用以比喻美人的眉毛。［9］涴（wò）：弄脏。韩愈《合江亭》："愿书岩上石，勿使泥尘涴。"［10］盈盈：形容仪态轻巧美好。《古诗十九首》："盈盈楼上女，皎皎当窗牖。"

简析

此词抒写感旧之怀，寓情于景，层层渲染，吞吐不尽，可谓得"梦窗之密"。试与吴文英《绛都春·燕亡久矣，京口适见似人，怅然有感》一首对读：

> 南楼坠燕。又灯晕夜凉，疏帘空卷。叶吹暮喧，花露晨晞秋光短。当时明月娉婷伴。怅客路、幽扃俱远。雾鬟依约，除非照影，镜空不见。　别馆。秋娘乍识，似人处、最在双波凝盼。旧色旧香，闲雨闲云情终浅。丹青谁画真真面。便只作、梅花频看。更愁花变梨霙，又随梦散。

的确是既密且厚，妙不可言。在这里，密属于词采，厚则与情思有关。精妙之言，当然不只是指富于词采，而主要指的是善于表达深厚情思之语。所以，二词同样是写触景生情，又同样是缘情布景，因为作者都同样具有无穷深厚的情思，以及无限精妙的言语，才能写得同样不堕纤巧，不落做作。从这种意义上讲，"梦窗之密"易学，而梦窗之厚则难得。（详参刘永济《微睇室说词》）

浣溪沙

柳园春感[1]

题旨

此词录自《说剑堂词集》，是感时忧世的沉郁之作。

劫里山河尽可怜[2]。草堂草草赋秦川[3]。老惭无术救颠连[4]。　四野哀笳盘马地[5]，几家斗酒听鹂天。不知桃柳入新年[6]。

注释

[1] 诗题中“柳园”，不详。　[2] 可怜：哀悯。《三国演义》第二回：“可怜汉室天下，四百余年，到此一旦休矣。”　[3] 草堂：杜甫字子美，号少陵野老，一号杜陵野客、杜陵布衣，原籍襄阳，出生于河南巩义。著有《杜少陵集》。赋秦川，指杜甫由秦川至成都纪行诗《秦川杂诗二十首》。　[4] 颠连：非常困苦。　[5] 四野：四方的原野。阮籍《咏怀》十七首其六：“登高临四野，北望青山阿。”哀笳，悲凉的胡笳声。庾信《奉报赵王出师在道赐诗》：“哀笳关塞曲，嘶马别离声。”盘马，回旋马身。　[6] 新年：农历一年之始。庾信《春赋》：“新年鸟声千种啭，二月杨花满路飞。”

简析

词中“斗酒听鹂”，作为春日雅游之典，出自冯贽《云仙杂记》卷二引《高隐外书》：“戴颙春携双柑斗酒，人问何之，曰：‘往听黄鹂声，此俗耳针砭，诗肠鼓吹，汝知之乎？’”是理解这首感时之作的关键之一。战乱频仍，哀鸿遍野，词人自惭年老，无力救困，而有些人却仍然以“斗酒听鹂”为乐。两相对比，犹如杜甫著名的“朱门酒肉臭，路有冻死骨”，深刻揭示出祸乱之源，也自然过渡到结句“不知桃柳入新年”。这个“不知”，对于大人先生们而言，自然是一向醉生梦死、习以为常所致；对于平民百姓而言，却是生计异常艰难，无心及此的必然结果。以看似风轻云淡，却又是如此沉郁苍凉之笔收束全阕，真可谓忧愤满纸，而绝非“草草赋秦川”之词。

南社词人每有此等举重若轻之作，如庞树柏《鹧鸪天·秋日游莫愁湖》：

漫向青溪问旧游。残荷零落满湖头。余香剩粉无人管，菱芡分来一派秋。　惊节序，叹沉浮。西风王粲独登楼。数行烟柳斜阳外，如此江山怎莫愁。

同样远非叫嚣怒骂、偏激粗豪者所能比。

诗话选

在山泉诗话

引首

题旨

此则录自《在山泉诗话》卷一，自述创作这部诗话的主旨。

旅港匆匆已逾十稔[1]，江湖意远，人境地偏。楼后构风台，杂莳花草[2]。以铁笕导流泉[3]，可以漉巾，可以濯砚，可以浇花，可以煮茗。泉之清泠，不减吾粤之九龙西华。盖港人汲饮皆引导山泉为天厨玉液也。高檐见山，后荣近树，榜曰“在山泉”，以志高寄，以写幽思。排日编书，辄怀故侣，偶拾断句，兼宗古人。书成，即以“在山泉”标目，五柳先生“停云，思亲友”意也[4]。并题四诗：“少日风华一鹤翩，老来甘作在山泉。书生素负谈兵志，忧愤诚斋著述年。（杨诚斋赠二潘诗：‘大潘皎如鹤出林，二潘有似在山泉。’[5]宋孝宗曰：书生知兵无如杨万里者。）”“十载香江署寓公[6]，狂名惭播绮罗丛。谁知丝竹中年感，阶上棋枰阅劫空。”“叫起国魂葛苏士，苦争宪约嘉富弥。[7]黎里瑞

湖成退步，山河犹在梦中思。”“北定王师几岁还，不妨老子恋空山。草堂亦有闲泉石，置我诗名杨陆间。”[8]

注释

[1] 稔（rěn）：年，一年。《广雅·释诂》：“稔，年也。” [2] 风台：敞露透风的台榭。莳（shì），栽种。 [3] 笕（jiǎn）：连接起来引水用的长竹管。 [4] 五柳先生：陶渊明自号。其《停云》诗序曰：“停云，思亲友也。罇湛新醪，园列初荣，愿言不从，叹息弥襟。” [5] “大潘”二句：出自杨万里《题潘彦政叔侄濯缨斋（名师文）》。杨万里字廷秀，吉州吉水（今江西吉水）人。从张浚学，浚勉以正心诚意，遂以诚斋为号。以宝谟阁学士致仕。谥文节。著有《诚斋集》。 [6] 寓公：原指失国后寄居于他国的诸侯。后泛指寄居他乡的官僚、士绅。 [7] 葛苏士：匈牙利革命领袖。嘉富弥，即加富尔，意大利民族统一运动的自由派领袖。 [8] “北定”句：出自陆游《示儿》：“王师北定中原日，家祭无忘告乃翁。”杨陆，杨万里、陆游。

简析

潘飞声关心国事，其文集《老剑文稿》中便收录有不少经世之作，如《欧洲各国论》《炮考》《德意志兵制兵法译略》《防俄议》《西藏置行省议》等。此则《引首》，作为《在山泉诗话》的开篇之作，开宗明义，自述创作宗旨。其诗话自题四绝之一中“书生素负谈兵志，忧愤诚斋著述年”云云，清楚地表明，《在山泉诗话》是寄寓了潘飞声的“忧愤”之情和“谈兵”之志的。不仅如此，他还希望为国家的富强和民主贡献力量，正如自题四绝之三中所自许的那样：“叫起国魂葛苏士，苦争宪约嘉富弥。”因此，这部诗话特别重视刺时事、谈维新、言变法的作品。

值得注意的是，“引首”中潘飞声的四首诗话自题绝句（《说剑堂诗集》卷一收其中第一、第四两首，题为《寓楼后得隙地构风台，杂莳花草。以铁笕导流泉，可以漉巾，可以濯砚，可以浇花，可以煮茗。泉之清泠，不减吾粤之九龙西华。盖港人汲饮皆引导山泉为天厨玉液也。高檐见山，后荣榜树，榜曰“在山泉”，以志高寄，以写幽思焉》），随即引致友朋酬唱，如香港《华字日报》甲辰年七月二十四日（1904年9月3日）即刊载杨其光“投和”之作《和兰老书怀四首次原韵》：

黄门裘马昔翩翩，倒泻词源万斛泉。老了著书闲岁月，却将忧愤换中年。

湖海知名拟谢公，题诗多在百花丛。醉边隐抱春陵感，一剑腾腾欲跃空。

阅劫棋枰心已寂，客尘排妄学须弥。只余痴梦删难尽，秋士离骚况旅思。

新筑山泉数往还，水天闲话故乡山。倦游倘有思归志，与子相要泉石间。

这组诗中“却将忧愤换中年”“醉边隐抱春陵感”云云，说明当时有一些像杨其光这样的文人，是能够体悟出作者编纂《在山泉诗话》的“微言大义”的。

狄楚青[1]

题旨

此则录自《在山泉诗话》卷三，评价狄葆贤等新派诗人。

上海《时报》所刊《平等阁诗话》，录余与亡妇诗，谓余意趣孤峭[2]，妇则境象萧闲，又称其似长吉[3]。甚愧其意，而不知平等阁为谁也。近乃悉为狄楚青。狄，湘人，名葆贤，曾作宰，今弃官为记者矣。《饮冰室诗话》多载其所作[4]。有七律一章云："又见东风拂耳过，任他飞絮自蹉跎。金轮转转牵情出，帝纲重重酿梦多。珠影量愁分碧月，镜波掠眼接银河。为谁竟着人天界，便出人天也奈何。"全用新理想，却有意味可寻，与谭壮飞之满纸硬铜怪铁、不成一器者[5]，正自不同也。

楚青《泊长崎有感》二绝云："断肠如花彼美人，媚红娇绿为谁春。转怜小妹深闺坐，珍重明珠不字身。""雾鬓风鬟空掩映，柳腰莲步枉轻盈。浅山如黛波如镜，小小眉弯自画成。"饮冰室谓其"以美人喻中、日两国，不着一字，感怆甚深"[6]。

注释

[1] 狄楚青：狄葆贤字楚青，号平子，江苏溧阳人。创办《时

报》。著有《平等阁笔记》《平等阁诗话》。 ［2］孤峭：不随流俗。 ［3］长吉：李贺字长吉，河南福昌县昌谷乡（今属河南洛阳）人，唐皇室远支。因避父晋肃讳，不得参加进士科考试。曾官奉礼郎。后世称“李昌谷”。著有《昌谷集》。 ［4］《饮冰室诗话》：梁启超著。梁启超字卓如，号任公，别署饮冰室主人，广东新会人。著有《饮冰室合集》。 ［5］谭壮飞：谭嗣同字复生，号壮飞，湖南浏阳人。著有《莽苍苍斋诗》等。 ［6］“感怆”句以下：《饮冰室诗话》本尚有“令读者心酸”。

简析

潘飞声非常推崇刺时事、谈维新、言变法的作品，但却对新派诗人，如谭嗣同生硬地搬用、堆砌新名词不以为然，批评其“不成一器”。谭氏此类诗作中，比较有代表性的有如《金陵听说法》：

> 而为上首普观察，承佛威神说偈言。一任法田卖人子，独从性海救灵魂。纲伦惨以喀私德，法会盛于巴力门。大地山河今领取，庵摩罗果掌中论。

此诗取材生僻，新名词的使用甚为刁钻，如若没有梁启超为之作注：“喀私德即Caste之译音，盖指印度分人为等级之制也。巴力门即Parliament之译音，英国议院之名也。”让人读来不仅颇为缺乏诗歌的韵味，而且实在是有些晦涩难懂。这一点，梁启超也曾指出过：“夏穗卿、谭复生，皆善选新语句。其语句则经子生涩语、佛典语、欧洲语杂用，颇错落可喜，然已不备诗家之资格。”（《饮冰室诗话》）当然，谭嗣同“新诗”中的类似情形，也许正是他经历甲午之变后，尽弃旧学时那种“慓疾廉悍恣睢不可控制”（《与唐绂丞书》）的心境的一种反映。

潘飞声的不满，并不在于新派诗中是否使用了新名词，而在于这些新名词的使用方式。这可以从他对另一新派诗人狄葆贤几乎截然相反的评价中看出来。无论是对“有意味可寻”之作的赞扬，还是对“感怆甚深”之评的认同，包括前述潘飞声诗话中对谭嗣同诗的极度不认同，显然都是因为受到了梁启超的影响，这就是其《饮冰室诗话》提出的关于新诗创作中“三长兼备”的观点：“第一要新意境，第二要新语句，而又须以古人风格入之，然后成其为诗。”只不过，梁启超举出并特别称赞的例子，是黄遵宪的《今别离》四首而已。

徐淡庐[1]

题旨

此二则分别录自《在山泉诗话》卷二、卷一，通过简单评介若干作家作品，表露出在“真切”“情韵”等方面的艺术创作追求。

江南诗人徐贯恂（鋆），年才弱冠，已成诗话、杂文十数种。承贻书订交，畅论诗法，以真切为旨，谓须处处有我，处处有当时在。能斯义者，推余与黄公度、易实甫、陈伯严、邱仲阏、郑苏庵、范肯堂七人[2]。伯严、苏庵、肯堂之诗，余未见，然余何能臻是境界。若贯恂少年卓论，可谓“论才不觉九州宽”矣[3]。贯恂自署淡庐生，书极苍老，诗转幽淡。和余在山泉四首云：“绝尘笔趣自翩翩，高唱还思入响泉。新喜词人归月旦，随园诗话当编年。”“文章绮岁抵三公，老去酣游竹石丛。往日风流浑不减，投笺争谒杜司空。”“耐看沧海风潮剧，枯坐空山岁月弥。留取闲居一篇赋，乡关聊寄十年思。”“倦游海外挂帆还，亲凿流泉胜出山。近读新辞更清绝，得来茶灶竹炉间。”

注释

［1］徐淡庐：徐鋆（yún）字贯恂，号淡庐，别号紫琅山民，江苏南通人。著有《淡庐诗文集》《诗余》等。［2］郑苏庵：郑孝胥字太夷，号苏庵，福建闽侯人。著有《海藏楼诗》。范肯堂初名铸，改名当世，字无错，后字肯堂，号伯子，江苏南通人。著有《范伯子诗集》《文集》。［3］“论才”句：出自袁枚《随园诗话》卷九：“板桥言：‘天下虽大，人才屈指不过数人。’余故赠诗云：‘闻死误抛千点泪，论才不觉九州宽。’”又《小仓山房诗集》卷十四《投郑板桥明府》：“遇晚共怜双鬓短，才难不觉九州宽。（君云天下虽大，人才有数。）”

乐郭两家艳体诗

“有情”二字，始于《陈风》。（“子之荡兮，宛邱之上兮。洵有情兮，而无望兮。”）[1]诗至齐梁，别为艳体，如无情韵，即不能谓之诗。然善言情者，以李义山为最[2]。昔人目白乐天为“广大教主”[3]，余目李义山为情天教主，其次则刘梦得、韩冬郎[4]。至明之王次回，千篇一律，猥亵杂出，有“伊其相谑”之风，而无“寤寐求之”之雅矣。[5]本朝诗人善言情者不少，以黄仲则、乐莲裳、郭频伽、黄莘田四家最擅长，悱恻芬芳，寻味无尽。[6]仲则、莘田两家诗集，人人皆读，莲裳、频伽则刊本不易觅也。因从选本摘录，以饷同爱莲裳、频伽者。

注释

［1］“‘有情’二字”云云：又见李文泰《海山诗屋诗话》卷八：“李子虎云：《陈风》‘子之荡兮，宛邱之上兮。洵有情兮，而无望兮。’‘有情’二字从此始。”“子之”四句，出自《诗·陈风·宛丘》。 ［2］李义山：李商隐字义山，号玉溪生，又号樊南生，原籍怀州河内（今属河南沁阳），迁居郑州荥阳（今属河南荥阳）。著有《李义山诗集》。 ［3］“广大教主”云云：出自张为《诗人主客图》。白居易字乐天，晚号香山居士，下邽（今属陕西渭南）人。著有《白氏长庆集》。 ［4］刘梦得：刘禹锡字梦得，河南洛阳人。著有《刘宾客集》。韩偓字致尧，一作致光，小字冬郎，自号玉山樵人，京兆万年（今属陕西西安）人。著有《韩内翰别集》。 ［5］王次回：王彦泓字次回，江苏金坛人。著有《疑云集》《疑雨集》。“伊其”“寤寐”二句，分别出自《诗·郑风·溱洧》《诗·周南·关雎》。 ［6］乐莲裳：乐钧初名宫谱，字元淑，号莲裳，江西临川人。著有《青芝山馆集》等。黄任字莘田，号十砚老

人，福建永福（今属福建福州）人。著有《香草斋集》。

简析

在对待新派诗创作的问题上，潘飞声虽然态度鲜明，爱憎分明，其实在艺术观上，他既不附宗派，也不树旗帜，只是一般性地鼓吹“以真切为旨”“无情韵即不能谓之诗”。何谓“真切”？潘飞声是认可徐鋆“须处处有我，处处有当时在”的说法的，这倒未必全因徐鋆把他和黄遵宪等七人并举为当世诗人之“能斯义者”，尽管潘飞声事实上对此颇为受用。进一步考察发现，所谓徐鋆的“少年卓论”，实际上是当时诗坛相当一部分诗人的共同认知，其中就包括潘飞声说的“未见”其诗的范当世（肯堂）。范当世评饶智元诗，即曾明确要求诗中有“我”有“时”：“凡作诗，第一须有我在，若咏古等作，纵无预襟抱亦必处处有当时在，方不浪费笔墨。如此等十国杂事诗，既无我在，亦无当时在，不过选词结调，小雅之所为而已。”（《范伯子诗文集·范伯子近代诸家诗评》）而范当世的这一观点，很明显又是深受刘熙载的影响。

至于“无情韵即不能谓之诗”，查诗话后一则中的相关核心论点，似乎除了这一句之外，基本上是取自本土前辈著名学者张维屏：“凡言情之作，要矜贵，不可猥亵，可有‘寤寐求之’之意，不可有‘伊其相谑’之风。善言情者，以李义山为最。昔人目白乐天为‘广大教主’，余目李义山为情天教主，其次则刘梦得、韩冬郎。至明王次回，则不免有猥亵之语矣。国朝诗人善言情者不少，以黄仲则、乐莲裳、郭频伽三家为最。频伽含情若柳，吹气如兰，于憔悴婉笃之中，有悱恻芬芳之致。”（《国朝诗人征略二编》卷五十六）唯一的不同点在于，潘飞声在“善言情者”的“本朝诗人”中，另外加上了“芬芳悱恻好风怀……唐代诗原中晚佳”（袁枚《仿元遗山论诗》三十八首其十一）的黄任。又，此则诗话中“至明之王次回”云云，当时就已经有像“海纳川”这样的学人提出过不同的看法：“人只知王次回《疑雨集》为言情之作，以为全集不脱香奁本事窠臼，其实亦不尽然。王集中凡朋友赠答之诗，山川凭吊之作，皆屏去浮华，力求简奥，始信大家固无不能也”“昔李义山以‘无题’见长，词句隐深，号‘西昆体’。而《韩碑》《筹笔驿》诸作，直逼韩、杜。此玉溪生所以千古也。吾于次回亦然”（《冷禅室诗话》）。而且，朱彝尊事实上早就将王彦泓视为李商隐、韩偓之后又一位优秀的香奁体作家：“风怀之作……存者，玉溪生最擅场，韩东郎次之，由其缄情不露，用事艳逸，造语新柔，令读之者唤奈何，所以擅绝也。后之为艳体者，言之惟恐不尽，诗焉得工？故必琴瑟钟鼓之乐少，而寤寐反侧之情多，然后可以追韩轶李。金沙王次回，结撰深得唐人遗意。”（《静志居诗话》卷十九）这或许应该是公论。

招子庸

题旨

此三则均录自《在山泉诗话》卷一，在“真切”“情韵”基础上，顺理成章地强调创作上“自成一家面目”的重要性。

古人制词，皆当自成一家，如屈子《离骚》、枚氏《七发》等类，依傍一空[1]，独成己之格调，斯为可贵。吾粤招铭山大令（子庸）以土音作歌，创制《粤讴》（俗名《解心》），[2]无语不香，有愁皆媚，言情处一意一转，一字一泪，于词曲外别为一家言，真才子之笔也。原本题者，皆嘉道名辈。余最爱熊笛江孝廉（景星）四绝云[3]：“铁板铜琶属女郎，珠江沸耳听宜黄。锦囊剩谱当时曲，检点前尘鬓有霜。”“第一歌喉占绮筵，苏娘遗韵散春烟。如何自厌麻姑爪，合掌慈云绣佛前。”“别派新声数莫愁，萧郎陌路碧云收。桂梁兰室谁家妇，绣褓瑶环弄阿侯。”“莫上销魂旧板桥，桥头秋柳半飘萧。无人解唱烟花地，苦海茫茫日夜潮。”此皆道当时情事。而《粤讴》中《烟花地》一首，尤能唤起苦海迷津[4]。李子虎广文有咏其事云：“碧天初露海初潮，白玉兰干紫玉箫。唱到招郎吊秋喜，十三儿女亦魂销。”[5]盖《吊秋喜》亦讴中名曲也。

注释

[1] 依傍一空：指在艺术、学术等方面独创而全不摹仿。 [2] “吾粤”云云：招子庸原名招功，字铭山，号明珊居士，广东南海人。粤讴（ōu），广东地区通俗说唱文学形式之一，与南音、木鱼、龙舟同属粤曲歌谣系统，而各有其特点。 [3] 熊笛江：熊景星字伯晴，号笛江，广东南海人。著有《吉羊溪馆诗钞》。 [4] 苦海：道教佛教用语，比喻苦无际限。后用以比喻困苦的处境。白居易《寓言题僧》：“劫风火起烧荒宅，苦海波生荡破船。”迷津，佛教用语。指迷妄的境界。敬播《大唐西域记序》：“廓群疑于性海，启妙觉于迷津。” [5] 李子虎：李长荣字子黼、子虎，斋号柳堂，广

东南海人。著有《茅洲诗话》等，辑有《柳堂师友诗录》。

黎二樵

近代诗家，以单行集本风驰各省者，唯袁子才、厉樊榭、黄仲则、龚定庵及吾粤黎二樵[1]，外此不多见。缘作者之诗，自成一家面目，故能受四海之欢迎。若二樵真髓，则造意造境，合昌黎、东野、昌谷镕为一垆，早见称于洪北江诗话。[2]然二樵刻意凿险，少年所作，多所删裁。又每将极好之诗，改至辛涩，以防流入甜熟一派。故生平书扇题画之作，多不载集中也。二樵以"三绝"称于时，自负诗一、画二、字三。书仿晋人，画入清湘神境[3]。余见佳构，必手录其诗跋，今汇载于此，以志夙好。龙山温氏藏两巨轴，自题云："'二樵居士天与闲，终岁弄笔镌云岚。江村薄暮动紫翠，波上远山如乱帆。雾汀烟渚百之折，时放扁舟深出没。江心夜半万丈天，世外胸中一轮月。平冈如切陡壁红，得无裴迪随诘翁。波澜翻覆入衣带，溟渤摇漾招天风。长堤行吟者谁子，夕露沾衣影寒水。意中似唤山上人，畹晚林光可归矣。'己酉闰月生日，天气微凉，坐竹影中，摇弄光景，末利花开，繁白如雪，浓香如云，作此政自欣然。题志之，悬诸五百四峰之堂，以为长物[4]。"其一为《大乌峰图》，题云："'娟娟江上露烟鬟，叆叆春愁怨女颜。最忆大乌深作态，竹梢烟烘一痕弯。’‘大乌峰顶月轮高，水面村舂静不劳。一双白鸟动天海，千里碧天明雪毛。’[5]右二绝，余客中忆大乌峰之作，今日写此纸颇似之，故书以题其上。前时作画自怡，皆已被巧夺者得之。庚戌四月遭大故后，不复北行，得闲家居，日过慈度僧舍作此，藏之五百四峰之堂。子孙能保则宝之，不能则须持此易担石之米，三日饿仍须留也。二樵翁并记。”[6]按，此两轴为二樵最称心之作，价值数百金。吾乡谢氏藏两小轴，一为《南浦绿波图》，题云：“南浦绿波图，石涛得意之笔也，旧藏龙山富家，今不知其数易主也。墨气阴洞，着色淡古，非深造宋元堂奥，未可臻此境界。晴川居士此道解人也，必以此纸为几席之玩，而重之以古人画局，非重吾笔墨也。并题一绝句。‘丛苇风时暮照黄，汀波萧瑟逼人凉。岩头如个衣仍赭，河水无梁鬓易霜。’壬子十月十二日，黎简记。”[7]一为《巫山图》，题云：“‘作此巫山十二图，与君相对足清娱。山头独坐谁家客，赋手兰台宋大夫。’二樵居士简为退谷世兄画并题。”[8]又，杨丈椒坪藏一墨梅扇面云：“居士湛然如镜明，梅花映空如水清。就中非一亦非二，无以琉璃同水晶。”二樵写花卉，仅见此一扇耳。以上数诗，皆《五百四峰堂集》所未载。今云烟过眼，藏者已易沧桑，幸此丛编贮余行箧，山水奇光，仍发现于世界也。

注释

［1］袁子才：袁枚字子才，号简斋，浙江杭州人。论诗标举“性灵”。著有《小仓山房文集》《随园诗话》《子不语》等。厉樊榭，即厉鹗，字太鸿，号樊榭，浙江杭州人。著有《樊榭山房集》等。龚定庵，即龚自珍，字璱人，号定庵，浙江杭州人。著有《定庵全集》。黎二樵，即黎简，字简民，一字未裁，号二樵，广东顺德人。著有《五百四峰堂诗钞》等。［2］昌黎：韩愈字退之，河南河阳（今河南孟州）人，自谓郡望昌黎。谥文，又称韩文公。著有《昌黎先生集》。东野，即孟郊，字东野，私谥贞曜先生。湖州武康（今浙江德清）人。著有《孟东野诗集》。洪北江，即洪亮吉，字君直，一字稚存，号北江，改号更生居士，阳湖（今江苏常州）人。著有《洪北江全集》，含《北江诗话》六卷等。［3］清湘：石涛本名朱若极，别号清湘道人（以其初在广西湘源出家）、大涤子、苦瓜和尚、瞎尊者等。［4］长物：原指身外之物，多余的东西。［5］“娟娟”数句：这两首诗中的第一首，实已见黎简《五百四峰堂诗钞》卷十七，为题作《绝句二首》的两首诗中的第二首，唯“叆叆”作“叆叇”；第二首，亦已见《五百四峰堂诗钞》卷十六，为题作《客居闷雨》的五首诗中的第四首，唯“大乌”“天海”分别作“大夫”“烟海”。［6］“余客中”云云：大乌峰，即今日番禺境内之大夫山。大故，指黎简父亲去世。慈度，即慈度庵，在广州城内，仙湖街附近。担石（dàn），一担一石之粮。比喻微小。《三国志·魏书·华歆传》：“歆素清贫，禄赐以振施亲戚故人，家无担石之储。”［7］“丛苇”数句：此诗，又见于广东省博物馆所藏题为《暮色丛苇图》者，诗末款识为：“予为李正夫作画册，又为云隐作，语多一快！秋阶之虫，以怨吟为命者耶？黎简。”梁守中校辑本

《五百四峰堂诗钞》所录，“汀波”“岩头如个”“鬓易霜”分别作“江波”“岩前若个”“鬓易苍”。 [8]“作此”数句：此中所录诗，潘飞声《雨窗杂录》题作《题巫山十二峰图赠谢退谷》。谢金銮字巨廷，号退谷。福建侯官（今属福建福州）人。著有《二勿斋文集》等。

宋芷湾

二百年来，吾粤诗家能自成一家面目者，唯黎二樵（简）、宋芷湾（湘）、陈仲卿（昙）三人。[1]二樵以奇峭胜，芷湾以雄大胜，仲卿以幽怨胜。余子不能及。亦古人之所无，乃可谓独开生面[2]，自造一境也。芷湾著《红杏山房集》，七律之魄力雄厚，虽韩、杜复生，恐亦不能过。兹撷录其最佳者，为力辟新境界告焉。

注释

[1]“唯黎二樵”句：宋湘字焕襄，号芷湾，嘉应州（今广东梅州）人。著有《红杏山房诗钞》。陈昙字仲卿，广东番禺人。著有《海骚》。 [2]开生面：展现新的面目。杜甫《丹青引赠曹将军霸》：“凌烟功臣少颜色，将军笔下开生面。”赵次公注：“凌烟画像，颜色已暗，而曹将军重为之画，故云开生面。”

简析

潘飞声以“真切”“情韵”论为基础，强调在创作上务求“自成一家面目”。以此为标准进行衡量，他举出的代表人物，在“近代诗家”中是袁枚、厉鹗、黄景仁、龚自珍和黎简；在广东文坛上则是黎简、宋湘、陈昙和招子庸。对于两者中唯一的交叉人物黎简，潘飞声是下了一番功夫去搜罗其逸诗的，包括对家藏黎简草书长卷七古《广州僦居小病已呈袁升父并示吕石帆》不载本集颇为不解（诗话卷一中另一则所记），虽然他明知道这些“书扇题画之作”正是因为黎简“唯恐”其“不能自成一家面目”，才在“晚年刻集”时被“删削”的。当然，这也正好反过来说明，潘飞声所着力强调的“自成一家面目”，其实早就已经是本土前辈诗人黎简相当自觉的创作追求。而且，文献层面的辑佚，也是可以在很大程度上与诗学观念的标举相得益彰的，只要材料来源交代清晰，确凿可靠。上述诗话第二则中“杨丈椒坪”云云，如果对照汪兆镛《岭南画征略》卷五所载，便发现存在交代不清的问题：“杨氏鹤洲草堂有二樵墨梅扇面，自题云：‘居士湛然如镜明，梅花映空如水清。就中非一亦非二，无以琉璃同水晶。’二樵写花卉不多见。末语用《楞严经》，颇有禅趣。”但《岭南画征略》实际上是引述潘飞声的《绿水园读画记》。此《读画记》当系《说剑堂著书总目》所著录之第二十四种《绿水园金石书画跋尾》中的内容，有目无书。

至于上述诗话第一则“招子庸”中，李长荣咏讴中名曲《吊秋喜》一诗，钱仲联《梦苕庵诗话》曾提出疑问说：“公度《岁暮怀人诗》怀陈乙山工部云：‘珠江月上海初潮，酒侣诗朋次第邀。唱到招郎吊秋喜，桃花间竹最魂销。’潘丈兰史（飞声）《在山泉诗话》载李子虎（长荣）广文一诗云云。二诗字句略相同。子虎名辈在公度先，不当袭黄。然公度亦决非袭人者，殆下笔适然相同耶？”事实上，李长荣、黄遵宪二诗如果两相结合，恰能见出《吊秋喜》在当时感人之深，及传诵之广。而《吊秋喜》之所以能“别为一家言”，也是因为它来自作者的真切感受，所谓情至文生：“闻粤人言，秋喜以倾心居士（指招子庸），故不见俗客，负债累累，无可为计，意欲一死，以报所欢，独登船头，蹈大江东去。居士惊惋，不知所措，此阕即作于其时者。是以沉痛独绝，非他人所能强托。……今则歌者无人，听者亦无人，殆如昆腔之降为柳簧，而霓裳雅咏于焉绝响也。”（丘炜萲《五百石洞天挥麈》卷六）

陈石遗[1]

题旨

此则录自《在山泉诗话》卷四，肯定陈衍诗的思新意远。

侯官陈石遗孝廉（衍），著作等身，诗文为闽中杰出。近有《全闽诗综》之刻，余将先高伯祖《南雪巢集》及先高祖《常荫堂遗稿》寄去。[2]石遗诗思新意远，非近日墨守宋派[3]，务为艰涩者所能道。有《西湖四首》云：“一味淡妆西子容，出奇着色是雷峰。不须夕照添暄染，已觉黄妃抹最浓。”“湖心亭是广寒宫，月涌楼台入太空。比似洞庭波万顷，君山也占水当中。”“山似论文不欲平，水如文势喜洄潆。六桥不及西泠曲，

自向苏家笔势成。”“三竺钟声暗暮空，高峰南北渐微濛。登山有约皆终日，放溜何之尚信风。”

注释

［1］陈石遗：陈衍字叔伊，号石遗，福建侯官（今属福建福州）人。“同光体”著名诗人。著有《石遗室诗集》《文集》《诗话》，辑有《近代诗钞》等。 ［2］《全闽诗综》：是指陈衍于宣统三年（1911）付梓的《闽诗录》四十一卷，为其补订侯官郑杰遗稿而成，分唐、五代、宋、金、元五集。又，“先高伯祖《南雪巢集》及先高祖《常荫堂遗稿》”，潘飞声《番禺潘氏诗略跋》中另略有提及：“自我十五世祖文岩资政公于乾隆间由闽入粤，遂籍番禺。……先大父尝欲综辑先世之诗为一家集，以未得高伯祖手定《南雪巢全稿》故不果行。”又作有《三月七日集梵王渡小兰亭展修禊次先高伯祖毅堂中翰公南雪巢集中三日东图学士菜香草堂韵》，余未详。 ［3］宋派：即宋诗派，其主要宗尚是“以开元、天宝、元和、元祐诸大家为职志”（陈衍《近代诗钞述评》），即以杜甫、韩愈、苏轼、黄庭坚为宗。其创作倾向，则是“受当时学术主潮汉学的影响”（刘和文《清人选清诗研究》），“合学人、诗人之诗二而一之”（陈衍《近代诗钞述评》），表现出一种独特的艺术趣味。

简析

陈衍的诗论是一种宗宋派的言说，近源是乾、嘉年间的宋诗派，远源可追溯到宋诗尤其是“江西诗派”，在坚持学宋的同时，注意吸收其他各家的成果，故从总体上说，仍是非常平允、圆通的，“有时也能够越出一般意义上的派别之争”（张煜《同光体诗人研究》），在清末民初诗坛的特殊背景下，有其特定的含义。陈衍的诗歌创作，如得潘飞声“思新意远”之评的《西湖四首》，跟他的诗学观念的确是大体契合的。

潘飞声论诗尊重个性特征，也不带宗派偏见，所以，他的诗话中对当时包括陈衍在内的诸多诗人，如黄遵宪、丘逢甲、丘炜萲、陈三立、郑孝胥、范当世、易顺鼎等，都有相应的肯定。如卷一中评黄遵宪即云：“京卿谓：后人学艺，事事皆驾前人上，唯文字不然。以胸中笔下均有古人在，步步追摹，遂不能自成一家面目。是以宋不如唐，唐不如六朝，六朝不如汉、魏也。京卿巍然大宗，推诗界维新巨子，获聆伟论，书作座铭。”这无疑是《在山泉诗话》的长处。只是，从总体上看，它毕竟在艺术观点上“颇乏创见和个性”（黄霖《中国文学批评通史：近代卷》），所以，这部名噪20世纪初、常常被认为是“资产阶级维新派”重要文学批评成果的诗话著作，终究难以保持长久的学术生命力。

在山泉诗话补遗

随园逸诗

题旨

此则未为《古今文艺丛书》本《在山泉诗话》所收，补自《华字日报》乙巳年正月二十四日（1905年2月27日），署“在山泉诗话”，题作“随园逸诗”，谓从袁枚手迹中发现了他的四首逸诗。

袁子才虽入翰林，却不工书，常自谓：“写字如书生骑马，左支右坠。”然余曾见其手迹两册，笔势倾斜，却有意味，盖诗人之字也。一为手简册《致尹望山相国（继善）书》四通，藏何蘧庵待诏处，末附诗三首，忆录于此。[1]题云《送相公至袁浦尚未拜别而使者忽来道前驱已驾舟追不及怆然有作》：“画戟飘霜去莫追，先生辞我我能知。为怜终有分襟日，不忍重看下拜时。秋水连天含睇远，孤云离月独归迟。短篷细雨清江路，白尽彭宣两鬓丝。”《腊月六日高制府招陪蒋侍御西园观剧即席赋谢兼怀望山相公》云：“风静三江绣纛高，鹤书蒙把野人招。堂无漏鼓钟能报，（几上两钟自鸣。）座有笙歌酒易消。一个词臣谈典礼，千秋法物辨琼瑶。（时南巡盛典告成，出贡玉命加品定。）更颁甘旨教贻母，胜捧仙云下碧霄。”“取来诗扇席间看，十四年前墨未干。旧物尚存惊我老，爱才如此叹公难。想开东阁人何远，忍醉西园岁又阑。（望山相公招陪蒋太史，亦腊月六日。）一样衔恩两条泪，不禁枨触到眉端。”其一为俞伯惠大令所藏《谁庄图》[2]，册中有子才题诗云：“庄好号谁庄，主人应是忘。三间古茅屋，一曲小沧浪。有树天皆绿，无风草亦香。坐看垂钓者，云可湿衣裳。”右诗四首，皆《小仓山房集》不载，要是随园逸稿。其第一首真自成子才之诗，他人不能有也。

注释

［1］手简：手书。尹继善字元长，号望山，满洲镶黄旗人。谥文端。著有《尹文端公诗集》。何闳中字絅卿，号蘧庵，湖广黄州（今湖北黄冈）人。 ［2］俞伯惠：俞旦字伯惠，号寄庵，安徽婺源（今属江西）人。谁庄，淮安程氏庄园。程坤（退翁）以事不得志，隐居城南石塘之中桥，买废田万亩，掘渠四千余丈，灌溉其中，遂成沃壤，遍植万株牡丹、芍药，以环其居，名曰“谁庄”，取王维《孟城坳》中“来者复为谁，空悲昔人有”之意。

简析

《华字日报》中署“在山泉诗话”而未被《古今文艺丛书》本《在

山泉诗话》收入者，凡七则。另外六则，分载《华字日报》乙巳年正月二十二日（1905年2月25日），题作“黄琴山”；乙巳年正月二十五日（2月28日），题作“居梅生论画诗”；乙巳年正月二十六日（3月1日），题作“居梅生题画诗”；乙巳年七月初七（8月7日），题作“七夕诗”；丙午年正月二十一日（1906年2月14日），题作“郑苏庵”；丙午年二月初四（2月26日），题作“梁又农”。这些新材料的发现和使用，自然有益于编纂出一部更为完善的《在山泉诗话》。而潘飞声以诗话形式保存下来的这些材料本身，也不无文献价值。

对这些材料的内容进行文献学上的考订，正是体现其“文献价值”的一部分。如此则结尾处所云“诗四首，皆《小仓山房集》不载”，其实不完全准确：其一、第一首，实已收入袁枚《小仓山房诗集》卷十九，题作《送相公渡淮，尚未拜别，而八驺忽驾，遣使者来辞，舟追不及，怆然有作》。其二、中间两首，也已收入《小仓山房诗集》卷二十，题作《仲冬二十九日，高制府招陪蒋侍御西园观剧，即席赋谢，兼怀望山相公》。其中，前一首后四句作：“一个词臣谈典礼，（侍御修《南巡盛典》。）千秋法物认琼瑶。（出贡玉，命加品定。）更颁甘旨教遗母，胜捧仙云下九霄。”后一首，“忍醉”句下无注。其三、最末一首，经过核查，倒确实可以算作袁枚逸诗。王英志《袁枚全集新编》已将此首收入第17册“零散集外诗”中，谓“此诗原见于俞文诏辑《俞氏家藏图绘题咏》，今见抄本《清代稿钞本三编》第115册”，题作《谁庄图》，“主人”句、“一曲”句、“坐看”句分别作“先生真坐忘”“九曲水沧浪”“不知危坐者”。未审潘飞声所见所录题图诗，何以与之有些许文字上的差异。

潘飞声诗话中所谓“《小仓山房集》”，其具体版本虽不甚明了，也许与当下习见常用之本（如《续修四库全书》所据以影印的上海图书馆藏清乾隆刻增修本）有异，但在这里，出现失察的原因，恐怕主要还是太过自信平素的阅读积累或直观印象，而疏于严谨的、文献学层面的甄别。这可能也正是这则诗话后来没有被收入《古今文艺丛书》本的缘由之一。不过，如此一来，潘飞声在诗话结尾的判词中所表现出的艺术敏觉：“其第一首真自成子才之诗，他人不能有也。”却也更加让人叹服了。

陈子丹[1]

题旨

此则未为《古今文艺丛书》本、《华字日报》本《在山泉诗话》所收，补自陈步墀《十万金铃馆词》卷首，署“在山泉诗话”，原未标目，录评陈廷光、陈步墀二人词。

子丹先人晦洲先生有诗一卷[2]，附词三首，情思清绝。余曩辑《粤东词钞三集》，竟尔遗珠，致为抱憾。今子丹已刊入《陈氏丛书》[3]，特采录一阕于此。《卖花声》云：“花气雪肌肤。艳影难摹。月明潮暗记曾无。旧日歌喉今日泪，全是玲珠。　小病费支吾。梦也模糊。恹恹酒半又茶初。一夕秋荷红尽脱，瘦了西湖。”而子丹亦工词。《采桑子》云：“软尘才踏京华路，谁似潘郎。又历山塘。消受江花七里香。　湖烟湖雨迷离处，不见金阊。分付垂杨。绾取船灯入睡乡。”“梦回真个销魂也，一叶舟飘。寒怯珠跳。徙倚篷窗听晚潮。　姑苏自古风流地，同是兰桡。玉漏迢迢。可有吴娘伴寂寥。”“相思再要图红豆，肠断天涯。人在谁家。一夜风横雨又斜。　　情知前事都成梦，应记琵琶。面掩桃花。眼底分明隔馆娃。”“羡君短簿名同重，好剪吴淞。汗漫游踪。飞到寒山半夜钟。　　画中来写迦陵意，问讯征鸿。何日归篷。瘦了梅花又一冬。”此数阕亦极似王中仙[4]。

注释

［1］陈子丹：陈步墀字子丹，一字幼侪，又名慈云，号云僧，广东饶平人。著有《绣诗楼诗》《双溪词》等。　［2］“子丹先人”句：陈廷光字笃序，号晦洲，广东饶平人。步墀十世祖。康熙三十二年（1693）举人，官直隶赞皇县令。　［3］“陈氏丛书”云云：指收有陈廷光诗词的《四先生诗存》，被收作陈步墀辑《绣诗楼丛书》第二种（第一种为陈步墀《广东恩贡卷：宣统己酉科》），刊于宣统元年（1909）。四先生，是指陈廷光、陈士圹（朴亭，陈廷光孙）、陈多缘（种玉，陈廷光侄孙）、许之斑（介珊，陈步墀业师）。　［4］王中仙：王沂孙字圣与，号碧山，又号中仙，南宋会稽（今浙江绍兴）人。

简析

光绪十九年（1893）正月，潘飞声自序《粤东词钞三编》有云：以杨永衍所辑《粤东词钞二编》“尚有数家未备”，“因出箧中旧录诸家词，重加选辑，为《粤东词钞三编》，以附《二编》之后”，又云：“唯吾粤词人或已佚残篇，或远处异地，必有搜罗不及者，他日当为补入，务期无缺。”此则诗话中“余曩辑《粤东词钞三集》”云云，是说为了弥补之前因“搜罗不及”而造成的“遗珠”之憾，潘飞声借撰写诗话的机会，从陈廷光已经刊入《绣诗楼丛书》的三首词中，特意选录其中的这一首《卖花声》，以示褒扬。

但是，问题也恰恰出在这首词上。查吴嵩梁《香苏山馆词》，开篇即是这首《卖花声》，相较于此处所录，仅词题作“题徐阆斋兰影图”，上片收句中“玲珠”作“珍珠”异。问题还不止于此。查《四先生诗存》，其中所录陈廷光的另外两首词：

灯光黯淡有谁挑。只影也摇摇。梦也摇摇。一种相思，两地总无聊。今宵。　　破窗吹裂纸条条。况风又萧萧。雨又萧萧。生怕添愁，添病更添娇。明朝。（《风马儿·秋夜》）

残雪在梅花，晓色明深坞。碎玉玲珑下折枝，响作潇湘雨。花片忽惊飞，吹入前溪树。一径寻香过小桥，烟鹤闻清语。（《卜算子·石溪雪夜》）

也都见于《香苏山馆词》，仅后一首词题作“石溪雪晴”异。据现有文献判断，颇疑陈廷光的这三首词系陈步墀“戊申冬归，亟搜残缺”（《四先生诗存序》）编集时误收。对于潘飞声而言，使用未经考辨的文献也许是无心之失，而“情思清绝”的评价以及所谓“遗珠”之憾，自然也就都跟讨论对象毫无关系了。

剪淞阁诗话

粤诗话

题旨

此则录自《中社杂志》1926年第2期，作为这部诗话的第一则，它是用近似于文献著录的方式，粗略介绍了晚清以来广东一地诗话著作的大致情形。

《明史·艺文志》诗话自为一类，然一代成书，实不数觏。[1]吾粤诗家，人才辈出，所刊之集，汗牛充栋。至于撰诗话、诗说，殊罕其人。张南山刻《艺谈录》三卷外，其《听松庐诗话》虽散见各书，其实与李子虎《柳堂诗话》均未有专本。[2]风行海外者，只黄香石舍人所著《香石诗话》耳[3]。舍人复有《粤岳草堂诗话》[4]，吾友饶平陈子丹将采入《绣诗楼丛书》中。此外则吴川李小岩孝廉，曾刊《海山诗屋诗话》，[5]所收所论，颇见称于时。

注释

［1］“明史”云云：《明史·艺文志四》收诗话类著作四十八部，名曰“文史类”。［2］“张南山”诸句：张维屏字子树，号南山，又号松心，广东番禺人。著有《张南山全集》等。《艺谈录》二卷，是张维屏晚年在《国朝诗人征略》的基础上增删而成。咸丰二年（1852）十一月，顺德县龙山乡举行诗会，诗卷属请张维屏评阅。《听松庐诗话》即系诗会之作的摘录汇存，实似唐人主客图一类著作，有《张南山全集》本。李长荣《柳堂诗话》一卷，有北京大学图书馆藏清抄本。［3］“黄香石”云云：黄培芳字子实，号香石，自号粤岳山人，香山（今广东中山）人。著有《岭海楼诗钞》等。《香石诗话》四卷，《续修四库全书总目提要》有评：“耳目所逮，片长必录，而取法谨严，不涉佻薄，实得诗教敦厚之旨。”蒋寅《清诗话考》则云：嘉、道以还，诗话以纪人纪事为务，论诗理诗法有得者鲜，此书堪称矫矫不群者矣。［4］“粤岳草堂”云云：《粤岳草堂诗话》二卷，主要评骘清代粤人诗作，间亦论及唐宋名家。此书后收入《绣诗楼丛书》，为其中第九种，宣统二年（1910）刊。黄培芳又有《香石诗说》一卷，题下自注“癸亥岁答友人作”，自跋所云可见此书宗旨：“余自撰另有《香石山房诗话》，此则因友人下询，偶举其概。虽属人云亦云，其中亦有不苟同于人者。要不过为初学发凡，区区管窥之见云尔。”［5］“李小岩”云云：李文泰字小岩，吴川人。同治九年（1870）举人，官主事。《海山诗屋诗话》十卷，所录多为至交好友、上司同僚名言雅事，佳篇隽句，甚少评骘，故保存资料虽多而论诗宗旨不显。

简析

诗话是一种有中国特色的文学批评形式，自宋代欧阳修《六一诗话》开始，历代作者不绝。岭南宋代诗话未见流传，明代亦仅有蒋冕《琼台诗话》和邓云霄《冷邸小言》两种。今人吴文治主编《明诗话全编》，辑得孙蕡、陈献章、湛若水、霍韬、黄佐、邓云霄、陈子升、邝露、区大相、张萱等十四位岭南诗人的诗话，多为只语片言，不成系统。

清嘉、道年间，岭南诗话论著纷出，形成风气。这些著作，多为日常读书心得、交游见闻，往往偏重地方性、史料性而忽略理论性。其中，比较重要的有黄培芳《香石诗话》，张维屏《国朝诗人征略》《艺谈录》，梁九图《十二石山斋诗话》，何曰愈《退庵诗话》，李文泰《海山诗屋诗话》等。此外，尚有黄钊《诗纫》，以论粤诗为多，兼及唐宋其他诗人；刘彬华《玉壶山房诗话》，见于其所辑《岭南群雅》，系于诗人小传后；劳孝舆《春秋诗话》、梁邦俊《小厓说诗》，二书专论《诗》；李长荣《茅洲诗话》；方恒泰《橡枰诗话》；潘衍桐《缉雅堂诗话》；刘爔芬《小苏斋诗话》，见于《香山诗略》；伍崇曜《茶村诗话》，见于《楚庭耆旧遗诗》；胡曦《湛此心斋诗话》，在《兴宁先贤丛书》中；赖学海《雪庐诗话》；张其淦《吟芷居诗话》，见于《东莞诗录》；吴梯《读杜姑妄》，专论杜诗；李黼平《读杜韩笔记》，专论杜、韩诗；林联桂《见星庐馆阁诗话》；黄绍昌《秋琴馆诗话》，有何文广辑本；邬启祚《耕云别墅诗话》《诗学要言》；邬以谦《玄德堂诗话》。清末民初，较重要的诗话则有梁启超《饮冰室诗话》、屈向邦《粤东诗话》和陈融《颙园诗话》，以及本则诗话的作者潘飞声的《在山泉诗话》。（详参陈永正《岭南诗歌研究》）

以上对明清以来广东诗话发展线索的简单梳理，也算是对潘飞声上述诗话内容中约略存在的史识，在文献学层面的一个初步实践。在此基础上，如果能够渐次展开充分、有效的专题研究，包括对大量存在的“论诗词诗词”的研究，一部高水准的《岭南诗话史》势必指日可待。

至于从未被纳入研究视野的《剪淞阁诗话》，可以按照内容上以类相从的原则，大致理出14则：“粤诗话”“黄香石”“杜少陵”“韩昌黎”“李太白”“黄仲则陈仲卿七律”“黄仲则”“张南山”“伊墨卿”“庄容可相国”“白沙先生”“冯定远”“张二乔”“杨忠愍遗砚”。因为后出的缘故，其中“黄仲则陈仲卿七律”“张南山”“冯定远”“张二乔”等4则与《在山泉诗话》部分或全部重出。本读本选录《剪淞阁诗话》，一是力求整体动态呈现“潘飞声诗话”的基本面貌，二是希望借以打通潘飞声在港、沪两地主要诗学建树之间的联系，为更进一步的研究奠定基础。

词话选

论岭南词绝句[1]

题旨

此组诗录自《说剑堂集》，作于光绪二十四年（1898），选评自宋迄清20位岭南词人，所论旨在揭橥其创作特色与词史贡献，有助于了解本土词坛的源流演变及其在不同时代词坛上应有的地位。作为继谭莹之后的又一地域性论词绝句，潘飞声此作同样体现出了为岭南书写词史的意图。

其一

尚书极谏有时名，底愿平生作乐筝。要近佳人纤手子，神仙不过是多情。[2]（黄损）

注释

[1] 论岭南词绝句：此组诗，《说剑堂集》卷首有丘炜萲序，版心题作“论粤东词绝句序”。粤东，此指广东。岭南与广东是两个不完全相同的地域概念，根据清代学者的相关言说，如“不可滥用古号以混今称”（章学诚《文史通义》卷八《书〈郎通议墓志〉后》）、“今人于官名地名好用前代名目以为古，将一代制度疆理皆混乱不可考矣”（赵翼《陔余丛考》卷二十二）、“居今之世不应用

古名”（叶廷琯《吹网录》卷四），当下应以使用“广东”为是。
［2］“尚书”四句：详参《粤词雅》“黄损词”条所云。极谏，尽力规劝。时名，指当时的声名或声望。底，何。

其二

老来勋业畏投闲，极目边愁写乱山。自有激昂雄直气，高歌立马剑门关。[1]（崔与之）

注释

［1］“老来”四句：详参《粤词雅》“崔与之词”条所云。投闲，谓置身于清闲境地。陆游《入秋游山赋诗略无阙日戏作五字七首识之以野店山桥送马蹄为韵》其三：“屡奏乞骸骨，宽恩许投闲。”边愁，边人的愁苦之情。

其三

红尘醉帽爱金挥，曾羡花翁策蹇归。[1]**绝忆青楼题小扇，春愁多半在屏帏。**（“屏帏半掩，奈梦魂、不到愁边”，又“屏山半掩，还别有、愁来路”，皆名句。）[2]（刘镇）

注释

［1］“红尘”二句：刘镇《沁园春·和刘潜夫送孙花翁韵》上片有云：“谁似花翁，长年湖海，蹇驴弊裘。想红尘醉帽，青楼歌

扇，挥金谈笑，惜玉风流。”挥金，散发或挥霍钱财。花翁，即孙惟信，字季蕃，号花翁，开封（今属河南）人。著有《花翁集》。策蹇（jiǎn），骑驴。白行简《李娃传》：“质明，乃策蹇而去。”［2］“春愁”云云：屏帏，屏帐。“屏帏”云云，分别出自刘镇《汉宫春·郑贺守席上怀旧》：“日软风柔，望暖红连岛，晴绿平川。寻芳拾蕊，胜伴陌上鲜妍。玉骢归路，记青门、曾堕吟鞭。人去后，庭花弄影，一帘香月娟娟。　追念旧游何在，叹佳期虚度，锦瑟华年。博山夜来烬冷，谁换沉烟。屏帏半掩，奈梦魂、不到愁边。春易老，相思无据，闲情分付鱼笺。”以及《水龙吟·庚寅寄远》：“老来惯与春相识，长记伤春如故。去年今日，旧愁新恨，送将风絮。粉泪羞红，黛眉颦翠，推愁不去。任琐窗深闭，屏山半掩，还别有、愁来路。　回首画桥烟水。念故人、匆匆何处。客情怀远，云迷北树，草连南浦。离合悲欢，去留迟速，问春无语。笑刘郎，不道无桃可种，苦留春住。”

其四

晓风残月酒怀孤，深院春情比似无[1]。做得芳菲词句好，雕琼全不费工夫[2]。（孙文灿跋《文溪集》，以《兰陵王》一词比之“晓风残月”，其实不伦也。[3] 余最爱忠简《摸鱼儿》调“燕忙莺懒春无赖，懒为好花遮护。浑不顾。费多少工夫，做得芳菲聚”等句。[4]）（李昴英）

注释

［1］比似：与……相比，比起。周邦彦《虞美人》：“一双燕子守朱门，比似寻常时候易黄昏。”　［2］雕琼：比喻作品风格

明洁或构思新颖精巧。琼，美玉。［3］“兰陵王”云云：李昴英《兰陵王》全篇云：“春在深深院落。单衣试，龙沫旋熏，又怕东风晓寒薄。别来情绪恶。瘦得腰围柳弱。清明近，正似海棠，怯雨芳踪任飘泊。钗留去年约。恨易老娇莺，多误灵鹊。碧云杳渺天涯各。望不断芳草，更迷香絮，回文强写字屡错。泪欲注还阁。　孤酌。住春脚。便彩局谁忺，宝轸慵学。阶除拾取飞花嚼。是多少春恨，等闲吞却。阑干猛拍，叹命薄。悔旧诺。”比之“晓风残月”，相当于比之柳永。谭莹《论词绝句》之专论岭南人三十六首，其三论李昴英亦云：“独说兰陵王一阕，晓风残月柳郎中。（见《文溪集》孙文灿跋。）”杨慎《词品》卷五则谓，此词“绝妙，可并周、秦”。不伦，不相当，不相类。［4］“燕忙”云云：李昴英《摸鱼儿》全篇云：“晓风痴、绣帘低舞，霏霏香碎红雨。燕忙莺懒春无赖，懒为好花遮护。浑不顾。费多少工夫，做得芳菲聚。休鞶百五。却自恨新年，游疏醉少，光景恁虚度。　猊烟瘦，困起庭阴正午。游丝飞絮无据。千林湿翠须臾遍，难绿鬓根霜缕。愁绝处。怎忍听、声声杜宇深深树。东君寄语。道去也还来，后期长在，紫陌岁相遇。”

其五

南山词调记游春，消得风风雨雨辰。[1]**拈出美成佳句否，心香一瓣在清真。**[2]（赵必王象）

注释

［1］“南山”二句：取自赵必王象《绮罗香·和百里春暮游南山》（办一枝藤腊一双屐），下片有云：“九十光阴箭过，趁取

芳晴追逐，春风杖屦。消得几番风和雨。”　［2］“拈出”二句：《粤词雅》有云：“秋晓词瓣香清真，集中多用美成韵。”凡九首：《兰陵王·赣上用美成韵》（画阑直）、《风流子·赣上饮归用美成韵》（旧梦忆钱塘）、《风流子·别赣上故人用美成韵》（春光才一半）、《华胥引·舟泊万安用美成韵》（沧浪矶外）、《意难忘·过庐陵用美成韵》（魏紫姚黄）、《宴清都·舟中思家用美成韵》（远远渔村鼓）、《琐窗寒·春暮用美成韵》（乳燕双飞）、《隔浦莲·春行用美成韵》（东风吹长嫩葆）、《苏幕遮·钱塘避暑忆旧用美成韵》（远迎风）。谭莹《论词绝句》亦云：“集中多用清真韵，秋晓词同片玉词。”

其六

高卧溪山老岁华，秋江欸乃托渔家。[1]都将家国无穷感，趁拍哀弦听琵琶[2]。（陈纪）

注释

［1］“秋江”句：许玉彬、沈世良辑《粤东词钞》陈纪小传谓“有《秋江欸乃》”。不传。欸（ǎi）乃，指摇橹声。柳宗元《渔翁》：“烟销日出不见人，欸乃一声山水绿。”　［2］“趁拍”句：陈纪有《贺新郎·听琵琶》（趁拍哀弦促）。趁拍，合着节拍。

其七

天宫花片写归思，醉后骑龙铁笛吹。[1]静夜玉蟾飞卷

下[2]，神光一片海琼词[3]。（葛长庚）

注释

［1］“天宫”二句：取自葛长庚《酹江月》：“当初误触，紫微君、谪下神霄玉府。醉后骑龙吹铁笛，酒醒不知何处。绛阙寥寥，红尘扰扰，老泪滂如雨。人间天上，桑田沧海如许。　遥想十二楼前，琪花开已遍，鸾歌鹤舞。梦到三天还又落，愁听空中箫鼓。独倚阑干，笑拈花片，细写思归字。东风还会，为伊吹上天去。”［2］玉蟾：神话传说月中有蟾，而月色皓白如玉，故以玉蟾为月亮的代称。　［3］海琼词：葛长庚字白叟，号白玉蟾，闽清（今属福建）人。后寓居琼州，人称“海南子”。著有《琼海集》四十卷，词有《海琼词》一卷。

其八

静里端倪太极图[1]，村南词兴爱行沽。小匡庐下光风艇，不碍先生作钓徒。[2]（陈献章）

注释

［1］端倪：推寻事物的本末终始。韩愈《送高闲上人序》：“故旭之书，变动犹鬼神，不可端倪，以此终其身而名后世。”太极图，旧时用以说明宇宙现象的图。有两种：一种是以圆形的图像表示阴阳对立面的统一体，圆形外周附以八卦方位，道教常用以作标志。另一种为周敦颐据《易·系辞》“易有太极，是生两仪。两仪生四象，四象生八

卦。八卦定吉凶，吉凶生大业”诸语，取道家象数之说而画的，代表宋代理学对于世界形成，万物终始的一种看法。　[2]“村南”三句：陈献章有《渔歌子·钓鱼效张志和体》：“红蕖风起白鸥飞。大网拦江鱼正肥。微雨过，又斜晖。村北村南买醉归。”沽，买。匡庐，庐山。《后汉书》刘昭注引慧远《庐山记略》：“有匡俗先生者，出殷周之际，隐遁潜居其下，受道于仙人而共岭，时谓所止为仙人之庐而命焉。”光风艇，具见陈献章《伍光宇行状》：“南山之南有大江，君以意为钓艇，置琴一张、诸供具其中，题曰‘光风艇’。遇良夜，皓魄当空，水天一色，君乘艇独钓，或设茗招予共啜。”

其九

剩水残山郁作诗[1]，塞门骚屑又填词[2]。秣陵吊古苍凉甚[3]，可有金笳故国思[4]。（屈大均）

注释

[1]剩水残山：残破的山河。比喻亡国或经过变乱后的国土。杜甫《陪郑广文游何将军山林诗》：“剩水沧江破，残山碣石开。”　[2]塞门：通到塞外的城门。骚屑，凄清愁苦。　[3]“秣陵”句：屈大均有《念奴娇·秣陵吊古》（萧条如此）。秣陵，约为今南京市地，秦改金陵为秣陵，自汉、晋以迄南朝，治所屡有变革，隋以后废。　[4]金笳：胡笳的美称。古代北方民族常用的一种管乐器。

其十

清词滴粉与搓酥[1]，珠海群花拜丽姝[2]。为识双忠青眼定[3]，莲香终胜柳蘼芜[4]。（丽人曾侍黎忠愍、陈文忠酒[5]。）（张乔）

注释

［1］清词：清新的词句。杜甫《戏为六绝句》其五："不薄今人爱古人，清词丽句必为邻。"滴粉搓酥，形容美女肌肤白腻。钮琇《觚剩·竹垞词》："专攻于词……即其裘马清狂，昵昵儿女，亦偶然遥情所托，非若浅斟低唱，滴粉搓酥，专引红妆为知己者也。"［2］珠海：泛指我国南部海疆。丽姝，美人。［3］青眼：青，黑色。人正视时黑色的眼珠在中间。后以青眼表示喜爱或看重。［4］莲香：张乔著有《莲香集》。柳蘼芜，即柳如是。［5］忠愍：黎遂球字美周，广东番禺人。谥忠愍。著有《莲须阁集》。陈文忠，即陈子壮，字集生，号秋涛，广东南海人。谥文忠。著有《陈文忠公集》。

其十一

烟渚灵旗对九峰，雅琴瑶瑟愧雷同。[1]六莹诗有青莲笔，题句湘灵恨未工。[2]（梁佩兰）

注释

［1］"烟渚"二句：梁佩兰有《山花子·湘妃庙》："水阔潇湘

见二妃。江空露白少人知。一望渚烟迷到处，暗灵旗。　太息雅琴成绝调，并弹瑶瑟寄相思。奈有九峰遥对起，至今疑。”（案：梁氏另有一首七律《湘妃》，可对读以领略诗词互见之美：“水阔潇湘见二妃，江空露下少人知。数声木叶落深处，一望渚烟迷到时。太息雅琴成绝调，并弹瑶瑟寄相思。就中要眇情何限，只是含颦对九疑。”）灵旗，神旗。指湘妃之旗。九峰，指九嶷山。在湖南省境内。《舆地广记·荆湖南路》：“（宁远县）有九疑山，虞舜所葬。其山九溪相似，故名。”《水经注·湘水》：“九疑山下，蟠基苍梧之野，峰秀数郡之间，罗岩九举，各导一溪，岫壑负阻，异岭同势，游者疑焉，故曰九疑山。”雅琴，指舜琴。《礼记·乐记》载，舜作五弦之琴，以歌《南风》之诗，而天下治。瑶瑟，以美玉为饰的瑟。此指二妃之瑟。雷同，雷一发声万物无不同时响应。今用于人或事物间有相同之处。　［2］“六莹”二句：梁佩兰字芝五，号药亭，广东南海人。著有《六莹堂集》。王隼序其集有云：“余谓先生诗，决从汉魏入，不必借径三唐。盖取神于苏、李、枚叔，取骨于三曹，或偶然涉笔，则又复驱驾康乐、宣城、青莲、少陵诸子。”李白字太白，号青莲居士，生于安西都护府碎叶城（今属吉尔吉斯斯坦）。约五岁时随父迁居绵州昌隆青莲乡。著有《李太白集》。湘灵，古代传说中的湘水之神。屈原《远游》：“使湘灵鼓瑟兮，令海若舞冯夷。”洪兴祖《补注》：“此湘灵乃湘水之神，非湘夫人也。”一般认为是舜妃，即湘夫人。

其十二

南樵风调柳耆卿［1］**，梦断南湖载酒行。一席花娘能劝醉，玉梅红袖可怜生。**［2］（梁无技）

注释

[1] 南樵：梁无技字王顾，号南樵，广东番禺人。著有《南樵集》。风调，文学作品的风格，格调。耆卿：柳永的字，原名三变，字景庄，后改名永，耆卿，崇安（今属福建）人。宋景祐元年（1034）进士，官至屯田员外郎，世称柳屯田。著有《乐章集》。

[2] "梦断"三句：取自梁无技《扬州慢·立春前十日过蒲衣子，南湖赏梅，席上出花娘劝酒。归后却忆，兼寄蒲衣》："曾踏春阳，西陵桥畔，梅花尚怯东风。问佳人未嫁，算春思谁浓。怕残夜、谯门画角，玉楼云影，吹落寒空。绕横塘，淡月窥人，偷上帘栊。　酒倾红袖，到如今、化泪千重。纵锦瑟弦多，琵琶调促，艳曲难终。芳草有情犹绿，楚江流，月去无踪。似高唐云断，除非好梦相逢。"花娘，歌妓。陶宗仪《南村辍耕录》卷十四："娼妇曰花娘，达旦又谓草娘。"可怜生，惹人怜爱。生，语尾助词。赵彦端《虞美人》："风流椿树可怜生。长与柳枝桃叶、共青青。"

其十三

尊前亲付雪儿歌[1]，博得微嗔唤奈何。偏是销魂憔悴日，春衫花气酒痕多。（《逃虚阁词》，最爱其"博得微嗔，也都情分""挽断春衫，半是酒痕花气""假如真有销魂日，拌暂为伊憔悴"等句[2]。）（张锦芳）

注释

[1] 雪儿：《太平广记》卷二〇〇引《北梦琐言》云："雪儿者，李密之爱姬，能歌舞，每见宾僚文章有奇丽入意者，即付雪儿叶

音律以歌之。”后亦以“雪儿”泛指歌女。 [2] “博得”诸句：分别出自张锦芳《风流子》：“春愁无避处，携双桨、去问那人家。奈万唤始来，面嫌生客，几回相见，烛落轻花。倩谁报、登山犹有屐，掷果更停车。前日矮笺，未干浓墨，今朝团扇，恰障轻纱。　尊前知名久，向魏公、诗句小字频夸。随意香肩坐拍，纤手同叉。便博得微嗔，也都情分，有时狂喜，更觉夭邪。不放彩云归去，棹阁晴沙。”以及《陌上花》：“凌波袜湿，来何迟也、阿侬沉醉。挽断春衫，半是酒痕花气。那回只算相逢乍，再见不须回避。向人前私语，多愁未省，别来情思。　便难胜杯杓，尚余茗碗，火急回桡何事。纵有幽盟，只怕迷离难记。假如真有销魂日，拚暂为伊憔悴。算生平禁得，酒阑人散，寂寥滋味。”

其十四

何人亭下采芙蓉，烟冷湘娥梦不逢[1]。惆怅海天秋一曲，花枯月黑认樵踪。（二樵《芙蓉亭乐府》《药烟阁词钞》皆不传于世，前人刻《粤东词钞》亦无可搜采。余近从李氏藏二樵画山水卷录其自题《海天秋》一阕，补入《词钞二编》。又许周生《鉴止水斋集》诗注有引二樵“别后花枯月黑”一句耳。）[2]（黎简）

注释

[1] 湘娥：传说中的舜妃娥皇、女英。相传二人因哀舜之崩殂，投湘江而死，化为湘水之神。 [2] “二樵”诸句：杨永衍编《粤东词钞二编》中《海天秋·题画》（南浦风烟）一首尾注，当系据此补入：“简所著《药烟阁词》不见于世，此首从李氏藏简画山水

卷录出。又，许宗彦《鉴止水斋集》诗注有引简‘别后花枯月黑’一句。”

其十五

乐府渊源三百篇，淫哇艳曲枉雕镌[1]。采桑一曲罗敷媚，敢向桐花笑拍肩[2]。（石华《题采桑图》语意浑厚[3]，真得风诗之遗。）（吴兰修）

注释

［1］淫哇：淫靡的乐声。嵇康《养生论》：“目惑玄黄，耳务淫哇。” ［2］桐花：指王士禛。据其《香祖笔记》卷十：“初，予少年和李清照《漱玉词》云：‘郎似桐花，妾似桐花凤。’刘公勇（体仁）戏呼‘王桐花’。” ［3］“题采桑图”云云：吴兰修《罗敷媚·题采桑图》全篇云：“筠篮恰称腰支细，裙束湘云。髻挽巫云。小画春山碧二分。 陌头归路斜阳暖，谁最销魂。只管销魂。再不回头看使君。”

其十六

郎君曾读上清书[1]，绝代仙才岭海无[2]。买断人间天不晓，金钱那惜万缗输。（康侯自镌“上清秘书郎”小印，其《艳词》有云：“那惜金钱。买断人间不晓天”[3]。）（谭敬昭）

注释

[1] 上清：道家所称的三清境之一。《云笈七签》卷三："其三清境者，玉清、上清、太清是也。亦名三天，其三天者，清微天、禹余天、大赤天是也……灵宝君治在上清境，即禹余天也。" [2] 仙才：比喻清逸的才思。李白《游太山》六首其六："稽首再拜之，自愧非仙才。"岭海，指两广地区。其地北倚五岭，南临南海，故名。[3]"艳词"云云：谭敬昭《偷声木兰花·艳词》全篇云："神仙亦为多情死。云锁巫山吹不起。那惜金钱。买断人间不晓天。 银屏隐映芙蓉帐。笑指鸳鸯都两两。羞见东风。只恐梅花也笑侬。"

其十七

经师偏解作词谈[1]，朱厉齐驱笔岂惭[2]。记读真娘凭吊曲，一帘春雨忆江南。（《忆江南馆词》末刻有《真娘墓》一阕甚工[3]，《粤东词钞》未采入。）（陈澧）

注释

[1] 经师：汉代以儒家经学教授学徒的学官。后亦泛称传授儒家经学的学者。陈澧是一代经学大师，最重要的经学著作有《东塾读书记》《汉儒通义》。 [2] 朱厉：朱彝尊、厉鹗。齐驱，比喻才力不相上下，实力相当。张说《让兵部尚书平章事表》："虽探心角力，臣颇与二子齐驱。" [3]"《真娘墓》一阕"云云：陈澧《甘州》序云："惠州朝云墓，每岁清明，倾城士女酹酒罗拜。坡公诗云：'丹成逐我三山去，不作巫阳云雨仙。'余谓朝云倘随坡公仙去，转

不如死葬丰湖耳。”词云：“渐斜阳淡淡下平堤，塔影浸微澜。问秋坟何处，荒亭叶瘦，废碣苔斑。一片零钟碎梵，飘出旧禅关。杳杳松林外，添做霜寒。　　须信竹根长卧，胜丹成远去，海上三山。只一抔香冢，占断小林峦。似家乡、水仙祠庙，有西湖为镜照华鬘。休肠断，玉妃烟雨，谪堕人间。”

其十八

仓皇烽火走山川，白发归来负酒泉[1]**。尽洗词家秾丽习**[2]**，铜琶铁板唱霜天**[3]**。**（陈良玉）

注释

[1] 酒泉：《艺文类聚》卷九：“应劭《汉官仪》曰：酒泉城下有金泉，泉味如酒，故曰酒泉。”　[2] 秾（nóng）丽：艳丽。郑谷《海棠》：“秾丽最宜新著雨，娇娆全在欲开时。”　[3] 铜琶铁板：俞文豹《吹剑续录》：“东坡有幕士善歌，因问：‘我词何如柳七？’对曰：‘柳郎中词，只好十七八女孩儿，按红牙拍，唱“杨柳岸、晓风残月”。学士词，须关西大汉，执铁绰板弹铜琵琶，唱“大江东去”。’公为之绝倒。”霜天，严寒的天气。王昌龄《宿京江口期刘慎虚不至》：“霜天起长望，残月生海门。”

其十九

梦里青山寒处描，词工小令本寥寥。东风不放花成梦，也算销魂写六朝[1]**。**（湘宾工小令，《白门即事》云：“东风不放花成梦。”又

“青山梦里寒”，皆名句也。[2]）（李龙孙）

注释

［1］六朝：其一，又称六代，即南朝六朝。吴始都于建业，后东晋、宋、齐、梁、陈皆都焉，号六朝。这是地理和政治意义上的“六朝”概念，也是目前多数人所理解的“六朝”概念。如《宋史·艺文志》载胡寅《三国六朝攻守要论》，南宋孝宗时太常博士上言：“三国六朝五代为非盛事而自己终之。”将三国与六朝连称，事实上不包括蜀汉与曹魏。其二，北朝六朝。三国魏、西晋、北魏、北齐、北周及隋皆建都于北方，亦合称六朝。这些都是狭义的六朝。其三，后世对三国至隋统一前南北两方的泛称。可以算作广义的六朝，或称大六朝。如严可均编《全上古三代秦汉三国六朝文》，其中“三国六朝”实际上包括了魏晋南北朝整个历史时期。［2］“东风”二句：分别出自李龙孙《南乡子·白门即事》：“扶醉系兰桡。镜影钗痕认六朝。东风不放花成梦，魂销。粉本如今没处描。　桃叶已难招。踏徧江头只絮飘。撩人那更闲莺燕，今宵。春在秦淮第几桥。”以及《菩萨蛮·春愁》：“春愁一段来无影。著人似醉浑难醒。渐渐上眉端。青山梦里寒。　东风都隐约。空悔前番错。心怯碧游丝。那人知不知。”李龙孙字湘宾，后改名铿载，嘉应州（广东梅州）人。咸丰元年（1851）恩科举人。著有《绿云山馆词钞》。

其二十

楚游烟雨吊湘君，肮脏襟期写韵人[1]。毕竟岭南钟间气[2]，红闺词句似苏辛[3]。（小荷为吴中丞荣光女[4]，有《写韵楼词》一

卷。）（吴尚熹）

注释

［1］肮脏：高亢刚直貌。文天祥《得儿女消息》：“肮脏到头方是汉，娉婷更欲向何人。”襟期，襟怀、志趣。 ［2］间气：纬书谓五帝座之外的各个星官之气，感其气而生可为人臣中的英豪。［3］红闺：指闺中女子。 ［4］小荷：吴尚熹一字小荷。吴荣光字伯荣，号荷屋，广东南海人。著有《石云山人集》等。

简析

论词诗作为词学理论批评的重要载体之一，因为具备形式短小精悍、铸语自由灵活、内容变化多端的特点，而为文人所青睐，约在清初之后，即出现蓬勃发展的势头。近代广东词人也喜用这种文学样式进行词学批评，表达对词人风格特点、渊源影响的认识，或者对词体特征、词史发展、词坛利弊的看法。其中，潘飞声的《论岭南词绝句》20首较为引人注目。

在潘飞声之前，谭莹的36首专论岭南词人绝句中，有5首涉及宋代广东词家，尽管受体例限制，无从尽情发挥，有些论断却的确能为后来者进一步的研讨定下基调，奠定基础。潘飞声论词绝句中涉及的宋代广东词家，较谭诗多出词作“神光一片”的葛长庚。虽然有的论点与谭莹英雄所见略同，潘氏对词人词作的评骘实更为自主、明确。特别是沟通诗风与词风，评定崔与之词“自有激昂雄直气”，具有截断众流、令人茅塞顿开的认知价值。潘氏此评似乎也已经意识到，地理环境、地域文化性格及其铸就的传统诗风，与词风的形成存在某种内在的联系。

对于明代广东词，很少有人真正把它当作研究对象对待过，更遑论细致研讨。不过，在谭莹和潘飞声论本土词人的56首绝句中，有15首专论明代广东词人。如潘飞声认为，陈献章“静里端倪太极图”，但学人身份并不妨碍其在词中表达渔父之乐；尽管“滴粉与搓酥”，张乔词的审美风格仍可称“清”，词如其人，所以“终胜柳蘼芜”一筹。这些观点是值得珍视的，至少可以为明代广东词研究一用。

潘飞声的论词绝句中还涉及11位清代广东词人，均能从作品出发，非无根游谈可比。加上潘氏本身是词人，也具有一定的词史意识，所以，对所评对象的词作风格体会较为到位，对其渊源、得失和影响也把握得比较准确，有助于更为深入地了解和体认广东词坛的源流演变，以及其在各代词学中应有的地位。

另外，潘飞声论词绝句中的注释保留了广东词坛的若干史料，以及潘氏本人的若干词论材料，为他书所罕见。如评李龙孙、张锦芳二人词尾注中，“名句”“最爱”云云，体现的就都是潘飞声的词论观点。又如评谭敬昭词尾注中，“小印”云云，涉及一桩词坛掌故。又如评黎简词尾注，对于了解其词作存佚，颇有价值。并且，潘飞声将搜罗所得慷慨赠与杨永衍，助其辑选《粤东词钞二编》，若非此处偶然提及，这段玉成之美几乎湮灭无闻。

总之，潘飞声以整理、研究乡邦词学文献为契机，赓续前修、弘扬本地文化的意图相当明显。如果说，由于充分发挥了本土选家辑选本土文人作品在文献资源方面的优势，使得以潘选收官的《粤东词钞》共三编的辑成，较之他种近世广东词总集、选本更能显出独特的系列优势与基础文献价值；又因为能够体现广东一地区域词学观念逐步强化的趋势，加上热衷追本溯源以确立研究起点，并且特别关注为人品节，以彰显研究的价值原点，《粤词雅》的宋代粤东词研究取得了超迈前修的成就，那么，凝聚潘氏本人词史意识和作为词人独有的词作鉴赏功力的《论岭南词绝句》，也为体认广东词坛的源流演变及其在各代词学中应该占有的地位提供了帮助。

文学的地域性与全国性之间的互动与转换关系，无论是从历史的还是从逻辑的起点上看，跟文学的民族性与世界性之间的交流与走向关系，其实具有极大的相似性与可借鉴性。潘飞声约一个世纪以前立足于整理研究本土词学文献，力求摆脱广东词坛在近代中国词坛边缘地位的种种努力，给予后人的启示是实实在在的，也应该是广泛而长久的。潘飞声蕴涵在此种学术行为中的学术动机，具有深刻的启发作用、浓烈的激励效应与持久的示范效果。这一点，恐怕是潘飞声明智的学术行为，以及当下研讨他的这种学术行为乃至学术动机最大的价值所在。

无所住的菩萨，花朵自然坠落，而心有所执著的弟子反而拂之不去。［3］“不信”二句：薄幸，薄情、无情。修真，道教中，学道修行，求得真我，去伪存真为“修真”。《汉书·叙传上》：“若夫严子者，绝圣弃智，修生保真，清虚淡泊，归之自然。”何事，为何。遣朝华，秦观有诗《遣朝华》《再遣朝华》。

其三

双鬟传唱感龙标[1]，那似诗魂入梦遥？千古佳人殉才子，情根入地恐难销[2]。

注释

［1］“双鬟”句：指“旗亭赌唱”事，见薛用弱《集异记》。双鬟，借指少女。传唱，传布歌唱。龙标，今属湖南怀化。王昌龄曾被贬为龙标县尉，因称王龙标。［2］情根入地：情根深植。

其四

述祖文章两代雄[1]，藤花开落怨东风[2]。千年不见秦淮海，绕扇歌云想像中。[3]

注释

［1］述祖：称述祖德。［2］“藤花”句：秦观《千秋岁》（水边沙外），在宋代即有孔平仲、苏轼、黄庭坚、李之仪、惠洪、

王之道、丘密等七人同调和作九首，丘密一人三首。黄庭坚词为《千秋岁》（苑边花外），序云：“少游得谪，尝梦中作词云：‘醉卧古藤阴下，了不知南北。’竟以元符庚辰，死于藤州光华亭上。崇宁甲申，庭坚窜宜州，道过衡阳。览其遗墨，始追和其《千秋岁》词。” ［3］“绕扇”句：黄庭坚《千秋岁》：“齐歌云绕扇，赵舞风回带。”

简析

秦国璋所辑《淮海先生诗词丛话》，广搜宋以来书籍有关秦观风韵逸事之记载，以诗词为主，亦偶载其他遗闻，成书于1913年。秦国璋字特臣，号涤尘，江苏无锡人。秦观之后。著有《淮海集考》《涤尘诗文集》《寄畅园诗文录》等。

潘飞声题诗，其《说剑堂诗集》卷二所录仅为以上四首中的第四首，题作《秦特臣出示所撰淮海先生诗词丛话因题》。四诗专就秦观风流韵事进行述评，如琴操改韵填词，益见原作之高情雅韵；又如议少游之二“遣朝华”——元祐八年（1093）八月，秦观任史院编修官，纳朝华为妾，后遣去，二十余日后复娶。次年，被贬南下，行至淮上，再遣朝华——非为“修真”，更与“薄幸”无涉。第三首，则是写潭州义娼，可与朝华合称“双鬟”，事见洪迈《容斋四笔》卷九：“《夷坚己志》载潭州义娼事，谓秦少游南迁过潭，与之往来，后娼竟为秦死。常州教授钟将之得其说于李结次山，为作传。”传文大意是：义娼长沙人，喜秦少游乐府。少游南迁，道长沙，闻而访焉。坐语间见几上置《秦学士词》，娼云素所习歌，能得见秦学士，虽为妾御，死复何恨。少游道出自己身分，娟大惊，冠帔以拜，日夕颇为礼敬，少游感其意，为留数日。一别数年，少游死于藤。娼则自秦去后闭门谢客，誓不负秦。一日昼寝梦少游来别，寤而惊泣，数日死讯至。娼行数百里前往吊唁，临丧拊棺，一恸而绝。洪迈又云：“予反复思之，定无此事，当时失于审订，然悔之不及矣。”但其下文的推断“予记国史所书温益知潭州……以是观之，岂肯容少游款昵累日”云云，并不正确，因秦观过潭在绍圣三年（1096），其时知潭州者乃路昌衡，非温益。最末一首，绾结全组题诗，既以“述祖”云云表彰《淮海先生诗词丛话》及其辑录者秦国璋，又以“绕扇歌云”云云点出对秦观影响及于千载之下的崇敬之情。

粤词雅

黄损词

题旨

《粤词雅》为潘飞声遗著，首发于龙榆生主编的《词学季刊》第一卷第四号、第二卷第一号，后收入唐圭璋编《词话丛编》。本读本所选，即录自《词话丛编》。《粤词雅》总共27则，选评五代、宋广东一地词人词作，间涉词人行宦，意在弘扬本土文化。此处所录为其中第一则，旨在追溯粤词生发的根源。

吾粤地镇尚离，人文炳焕，代出异才。[1]声诗之道，始于晋绿珠[2]，逮唐而盛于张曲江[3]。即何仙姑（增城何泰之女，见邑志。）绝句十数章[4]，亦得仙意。至倚声一门[5]，则倡自南汉黄益之也。益之名损，连州人。登梁龙德壬午进士，仕南汉刘龑，累晋尚书左仆射。[6]以极谏忤朝旨，退居永州不出，相传仙去。所著有《三要书》《桂香集》及《射法》。《粤东词钞》刻其《望江南》一首。云："平生愿，愿作乐中筝。得近佳人纤手子，研罗裙上放娇声[7]。便死也为荣。"南海谭玉

生舍人（莹）论粤词绝句云："谁谓益之能直谏，平生愿作乐中筝。"[8]殆宋广平之赋梅花矣[9]。

注释

［1］"吾粤"三句：地镇尚离，地处南方。张维屏《粤东词钞序》："粤东地位南离。"炳焕，显著。异才，有特出才能的人。　［2］绿珠：石崇爱妾。乐史《绿珠传》："绿珠生双角山下，美而艳。越俗以珠为上宝，生女为珠娘，生男为珠儿。绿珠之字，由此而称。晋石崇为交趾采访使，以真珠三斛致之。"　［3］张曲江：张九龄为韶州曲江（今广东韶关）人，故称。唐玄宗时，官至同中书门下平章事、中书令。开元二十四年（736），被李林甫排挤出朝。　［4］何仙姑：元赵道一《历世真仙体道通鉴》后集卷五《何仙姑》："何仙姑，广州增城县何泰之女也。唐天后时，住云母溪，年十四五。一夕，梦神人教食云母粉，可得轻身不死，因饵之，誓不嫁，常往来山顶，其行如飞。每朝去，暮则持山果归，遗其母，后遂辟谷，语言异常。天后遣使召赴阙，中路失之。广州会仙观记云：何仙姑居此食云母。唐中宗景龙中，白日升仙。至玄宗天宝九载，都虚观会乡人斋，有五色云起于麻姑坛，众皆见之。有仙子缥缈而出，道士蔡天一识其为何仙姑也。代宗大历中，又现身于小石楼。广州刺史高晕具上其事于朝。"乃是"综合《广异记》中《何二娘》《白孔六帖》卷五及《舆地纪胜》'何仙'而更敷演而成"（党芳莉《八仙信仰与文学研究》）。　［5］倚声：即填词。词调声律，俱有定规。作词时依据词调填入字句，使之符合声律，故谓之倚声。　［6］"登梁龙德"三句：梁龙德壬午，即梁龙

德二年（922）。刘龑（yǎn），南汉高祖。尚书仆射，官名。东汉建安四年（199）分置尚书左、右仆射，为尚书令之副职，实为执政之官。魏晋以后，与令同居宰相之任，被称为“朝端”“朝右”。然省置无恒，或两置称左、右仆射，或仅置一员名尚书仆射。位三品。南朝梁为十五班，陈及北朝均为二品。左仆射领殿中、主客诸曹，如尚书令缺则代行其职；右仆射常与祠部尚书通职。［7］砑（yà）罗：罗之一种。经石砑碾磨，平滑而光亮。［8］“南海”云云：谭莹字兆仁，号玉生，广东广州府南海县（今属广州）人。道光二十四年（1844）举人。赴京会试不第，遂绝意科场，安居教职。尝与陈澧、郑献甫等校订补刊《学海堂经解》。又博考粤中乡邦文献，佐伍崇曜先后汇刻成《岭南丛书》59种、《粤雅堂丛书》180种及《粤十三家集》182卷。著有《乐志堂集》。［9］宋广平：宋璟居官鲠正，得武则天器重，升任左御史台中丞。执法严明，不惮权贵。开元四年（716），继姚崇为相，累封广平郡公。皮日休《桃花赋序》：“余常慕宋广平之为相，贞姿劲质，刚态毅状，疑其铁肠石心，不能吐婉媚辞。然睹其文，而有《梅花赋》，清便富艳，得南朝徐庾体，殊不类其为人也。”

简析

潘飞声论词，热衷于追本溯源，以确立研究的起点，如《粤词雅》此则所云：“至倚声一门，则倡自南汉黄益之也。”这是其词论中贯注词史意识的具体表现之一。看来，反向追溯源头似乎也已经成为粤东词论家们的一种习惯性的思维方式，即使这一“源头”未必可靠，也不太在意。此则所录“黄损”《望江南》，字句上的异同有两处：一是“平生愿”，《词统》作“无所愿”，《丽情集》作“平生无所愿”；二是“得近”

句，《绀珠集》卷十一作“近得佳人纤手子”，《本事词》卷上作“得近佳人纤手里”。对于词调名和作者，也有不同的记载：其一，《类说》卷二十九引张君房《丽情集》所录，作者作崔怀宝，无调名；其二，《全唐诗》卷八九一调作《忆江南》；其三，《古今词统》卷一依《北窗志异》所收，作者作黄损，调作《望江南》。各种相关记载的具体内容不具有相对的稳定性，这本身就能说明一定的问题。曾昭岷等编《全唐五代词》疑该词出于宋人依托，考辨严谨，可为定谳。

此则所引谭莹论词绝句，全首作：“竟传仙去亦多情，得近佳人死也荣。（见《历代诗余》）谁谓益之能直谏，平生愿作乐中筝。（见阮《通志》）”谭氏《乐志堂诗集》卷六中有《论词绝句》176首，其中专论岭南词人者36首，规模很大，系统性强，显然跟潘飞声一样，也有梳理粤东词发展简史的意识，但也都在词学文献上存在同样明显的疏误，从而错误地认定黄损为粤东词的起点。其所论“仙去亦多情”，跟潘飞声此则中“宋广平之赋梅花”云云，是一个意思，而与词史起点的讨论基本上无关。

根据现在的研究，因为受到非实证主义科学观和方法论的影响，东方心理学一直崇尚历史溯源、文化分析等人文科学的方法。在科学研究的过程中，研究者从来就是身处其中的非中立的观察者，价值观、意识形态、文化的影响既被认为是应该的，也是允许的。认祖归宗的溯源心理，因之成为东方人特有的一种思维习惯，并且从遥远的过去就已经渐渐渗透、弥漫到文学研究中来。比如南宋时期陈振孙就推举《花间集》为“近世倚声填词之祖”（《直斋书录解题》卷二十一）。不过，作为一条价值发现的传统途径，它从应用之日起也许就难于免却争议。李白著名的《菩萨蛮》《忆秦娥》被黄升标举为“百代词曲之祖”，即是一个显例。李白的这两首词，自明人胡应麟在《少室山房笔丛》中提出质疑以后，环绕这一问题的争议便一直在继续。如果质疑和反质疑的人心目中都存在一种确认“百代词曲之祖”的心理需求，那么，阵线分明的争论背后，便不能不说与词史定位中的思维惯性大有干系。

现当代以前，这种在词史进程描述中渴望认祖归宗的思维模式一直在延续，只是还没有人明确提出谁是“粤词之祖”的问题。不过，大家也都在用文本说话，即通过文献排序表露词史意识和词史观点。谭莹、潘飞声的论词绝句是这样，被称为“广东词学总集之祖”（屈向邦《小摩围阁词钞跋》）的《粤东词钞》也是如此，开篇即是黄损和他的这首《望江南》。显然，他们都是把作品有疑问的黄损作为粤东第一位词人来看待的。问题是，黄损之作当下已经被严重怀疑为出于宋人依托，尽管目前并未觅得《望江南》一首是黄损所作的其他更为确切的文献依据，疑其依托者似乎也不能拿出该词不是黄损所作的确证。而且，也没有足够的证据表明，以上几位广东本土人士将黄损所作列为历代粤东词人辑录与品藻对象之首的时候，根本不清楚它有伪托嫌疑。再进一步，即便是黄损作为粤东作词第一人的文本支撑能够被敲掉，根据文献记载，南汉曲江还有一位“尤工小词”（吴任臣《十国春秋》卷六十二）的何成裕，尽管何氏词作今已无缘得见。看来，是不是粤东词史上第一个作词的人，并非构成当代学者判定“粤词之祖”标准的要件，这是古今学者关注点上一个细微的不同之处。当下，学者们普遍认可崔与之才是“粤词之祖”的说法。

崔与之词

题旨

此则录自《粤词雅》，为其中第二则，论述“粤词之祖”崔与之所代表的岭南雄直词风。

吾禺崔清献公有《菊坡集》[1]，其词载《宋词选》《词综》[2]。《水调歌头》一阕题剑阁云[3]：“万里云间戍，立马剑门关。乱山极目无际，直北是长安[4]。人苦百年涂炭，鬼哭三边锋镝，[5]天道久应还。手写留屯奏，炯炯寸心丹。[6]

对青灯，搔白发，漏声残。[7]老来勋业未就，妨却一身闲。梅岭绿阴青子，蒲涧清泉白石，怪我旧盟寒。[8]烽火平安夜[9]，归梦到家山。”此词起四句，雄壮极矣，虽苏、辛亦无以过之。昔杭堇甫论粤诗云：“尚得古贤雄直气，岭南犹觉胜江南。”[10]余谓崔词，非雄直而何！

注释

[1] 崔清献：崔与之字正子，号菊坡，广东增城人。明嘉靖《赣州府志》卷十称其“世家县东南白鹿江上，流寓广东增城”。宋绍熙四年（1193）进士。授浔州司法参军，累拜右丞相。谥清献。著有

《菊坡集》，今不传。［2］宋词选：指黄升《中兴以来绝妙词选》（凡十卷，与《唐宋以来诸贤绝妙词选》十卷合称《花庵词选》）。崔词载卷七。［3］剑阁：一名剑门关，在四川剑阁东北七十里。因大剑山、小剑山峭壁中断，两崖相对，如门之关、剑之直而得名。据知此词作于知成都府时。［4］直北：正北。杜甫《小寒食舟中坐》："云白山青万余里，愁看直北是长安。"长安，汉唐故都所在，时为金所占。［5］涂炭：泥淖和炭火，比喻灾难困苦。锋镝，此指战争。［6］留屯：驻军屯田。《汉书·赵充国传》："步兵九校，吏士万人，留屯以为武备，因田致谷，威德并行。"炯炯，形容心意甚明。寸心，内心，心中。杜甫《偶题》："文章千古事，得失寸心知。"［7］青灯：光线青荧的油灯。借指孤寂、清苦的生活。漏，古代计时器。［8］"梅岭"二句：李昴英《题菊坡水调歌头后》倒置。杨宝霖《词林纪事补正》认为当以昴英所载为是。梅岭，即粤赣交界处的大庾岭，以多梅，故称。此指作者故乡增城。旧盟寒，谓未能及早践行退隐林泉之约。［9］烽火：古代边防报警信号。有敌入侵即在高台燃烧柴草等，远处可以望见。［10］"昔杭堇甫"云云：此诗实出自洪亮吉。杭世骏字大宗，号堇甫、堇浦，晚自号秦亭老民，浙江杭州人。著有《道古堂集》等。

简析

奠定崔与之"粤词之祖"地位的这首《水调歌头》，历代文献记载有不少异文，但都无碍于对整首词作主旨的理解和把握，一般的提法是：全篇笔力老健，感情深挚，表现了词人忧国爱民的思想情怀和守边御敌的决心，风格豪放雄浑，摆脱了南宋后期盛行的"格律词派"的影响，属辛弃疾一派。崔与之此词对后来的岭南词人影响颇大，开创了岭南词伤时忧国的价值取向和豪迈雅健的词风。

很明显，价值取向，尤其是“伤时忧国”的价值取向，才是读者尊崇，也即认可崔与之为“粤词之祖”的基点。对基本等同于豪放词风的“雅健”词风的认同与肯定，也是由这种风格及与之相勾连的作品内容背后所包含的价值取向所决定的。学界由于受一直弥散到当下的庸俗社会学研究方法的深刻影响，词风绝对二分，豪放为高，婉约为下，此中所谓的“风格”已经上升为某种值得提倡的正面价值的提示符号，从而一举成为一种“集体无意识”，在对一种偏颇予以反拨的同时，走向了另外一种也许是更为严重的偏见。从这种意义上讲，崔与之这首词的创作背景，比如是不是在抚蜀时所作、当时正值金朝衰落及蒙古开始南侵等等，已经变得不那么重要了，知人与论世这两条“金科玉律”野蛮地替代了对文学文本的解读，任何一个正中下怀的“崔与之”都可以成为“粤词之祖”，所谓“粤词之祖”说其实正在丧失其文学本位，逐渐沦为一种价值符号。并且，一旦词史地位确立，它甚至能够反过来影响、改变以至左右对有助于确立其地位的文学作品的解读。这另一种强势思维起作用的结果，往往会强化、扭曲乃至恶化反向追溯的思维定势。

文学史上有一些非常相似的现象，如与被王闿运誉为“孤篇横绝，竟为大家”［陈兆奎辑《王志》卷二《论唐诗诸家源流（答陈完夫问）》］的张若虚相类似，崔与之也是以一首《水调歌头》而于20世纪80年代起被普遍认同为“粤词之祖”的南宋岭词大家。唐、宋两代分别是我们这个诗国花开两枝的高潮所在，唯其如此，张、崔二人才有可能从局部时段范围内的“大家”一跃而成为全史域或全地域内的标志性人物。不过，如果张若虚《春江花月夜》的被误解和被理解，可以说是作品的文学价值与文学史价值在不断的分离与趋同中被不断重新发现与确认的话，崔与之区域词史地位的确立，实际上主要是读者尊崇的结果，在这个具体的过程中，非文学因素的积淀起到了相当关键的作用，即随着个体社会价值的完全裸露，其经典作品的非文学价值渐渐凌驾于文学价值之上，从而制造了读者尊崇与文学史定位之间的隔离。当然，类似的隔膜在铸就的同时，往往也就开始在提供解构或颠覆的契机，也即对文学研究本位的回归。一定意义上讲，文学批评史其实也是一部“层累”的历史。这是由于作为文学批评史研究的骨干——对作家与作品的评价，自后而前，总是免不了出现不同信息的层层附着累积，形成表象与真实之间的种种隔膜。泯除或者解构类似的隔膜，检讨和反思类似的文学批评史现象，可以为审视与探寻文学批评发展史提供有益的认知角度。

岭南六家词

题旨

此则录自《粤词雅》，为其中第七则，谓打算辑录宋代岭南六家词。

余友刘恩石（世珩）[1]，贵池人，刻《贵池三唐人集》[2]。余亦拟辑《岭南宋六家词》，六家者，崔菊坡（与之）、刘叔安（镇）、李文溪（昴英）、赵秋晓（必王象）、陈景元（纪）、葛如晦（长庚）也。

注释

［1］刘恩（cōng）石：刘世珩字聚卿，又字葱石，号继庵，安徽贵池人。刘瑞芬第五子。光绪十六年（1890）举人。尝辑刻《贵池先哲遗书》276卷，凡收唐宋明清四代贵池先贤遗书旧著24家32种，书后附《贵池先哲遗书待访目》。又辑刻有《暖红室汇刻传奇》等。

［2］《贵池三唐人集》：当系《贵池唐人集》，凡十六卷，光绪三十年（1904）刘氏写刻本。

简析

潘飞声论词，也能彰显一地词学的另一个特点：区域词学观念逐步强化，搜罗基本文献，奠定研究基础，如《粤词雅》此则所云："余亦拟辑《岭南宋六家词》。"有这种打算，说明潘飞声有志于保存乡邦词学文献，与其此前编纂《粤东词钞三编》的意图是一致的，这一点也正是自《粤东词钞》初编编纂以来粤东词人区域词学观念逐步强化的必然结果。

《粤词雅》选评五代、宋粤东一地词人词作，同时涉及词人行寔，计收7人20调（同调异名者作一调）、27首词（含佳句），其中黄损1首、崔与之2首、李昴英3首、刘镇4首、赵必王象6首、陈纪2首、葛长庚11首（含《蝶恋花》2首中佳句），所评颇细致，且多精义。经查，所录评的所有词作均未超出《粤东词钞》初编的范围，并且其中所收葛长庚《水龙吟》（雨微叠巘浮空）一首还沿袭《粤东词钞》之误而不辨，乃是误收韩元吉词。由此，如果不是因为在《粤词雅》中没有反映其辑录全貌的话，可以认为，潘飞声所辑录的《岭南宋六家词》根本就是《粤东词钞》初编的断代摘收。当然，从词人行寔来看，《粤词雅》较之《粤东词钞》初编的词人小传要详细得多。或许，《岭南宋六家词》直至潘飞声去世前并未完成，只是做了一些初步的资料搜集工作，而他当时首要的取材对象便是《粤东词钞》初编。从这种意义上讲，《粤词雅》实际上可以看作《粤东词钞》初编之五代与两宋粤东词的选评本，或者是潘飞声辑录《岭南六家词》初始阶段的副产品。

赵必王象词

题旨

此则录自《粤词雅》，为其中第十二则，论赵必王象词颇重品节。

赵秋晓先生名必王象[1]，字玉渊，东莞人。咸淳乙丑，与父崇言由同登进士，官朝散郎，佥书惠州军事判官，系出濮安懿王。[2]德祐四年，惠州守文璧辟为从事。[3]会邑人熊飞以勤王兵溃归，自循惠下招辑，而梁雄飞亦以招安兵自大庾下，入城，飞与梁构兵弗解。[4]必王象语飞曰："师出无名，是为盗也。吾闻宋主舟在海中，不若建宋号，通二使，尊宋主，然后举兵入城，事成则可雄一方，不成亦足以垂不朽。"[5]飞深然之，即日署宋旗，举兵向城，梁遁去。飞议尽括邑人财谷以充军实，群情汹汹。[6]必王象请于飞，愿以家赀三千缗，米五百石赡军，乞宽邑人之力，[7]飞从之。景炎三年三月[8]，文天祥复东州。必𤩪往谒，相与论时事，慷慨泣下。天祥伟其义，辟军事判官兼知录事[9]。十一月，天祥被执于五坡岭，遁归。明年，宋亡。元以故官例，授将仕郎、象州儒学教授[10]，不赴。退隐邑之温塘，足迹不入城市。唯东走甲子门，望崖山伏地大哭。又画天祥像于厅事[11]，朝夕泣拜。尝题其室曰：“诗人只合住茅屋，天下未尝无菜羹。”所著有《覆瓿集》五卷，著录于《四库全书》，据《粤十三家集》，附长短句一卷。[12]

注释

[1] 赵秋晓：赵必𤩪，宋太宗十世孙。 [2] 咸淳乙丑：宋咸淳元年（1265）。进士，科举时代的科目。隋炀帝选拔人才，设进士科，唐、宋因之，其时凡举人试于礼部合格者，称为“进士”。明、清之制，会试中式，殿试后赐进士及第、进士出身、同进士出身，皆通称为“进士”。朝散郎，隋开皇三年（583）始置，为散官，从七品上。大业三年（607）罢。唐代复置，为从七品上。子爵出身多由此叙阶。北宋沿置。元丰三年（1080）改为正七品新寄禄官。佥（qiān）书，明制，凡负责练兵或屯田之都指挥使司一级官员曰“佥书”。濮安懿王，赵允让，宋仁宗同祖兄。仁宗无子，以赵允让之子赵宗实为皇子。嘉祐四年（1059），赵允让死。八年仁宗死，次年宗实即位，是为英宗。[3] 德祐四年：戊寅（1278）。辟，征召来授予官职。从事，职官名。汉刺史佐吏，如别驾、治中等皆称为“从事史”，通称为“州从事”，历代因其制，宋废。 [4] 勤王：王室有难，起兵救援靖乱。

骆宾王《为徐敬业讨武曌檄》："共立勤王之勋，无废旧君之命。"招辑，招募集结。招安，招降安抚。［5］师出无名：出兵打仗缺乏正当的理由。亦可引申为做事没有正当的理由。建号，建立名号。谓自立或受封为侯王。垂不朽，流传下去。不朽，永不磨灭。［6］财谷：钱粮。军实，军用的器械及粮食。汹汹，喧闹。［7］家赀（zī）：家中资产。缗（mín），古代计量单位，用于成串的铜钱，每串一千文。石（dàn），中国市制容量单位，十斗为一石。赡，供给人财物。邑人，同邑的人。［8］景炎三年：即1278年。［9］录事：旧时各官署缮写文件的官员。［10］例授：循例授官。清制封典，朝廷按照定例授予官爵，授给本身者为例授；因推恩而授给本人曾祖父母、祖父母、父母及妻之存者为例封，其殁者为例赠。可参。［11］厅事：本为衙署里的大堂，后私家房屋也称此名。［12］覆瓿（bù）：比喻毫无价值，不被人重视。《汉书·扬雄传》载：扬雄以为经莫大于《易》，故作《太玄》。刘歆观之，告诉扬雄，天下学者尚不能通晓《易经》，又如何能了解《太玄》，恐怕后人要拿来盖酱缸。《四库全书》，清乾隆时敕编之大型丛书，历十余年始成。分经、史、子、集四部，故名。著录凡10289种，计79339卷。全书共分抄7部，分别存放在宫内、圆明园、承德、沈阳、扬州、镇江、杭州，建文渊、文源、文津、文溯、文汇、文宗、文澜七阁以藏之。咸丰时，文源、文汇、文宗相继被毁，存世者唯文渊、文津、文溯及文澜四部而已。《粤十三家集》，有诗雪轩刊本。长短句，词的别称，因其句法多长短不一，故称。

简析

作为潘飞声的"绝笔"，《粤词雅》这部专论广东词的词话专书，将宋代广东词研究向前推进了一步，其超迈前修的主要表现中的第三个方面是：关注为人品节，彰显研究的价值原点。如《粤词雅》此则小传中的笔调，是饱含景仰与崇敬的；又在《粤词雅》第十三则中，以为人品节作为作品评赏中知人论世之资：“秋晓先生志节高超，儒林景仰。其诗若霜天鹤唳，清气往来，骚屑哀音，寓黍离麦秀之感，皆可传也。词则绮思丽句，取法清真。”在这里，词学研究似乎有着更为深层的动机和目的，不再流于单纯的学术研究。

潘飞声本来是一位词人，有创作经验，又有词史意识，所以既能从作品出发，又能在比较中凸现出所品词人的独有艺术风貌。尽管乡土情深，评语间不无溢美之辞，但总的来看，品题较为精湛、到位，也基本上能令人信服，与其论词绝句中的相关部分联系起来，可为研究宋代岭南词一用。当然，无论如何，潘飞声的这种带有区域性质和区域意识的词学研究，都还有继续推进和深化的必要。

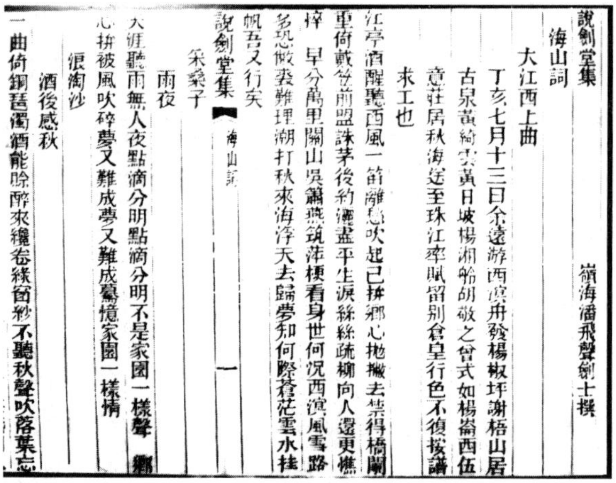
說劍堂集　嶺海潘飛聲劍士撰
海山詞
大江西上曲
丁亥七月十三日余遠游西溟舟發楊椒坪謝梧山居古泉黃綺雲黃日坡楊湘舲胡敬之曾式如楊崙西伍意莊居秋海廷至珠江率賦留別倉皇行色不復按譜求工也
江亭酒醒聽西風一笛離愁吹起已拚鄉心抛撇去禁得橋闌重倚戴笠前盟誅茅後約灑盡平生淚絲絲疏柳向人還更憔悴　早分萬里關山吳簫燕筑萍梗看身世何況西溟風雪路多恐做莪難理潮打秋來海浮天去歸夢知何際蒼茫雲水挂帆吾又行矣
說劍堂集　海山詞　一
采桑子
雨夜
天涯聽雨無人夜點滴分明點滴分明不是家園一樣聲　鄉心拚被風吹碎夢又難成夢又難成驀憶家園一樣情
浪淘沙
酒後感秋
一曲倚銅琵獨酒能除醉來纔卷綠窗紗不聽秋聲吹落葉忘

《说剑堂集》内页

附录

潘飞声编年事略

咸丰八年（1858）　一岁

十一月初九（12月13日）生。本年，祖鸿轩公四十九岁，父珏卿公二十一岁。黄遵宪十一岁，王鹏运十岁，沈曾植九岁，陈三立六岁，郑文焯、文廷式、陈衍三岁，朱祖谋一岁。

同治四年（1865）　八岁

九月初六（10月25日），祖潘恕卒。恕，原名仕宜（士宜），字子羽，号鸿轩。贡生。家豪于赀。著有《双桐圃诗钞》《灯影词》等。

同治十年（1871）　十四岁

本年，从何藜青学诗："余年十四，闻诗于何杞南先生（藜青）。先生为讲杜诗造意、造句、造境各法，又尝论李杜诗界，一乐一忧，各根心性，未可强为轩轾。……于及门中，唯奖余可以学李杜，然学李用笔必须参以杜之格律，否则叫嚣粗率，如张船山所谓'怕读假苏诗'云云。循诵师言，奉为衣钵。"（潘飞声《在山泉诗话》卷一）

同治十二年（1873）　十六岁

本年，"谒陈朗山先生（良玉）于越王山下梅窝，呈诗卷，旧赋《秋月篇》有句云：'独有肝肠未许人，愿上青天嫁明月。'先生激赏，即批卷上云：'绮艳中时露奇娇之气，天生此才，固自不凡。'并书扇赠余云：'兰史夙承家学，后来诗人，罕见伦比。'"（《在

山泉诗话》卷一）

从伯祖潘仕成卒，年七十。仕成，字德畬。官盐运使。编有《海山仙馆丛书》。

光绪二年（1876）　十九岁

本年，《秋月篇》由李长荣刊入《柳堂师友诗录》，得香山陈恺寄诗赏誉："秋夜披吟秋月篇，潘郎才调李青莲。鬓丝禅榻怜吾老，何日羊城访谪仙。"（《在山泉诗话》卷四）

光绪五年（1879）　二十二岁

九月，陈良玉序《花语词》。

光绪六年（1880）　二十三岁

本年，与梁霭成婚。梁氏时年十九。

光绪七年（1881）　二十四岁

陈良玉卒，年六十八。

光绪八年（1882）　二十五岁

三月，潘飞声题识陈昙《感遇堂外集》，曰："庚辰春谭叔裕侍讲辑《岭南骈文钞》，以书来借此集，闻已采刻十余篇矣。声志。""邑后学私淑弟子潘飞声敬藏于桐院。壬午三月五日观于禅山游艇。飞声并记。"陈集四卷，为咸丰二年（1852）邝斋刻本。谭叔裕，即谭莹之子宗浚。

陈澧卒，年七十三。

光绪九年（1883）　二十六岁

二月初二（3月10日），萧至复常序《珠江低唱》。

光绪十一年（1885） 二十八岁

十月，陈璞序《花语词》。

光绪十二年（1886） 二十九岁

三月，陈澧、金锡龄选编《学海堂四集》二十八卷刊行，其卷二十五中收先生《大滩尾看桃花》诗一首。

光绪十三年（1887） 三十岁

闰四月初五（5月27日），元配梁霭卒，年二十六。霭，字佩琼，一字飞素，广东南海人。著有《飞素阁遗诗》。

七月十三日（8月31日），从广州乘船（船名保安）往香港再转往柏林，应聘于德国柏林东语学堂讲授汉学，“每月束脩三百马克，房屋自赁，饮食自备，每日酉刻入馆教课一点钟。……又言定在馆三年，往返路费归德，如三年内辞却，则归费自备。”（张德彝《五述奇》卷一）期间亦受聘于柏林人类博物馆鉴定中国藏品。前往送行者有杨椒坪、谢梧山、居古泉、伍少溪、伍金城、杨湘舲、胡汉秋、伍亿颂、曾式如、杨仑西、伍意庄、居秋海、黄绮云、黄日坡、胡敬之等（据《海山词》《说剑堂词集》）。至八月二十二日（10月8日），抵伯灵城（柏林）。十月二十三日（12月7日），与桂林拜访清廷驻德大使洪钧。在柏林期间，与先生往还密切者，有桂林、张德彝（在初）、陶森甲（榘林）、姚文栋（子梁）、承厚（伯纯），以及日人井上哲（君迪）、金井雄（飞卿）等。

陈璞卒，年六十八。

光绪十四年（1888） 三十一岁

季夏，萧至复常为《西海纪行卷》题辞，作绝句3首。

八月，为姚文栋编校《归省赠言》，并作跋。

十一月初九（12月11日），桂林、井上哲于绿天楼设宴为先生作生日，同席有芬英等四名德国女史。

仲冬，张德彝为《西海纪行卷》题句。

本年，杨永衍寄示《杨萩叟桃溪例集第四图》，委先生题序，因为序之。

谭宗浚卒，年四十三。

光绪十五年（1889）　三十二岁

戊子十二月，陶榘林序《海山词》。二十日（1月 21日），张德彝序《海山词》。张氏并于《五述奇》卷六中评此集曰："词旨古雅，格调宏深。"

二月，陶榘林为《西海纪行卷》题辞。六月，井上哲序《西海纪行卷》。七月，陶森甲为《西海纪行卷》署题。

九月初四（9月28日），与张德彝、姚文栋、陶森甲、桂林，日本人井上哲、千贺鹤、日高真实，印度人杜鲁华那沙尔，暹罗人永远臣等集于柏林行馆，倡议组织"兴亚会"。

十一月初十（12月2日），德国格致博物院正式开设，德国皇帝及王公大臣皆往祝贺，先生与桂林亦应邀出席。

十一月二十九日（12月21日），柏林东语学堂拟与先生续约两年，每月束脩加五十马克，先生未有决定。

本年，杨永衍于广州与友人酬赠唱和，作《草色联吟》一卷，寄示先生唱和题序，因为作序。

光绪十六年（1890）　三十三岁

二月十六日（3月6日），致函柏林东语学堂提调萨大人（Karl Eduard Sachau），言其"已从去年河工保举光禄寺职官，例于正月到班选缺"，故请辞回国。

四月初六（5月24日），乘搭火车离开柏林，前往萨克逊游玩。初九回柏林。

七月十一日（8月26日），与桂林由柏林安那火车站乘车东归。至八月二十二日（10月5日）抵达香港，二十四日登汉口轮船至黄埔。

九月，萧至复常为《天外归槎录》题诗。

光绪十七年（1891）　三十四岁

正月十八日（2月26日），父潘光瀛卒，年五十四。光瀛，字宗贻，号珏卿。郡庠生。著有《梧桐庭院诗词钞》。

夏，羊城富文斋版《海山词》《西海纪行卷》付梓。

约在本年，罗稷臣奏保先生为国子监典籍，以丁父忧未就。

光绪十八年（1892）　三十五岁

九月，杨永衍自序所辑《粤东词钞二编》。该编选录先生词17首。

秋，叶衍兰招先生与冒广生等集秋梦庵，观其手摹陈维崧《填词图》。先生即席作《扫花游》（玉梅劝酒）。

光绪十九年（1893）　三十六岁

正月，自序《粤东词钞三编》。

四月，赖学海为《天外归槎录》题诗。

五月，《番禺潘氏诗略》编成。先生跋谓“是书编成于光绪十九年癸巳五月，刻成于越岁甲午十一月”。

冬，张振烈为《天外归槎录》题诗。

本年，序吕洪、吕鉴煌合撰《竹林词钞》：“鹤山吕拔湖先生以名孝廉官韶州府司铎，归授徒羊城，讲经课文。负笈从游者，岁数百人。英俊之士，掇巍科，称硕学，多出其门。迨先生归道山，其著作俱未编梓。值于《学海堂四集》，得其诗十余篇而已。先生好填词，尝与陈朗山司马唱和，然人罕睹其倚声也。先生犹子海珊大令近始搜得十三阕，半录入《粤东词钞二编》。复谋全梓以行世，而以己作附焉，成《竹林词》一卷。先生词清隽深婉，雅近玉田、小山。大令则雄豪清丽，如听铁板铜琶，高唱大江东去，方之苏海韩潮。其服官甘肃，曾刊《调琴饲鹤斋诗钞》，早已不胫而走。而先生之作，则人所响慕而未获读者。此词刻成，足慰士林之望矣。光绪癸巳，番禺后学潘飞声序。”

光绪二十年（1894）　三十七岁

上元日，李欣荣为《西海纪行卷》题长句。

三月，《天外归槎录》于广州栖栅老屋刻成，潘仪增为作序。

五月初一（6月4日），香港《华字日报》刊载“新书已到”广告：“新到潘兰史先生所著《西海纪行卷》《天外归槎录》《海山词》《花语词》《长相思词》《珠江低唱》六种，合装二卷，取价三毫。”

七月，邱诰桐为《天外归槎录》题诗。

八月，游龙山，寓居邱诰桐之邱园。后邱氏检录先生相关存稿，得诗37首，编为《游樵漫草》。

冬，应香港中华报馆之聘到港，任香港《华字日报》编辑。

本年，罗嘉蓉为《西海纪行卷》题长篇。

光绪二十一年（1895）　三十八岁

七月初十（8月29日），“鸥隐词社”首次社课。该词社由郑文焯与刘炳照成立于苏州西郊艺圃，先后入社者有先生及费念慈、夏孙桐、张上龢、张祥龄、易顺鼎、易顺豫、况周颐、金武祥、章钰、缪荃孙、张祥龄等。词社于次年五月夏孙桐北上京师后风流云散。

黄绍昌卒，年六十。

光绪二十二年（1896） 三十九岁

五月，邱诰桐序《游樵漫草》。同年，何桂林亦为之序。

秋，符子琴经香港，与先生相见，诗酒交会逾十日。

光绪二十三年（1897） 四十岁

七月二十二日（8月19日），《华字日报》刊载“卖书”广告：“潘兰史所著《西海纪行卷》《天外归槎录》合钉一卷，价一毫半。《花语词》《海山词》《长相思词》《珠江低唱》合钉一卷，价一毫半。又《梅花集古》价二毫，《赖虚舟集》四毫，在《华字日报》馆楼上发售。”

九月，颜清华序《老剑文稿》。

十一月初九（12月2日），于潘氏家庙能敬堂设四十生辰宴，杨菽叟、居古泉、伍懿庄、吴村生皆濡毫绘画，高丽李琴星学士书联云：“粤海词坛推领袖，柏林讲习振宗风。”尹溪石、长白桂仙移户部、沔阳刘彤轩郡臣、海澄颜恒甫主事皆有赋诗。

叶衍兰卒，年七十五。罗嘉蓉卒，年八十六。

光绪二十四年（1898） 四十一岁

二月十四日（3月6日），中德签订《胶澳租借条约》。先生于《萃报》第21期刊译《卑士麦小传》，并有论曰：“余客柏林时，曾晤卑公，世所推欧洲之管夷吾也。……闻卑前时曾有瓜分中国之论，唯此次德人占胶州，则指为无理。”

冒广生以先生之才学请杨颐荐举，因诏罢举而未入都。先生次年作《见梅花寄冒鹤亭孝廉用高常侍人日寄杜拾遗韵》，其中“感君荐士昌黎伯，还我空山独立人”二句下自注云：“去岁朝廷开经济特科，孝廉言于茂名杨侍郎以不才荐，书来促余入都，未成行，有诏罢举矣。”

四月，丘炜萲序《论岭南词绝句》：“余少治诗，未尝治词，唯爱其节奏抑扬，情词往复，比诸近人诗中所谓乐府者，终觉清新有味，时而循诵，遇佳处则复忻然忘倦，会心处原不在远。因悟文体有宜于散者，有益于骈者，韵语亦然。词在诗中谓之诗余，不过骈文之出于散文云尔。且其源甚正，句法、韵法多与《三百篇》合，汉魏以来之未甚行，毋亦如篆、隶、草、楷之为时会或限，非托体之为薄。人见其体随世后先，有不足辄引丽则丽淫成说，界彼分此，复举后主、易安一二人以实之，此何异怨荆公而嫚周礼，责纲目而连春秋者哉？而宋、元、明大儒多擅此体，入国朝尤卓然称作者，则有朱竹垞开其先，厉樊榭继之，成容若、郭频伽又继之，风雅渊渊，盛哉斯世已。吾友番禺潘兰史尝喜为词，余读其集，知由朱、厉、成、郭四先生以与苏、辛相见者，爱其同心，窃欲以平日臆见狂言向之质证而未果。今年夏，寄示大作《论岭南词绝句》属题，始获一发所云如右。先是，兰史有《粤东词钞》之刻，其所咏者多其所刻。闽、粤同处海滨，士鲜四声之学，又无人为之荟萃，中原谈词家遂亦不及。今粤词得兰史而大其声，若闽词自叶申芗天籁轩之后，数十年来未有继者。余以寄公穷坐七千里外海岛，极目苍茫，又不能不望吾里之有兰史其人，一为搜罗焉、网拾焉，使余得并世而读其文，则亦可以不憾已乎。光绪二十四年戊戌首夏实清和，闽海丘炜萲谨序于星洲之五百石洞天。”

仲秋，李东沅序《香海集》。

仲冬，寄《望罗浮图》与万钊请题诗。万氏口占，李东沅代笔云：“手把芙蓉下九天，名山风雨梦千年。铁桥倒影迷樵路，石壁飞空压钓船。闻道丹砂能驻景，种来瑶草已成田。梅花万树相招隐，只在归云古洞边。”

光绪二十五年（1899） 四十二岁

春，游龙山邱园，大会名士，作《雅集图》。

十二月，亡妇梁霭《飞素阁遗诗》刻成，先生跋识之。此集卷首有陶森甲、冒广生序，叶芬所撰“小传”，丘逢甲、李东沅、万钊、干琼霖、王恩翔、程联芳、郑观应、周忠鋆、朱兆基、张汉洋、李宝森、刘燏芬、左树琦、李文泰、刘霭慈、程懋娴、叶花云、史福贞、史天秾等题辞。集中收有《越华书院呈叶兰台先生》二首等。

十二月，丘逢甲到港，与先生首次会面。

光绪二十六年（1900） 四十三岁

三月二十日（4月19日），第三子楚材生。庶室胡氏出。

七月初九（8月3日），《华字日报》刊载“全书刻成”广告：“新刻潘兰史先生著书十四种，总名《说剑堂集》，分订大本六卷，取值壹圆，在《华字日报》聚珍书楼发售。”

秋，黄遵宪过港，访先生于华字日报馆，并为其《独立图》题诗云：“四亿万人黄种贵，二千余岁黑甜浓。君看独立山人侧，多少他人卧榻容。”

光绪二十七年（1901） 四十四岁

五月，返里，晤汪兆铨。汪氏作《摸鱼子·蘋洲宴集奉题兰史先生江湖载酒图》（叹年年、征歌载酒），先生和作《摸鱼儿·和汪莘伯太守即次见赠原韵》（问故园、壶觞风月）。

谭献卒，年七十。

光绪二十八年（1902） 四十五岁

二月，刘福姚游香港，与先生以酒杯书卷话晨夕者逾旬，临别赠诗二首。

三月，约同陆正祥、梁淯等游罗浮，有诗19首，陆、梁二人亦分别作诗14首、6首。后黄遵宪作《双双燕·题兰史罗浮游记》（罗浮睡了）见寄。词题，梁启超《饮冰室诗话》所录作“题兰史罗浮纪游图”。次年，先生和作《双双燕》（罗浮睡了），序末有云：“寒夜无眠……忽忆公度原韵，意有所悟，拟和成稿，盖距公度寄示时又易一寒暑矣。”

八月，《游罗浮日记》铅印本由香港聚珍楼出版。

光绪二十九年（1903）　四十六岁

本年，创办《实报》。旋以报业不振而易主。案：此据《华字日报七十一周年纪念刊》。蒋英豪编著《黄遵宪师友记》认为创办于光绪二十六年。

杨永衍卒，年八十六。谢章铤卒，年八十四。

光绪三十年（1904）　四十七岁

九月十二日（10月20日），先生第四子楚耀生。

九月，朱祖谋视学粤东，告假归里，过香港，与先生作一夕谈，并赠《彊斋词》一卷，被先生评为“真得梦窗神髓”（《华字日报》本《在山泉诗话》）。

王鹏运卒，年五十六。文廷式卒，年四十九。居廉卒，年七十七。

光绪三十一年（1905）　四十八岁

正月初三（2月6日），开始于《华字日报》连载《在山泉诗话》。

四月，序徐鋆《碧春词》：“江南徐贯恂秀才寄示《碧春词》一卷，裁花作骨，剪水为思。仿白门杨柳之歌，听莫愁芙蓉之曲。神清叔宝，羊车看陌上春花；年少张郎，蟾镜顾樽前秀影。倚竹枝而红霞脱口，赋梅雪而白石销魂。葛鸦儿之小字，弹入三弦；吴蛱蝶之前身，飞来八拍。宜其锦笺绣稿，菊部争传；碧管红冰，花丛群拜矣。尔乃黄浦约月，秦淮棹烟。问艳影于丁帘，惊香魂于甲帐。鸳鸯短梦，呼碧玉以无眠；鹦鹉微嗔，怨红绡之竟去。楼头残月，遽送娇娥；山下微云，还寻佳婿。叩叩定情之什，软语铭心；盈盈系臂之盟，深痕印齿。情天历劫，画金粉而非春；江水言愁，借琵琶而下泪。磨折为才子之气，离别乃词人之境。怨悱能工，芬芳易醉也。声银筝迸雨，铁管吹霜。酒晕香消，笔花红瘦。樊南忏除绮语，维摩怕入华鬘。然春蚕欲死而缠丝，秋蝶惊寒而作茧。江南花落，何处逢君；海上琴孤，还应待我。菖蒲再发，犹云英未嫁之年；桃叶重招，唱子敬欢迎之曲。光绪乙巳四月，番禺潘飞声拜于花语楼。”

黄遵宪卒，年五十八。

光绪三十二年（1906）　四十九岁

三月，女道芳卒。

七月初一（8月20日），离开香港回广州，《在山泉诗话》的写作亦到此为止。

光绪三十四年（1908）　五十一岁

正月初四（2月5日），发生“二辰丸案”。辰丸事件期间，先生颇仗义执言。“戊申抵制日货事起，港官欲放兰史出境外，以箝各报之口，商家愤争，卒得无事。”（吴仲《续诗人征略》后集卷一）

五月二十三日（6月21日），广东大雨，三江暴涨，造成水灾，陈步墀于香港《实报》刊登《救命词》三十首，呼吁港人筹款赈灾。先生为陈氏《救命词》作序。

宣统元年（1909）　五十二岁

六月，与陈蝶仙等泛舟西湖，登孤山、拓巢居阁、谒岳坟、憩竹素园、渡西泠桥、吊苏小墓、入广化寺、酌六一泉、宴集楼外楼。（《西湖楼外楼宴集诗序》）

夏，黄宾虹为先生绘《惠山访听松石图》《西泠泛棹图》。《惠山访听松石图》除黄氏自题外，尚有刘炳照、陈去病、孙德谦、徐珂、周庆云及王蕴章等人题跋，藏上海博物馆。《西泠泛棹图》则有陈衍、袁祖光、陈焜等人题咏。

七月，黄映奎序陈步墀《双溪词》。该集卷首有本年“秋仲”萧至复常题诗15首，则先生所题《柳梢青》亦当在其时：“绝好韶光。蜂来蝶去，闲煞萧郎。十载填词，三生结想，写恨偏长。　兰儿刺绣应忙。认秀句、脂痕粉香。第一销魂，双溪合处，一段斜阳。”

九月，抵京，与沈宗畸重晤于禺山馆，将《饮琼浆馆词》交付沈氏收入《晨风阁丛书》，另有《江湖载酒集》《在山泉诗话》《游罗浮日记》均从国学萃编社次第刊出，沈氏并为《饮琼浆馆词》题序。

十月，为沈宗畸编《晨风阁丛书》作序。

本年，为陈步墀《绣诗楼诗》题七绝二首。

宣统二年（1910）　五十三岁

正月二十七日（3月8日），第五子楚安生。庶室胡氏出。

春后回上海，之后基本安居于此。

宣统三年（1911）　五十四岁

八月十六日（10月7日），陈步墀赴日考察关于新政各项事宜。二十五日抵沪，二十六日拜访先生等人。二十八日，先生等人又拜访陈步墀。九月初五（10月26日），先生以《送陈子丹先生归粤》诗赠别陈步墀。初九，陈步墀返港，作《集唐句怀兰史申江》。

民国元年（1912） 五十五岁

五月十二日（6月26日），由黄宾虹于本年三月发起成立的贞社举行第一次雅集，先生为参加者。

七月十五日（8月27日），高太痴创“希社”于上海，以豫园寿晖堂为社集，月凡一举为文酒之会。先生于是日入社。同社者另有周庆云、姚文栋、邹韬等。郑逸梅《从高太痴说到希社》尝述及希社始末，略云：“太痴尝与程棣华、周梦坡、邹酒丐、姚子梁等发起希社，金鹤望、潘兰史、戈朋云、王均卿、陆云荪、王钝根、舒问梅、郁屏翰、邹纬辰、邹闻磬、范君博、张蛰甫、吴耳似等，以文来会，假豫园寿晖堂为社集，月凡一举，社友多至四百余人，岁刊《希社丛编》一册，自清宣统壬子，至民国己未，共得七集，八集未及半，而太痴作古。”

十一月十二日（12月20日），周庆云、刘炳照设宴双清别墅为消寒第一集，与宴者有包括缪荃孙、吴昌硕、沈醉愚、刘翰怡及先生等在内的二十七人。

当不晚于本年，为许泰《梦罗浮馆词钞》题诗三首：“江南春色好遨游，何似梅村事事幽。欲借长房方缩地，与君蹋壁入罗浮。”“前身君是罗浮蝶，却为新花瘦二分。想见风流继梅屋，笔端意蕊自缤纷。”“我亦西泠系梦思，苏堤曾约十年期。晓风残月无人会，来听花凉柳七词。”

丘逢甲卒，年四十九。

民国二年（1913） 五十六岁

三月初三（4月9日），淞社同人修禊徐园，与会者二十二人，以周庆云、刘翰怡为社主席，是为淞社第一集。先后入社者有金武祥、缪荃孙、吴昌硕、郑文焯、李详、刘炳照、金蓉镜、钱亮臣、李岳瑞、程颂万、况周颐、徐珂、王国维、恽毓龄、徐乃昌、恽毓珂、姚景瀛、孙德谦、夏敬观、胡朴安、张尔田、沈醉愚、王蕴章、黄公渚等八十余人。

重阳前，移居上海四川北路横滨桥畔，榜为“剪淞阁”。

九月初九（10月8日），淞社于上海徐园举行第十次雅集。

本年，樊增祥倡立超社。据陈夔龙所辑《逸社诗存》，超社于1915年改名逸社。沈曾植、易顺鼎、杨钟羲、梁鼎芬、李瑞清、陈三立、吴庆坻、郑孝胥、陈曾寿、缪荃孙、沈瑜庆、冯煦、左绍佐、胡思敬及先生等为社员。

本年，周庆云创立“沤社”，社员有刘炳照、吴昌硕及潘飞声等（据周庆云《二月二日，兰史携姬人月子至杏花楼宴客，到者为许狷叟、吴苦铁、沈醉愚、商笙伯、卫桐禅、刘翰怡及余，共九人。即席分韵，予得管字》诗）。

民国三年（1914）　五十七岁

三月，《南社丛刻》第八集出版，刊先生诗3首、词7首。五月，第九集出版，刊先生词2首。七月，第十集出版，刊先生文5篇、诗3首。十月，第十二集出版，刊先生诗13首、词4首。

民国四年（1915）　五十八岁

三月，《南社丛刻》第十三集出版，刊先生诗19首、词2首。

周庆云创“春音词社”，推朱祖谋为社长，先后入社者有徐珂、庞树柏、恽毓珂、恽毓龄、夏敬观、袁思亮、吴梅、叶楚伧、王蕴章及先生等。初夏为第一集，以“绿樱花”命题，调限《花犯》。第二集调为《眉妩》，咏“河东君妆镜”。

六月二十七日（8月7日），春音词社第三集于上海徐园，咏周梦坡藏宋徽宗松风琴，调限《风入松》，与会者有陈匪石、庞树柏、王蕴章、徐珂、朱祖谋、周庆云、夏敬观等。

秋，周庆云集春音春社同人于双清别墅，携宋徽宗松风琴、赵松雪风入松琴征题。王蕴章等人即席有和作。先生有《风入松·题梦坡海上获琴图》（君家门对浙江潮），未知是否作于此次聚会。

萧至复常卒。

民国五年（1916） 五十九岁

三月初三（4月5日），周庆云与淞社同人修禊愚园，与会者有缪荃孙、刘炳照、恽毓龄、恽毓珂、孙德谦及先生等十数人，先生即席作《满庭芳·丙辰上巳，周湘舲招集愚园，次湘舲韵》（傍水飘灯）。

六月二十四日（7月23日）前，春音词社雅集，题咏荷花，调限《绿意》。

六月，《国学丛选》第十八集载《潘老兰酒例》："老兰先生，诗文耆宿，江湖寓公，志节清高，卖文为活，同人代订求书者酒例于左：五七言联一元，团折扇三角，四屏二元，册叶五角，横幅一元，撰文题图面议。先生现寓北四川路横浜桥克明路第四号剪淞阁，阁内兼售古画书籍：《说剑堂全集》六卷一元、《饮琼浆馆骈文词钞》二角、《罗浮游记》二角、新刊《在山泉诗话》八角，以上皆先生所著。泾县胡寄尘、吴江柳亚子同启。"

民国六年（1917） 六十岁

四月，于上海横滨桥家中为《萧伯瑶先生遗稿》作序。

六月，春音词社于上海春宵楼雅集，调限《新雁过妆楼》，与会者有徐珂、邵瑞彭、周庆云、朱祖谋、李岳瑞、夏敬观及先生等。

六十诞辰，陈少白书联贺曰："笠屐仰苏公，名士诗篇连玉轴；风流推白老，阿娇金尽晋霞觞。"

民国七年（1918） 六十一岁

春，春音词社第十七集，调限《雪梅香》。社集至此止。

三月二十五日（5月5日），与姬人月子泛舟西湖，上三潭，登孤山，饮楼外楼。

六月二十四日（7月31日），淞社第三十四次雅集，与会者有周庆云、吴昌硕、缪荃孙、恽毓珂、恽毓龄、徐珂及先生等。

郑文焯卒，年六十三。

民国八年（1919） 六十二岁

不晚于六月二十三日（7月20日），"鸥社"创立于上海。徐珂《可言》："始于己未中华民国八年，胡朴安、汪子实倡之，六月二十三日为第一集，前后入社者凡十余人：王大觉、王蓴农、汪子实、汪兰皋、胡朴安、胡寄尘、孙小航、徐仲可、陶小柳、汤伯迟、傅屯艮、叶楚伧、潘兰史，至壬戌中华民国十二年之春方三十八集，而子实下世且久，弱一个矣。"胡朴安《南社诗话》则谓：鸥社成立于民国九年，"每月雅集两次，继续有一年半之久。当日各人每次雅集诗之手迹，我处尚存一册。"并曾作有《与番禺潘兰史、醴陵傅屯艮、济南孙小舫、南昌陶小柳、无锡王蓴农、宋痴萍、武进汪兰皋、杭县徐仲可、旌德汪子实、舍弟寄尘结鸥社于海上，记之以诗》。

九月初九（11月1日），周庆云集淞社同人为《琴契图》征题。先生有诗《梦坡命题琴契图》。

本年，周庆云得明代徐开晋绘刘忠介公遗像，赋诗征题，王国维、缪荃孙、吴昌硕及先生等皆有题。

本年，蔡守等人游韶关南华寺，于寺楼上偶然访得北宋庆历六年至八年（1046—1048）的二十一尊木制罗汉像等。蔡氏手拓之，后将部分拓片寄示友朋，遍征题识，共集得王国维、蔡元培、黄宾虹、章太炎、罗振玉等三十三人题跋题记。先生所题为："'庆历于今八百秋，吉羊云护得长留。谁雕佛象题先妣，我亦泉州寄广州。'己未重阳，客中设醴敬祀先慈。适寒琼仁兄过访属题。声先世籍闽泉州人也，哀感及之。潘飞声记于沪上。"（《国学论衡》第3期蔡守《北宋木刻造像记释文考跋题咏最录》）蔡守字哲夫，号寒琼，广东顺德人。南社成员。著有《寒琼遗稿》。

伍延鎏卒，年六十一。

民国九年（1920）　六十三岁

二月二十二日（4月10日），鸥社同人游龙华桃花林。

三月初三（4月21日），淞社同人禊饮淞滨天韵楼作淞社第四十五集，出席者为周庆云、王蕴章、李详、徐珂、刘翰怡及先生等二十余人。

梁鼎芬卒，年六十一。易顺鼎卒，年六十三。

民国十年（1921）　六十四岁

八月十四日（9月25日），与鸥社友人徐珂、胡朴安、王蕴章、胡季尘等集小华园看月。

本年，周庆云重建西溪秋雪庵落成，并于庵后设历代两浙词人祠堂，九月祠堂落成，落成礼招请同人，朱祖谋、恽毓珂、夏敬观、徐珂、钱亮臣均有词纪事。先生亦参加祭典。王蕴章《忆旧游·题林琴南画西溪图长卷》自注云："梦坡以此图施舍西溪秋雪庵两浙词人祠堂，祠堂落成时，余为作碑记，并与古微、兰史二丈参与祭典。"

本年，钮福畴《亦有秋斋词钞》二卷刊行。先生曾作《无锡王莼农蕴章明经出视吴兴钮西农先生（亦有秋斋词），当夜读之，演其词意成诗四首奉题》："炙研围炉吮笔宜，官窑品定定州磁。玉梅池畔无消息，吟瘦东风第一枝。""波纹吹绉绿参差，风景垂虹逐渐非。

独有阳春肠断句，落花偏上酒人衣。”“白岳红霞缥缈明，妒他携手许飞琼。灵芝九叶难重见，犹听云华玉佩声。”“苕水苕花古渡头，七桥新涨腻如油。雨生远宦蒹塘别，谁寄南湖一段秋。”

民国十一年（1922）　六十五岁

三月初三（3月30日），淞社于上海学圃雅集，出席者有先生及周庆云、恽毓珂、沈醉愚、胡朴安等。

沈曾植卒，年七十三。

民国十二年（1923）　六十六岁

壬戌十一月十五日（1月1日），周庆云赋《书怀》四章，先生与吴昌硕、徐珂等和之。

十二月，《南社丛刻》第二十二集出版，刊先生诗8首、词3首。

民国十四年（1925）　六十八岁

正月初一（1月24日），朱祖谋以《烛影摇红·乙丑元日和闰枝》属先生唱和，先生次韵作《烛影摇红》（又酌屠苏）。

二月十五（3月9日），周庆云和刘翰怡借学圃为淞社五十七集，到者二十人，淞社至此止。

九月初九（10月26日），周庆云约集息园，先生未赴而作词赋谢。

十月十四日（11月29日），徐珂《闻见日抄》载：先生招集剪淞阁属题《桐院填词图》。此图为先生之父潘光瀛所有，陈璞绘，陈良玉题词，后因兵燹佚去。本年汪兆镛物色得之，归还先生。

民国十五年（1926）　六十九岁

仲春，周庆云游天目山，归沪成《天目游记》一卷，于夏锓板，先生为之序。

九月初九（10月15日），周庆云为登高会设燕上海华安八楼，始于本年，止于民国十九年，先后来会者有先生及朱祖谋、吴昌硕、金蓉镜、曾广钧、曾熙、程颂万、徐珂、陈三立、陈曾寿、夏敬观、徐乃昌、张元济、冒广生、叶恭绰、袁思亮、沈醉愚、李宣龚、王蕴章、姚景瀛、黄公渚等七十余人。

本年，《精武月刊》第52期刊先生《铁笙来访留饮无隐轩率赠》一诗，同时刊登丘逢甲《题潘兰史香海题词图》三首，其三曰："此是本朝初割地，年来见惯已相忘。重吟整顿河山句，谁更雄心似鄂王。"

况周颐卒，年六十六。沈宗畸卒，年六十二。

民国十六年（1927）　七十岁

二月初四（3月7日），《申报》刊《潘兰史润例》："潘兰史先生，诗文耆宿，江湖寓公，卖文作炊，世钦清洁，为订润例，以告知音：写五七言联二元，四屏四元，横披二元，扇面册页一元，题图、诗文集题词、撰序传碑铭俱面议。寓上海北四川路横浜桥克明路剪淞阁。吴昌硕代订。"

十一月初九（12月2日），避客西湖，得诗《丁卯十一月九日，七十初度，避客西湖，得诗四首，寄示甸丞、虞琴、梦坡、仲可》。

十一月三十日（12月23日），先生与姚景瀛等结消寒社于上海芸庐，人各画梅一枝，曰《九梅图》。周庆云复邀先生及程颂万、冒广生、夏敬观、金蓉镜、姚景瀛等于晨风庐作消寒会，约为联句，每句末字，甲吟即乙拈点以相限，诗成即题《九梅图》。

康有为卒，年七十。王国维卒，年五十一。伍德彝卒，年六十四。

民国十七年（1928） 七十一岁

夏，黄宾虹讲学桂林期间为陈柱作《八桂豪游图》山水长卷，其后先生与陈衍、张尔田、夏敬观、杨铁夫等皆有题诗。

汪兆铨卒，年七十。

民国十八年（1929） 七十二岁

戊辰十二月十九日（1月29日），与周庆云、金蓉镜、金篯孙等集舫斋，作坡公生日会，同限“尖叉”韵赋诗。

春，海上诗钟社集于晨风庐，拈“满”“千”两字四唱，又“柴”“四”两字五唱。先后入社者有先生及曾广钧、金蓉镜、朱祖谋、陈三立、冒广生、叶恭绰、姚景瀛、夏敬观、李宣龚、陈曾寿、袁思亮等二十余人。

七月，刘翰棻自序《花雨楼词草》。先生所题《浣溪沙·俊龛寄示词集，为题一阕报之》当在其时：“十载沪江湄。羡尔能诗。柳波花埭好填词。娇小珠娘教按拍，写尽情思。　　记否旧游时。照影明漪。白头重与鹭鸥期。拓地巢居山半角，补种杨枝。（尝与君话西湖之游，惜孤山之滨不种杨柳。）”

冬，由叶恭绰提议，召集沪上词流朱祖谋、徐乃昌、董康、周庆云、夏敬观、刘承干、陈方恪、易孺、黄孝纾及先生等，于觉林素菜馆议决设立《清词钞》编纂处。

梁启超卒，年五十七。

民国十九年（1930） 七十三岁

九月，夏敬观、黄孝纾等倡导并主持“沤社”于沪上，月凡一会，社员有先生及朱祖谋、周庆云、程颂万、洪汝闿、林鹍翔、谢抡元、林葆恒、杨玉衔、姚景之、许崇熙、冒广生、刘肇隅、高毓浵、袁思亮、叶恭绰、郭则沄、梁鸿志、王蕴章、徐桢立、陈祖壬、吴湖帆、陈方恪、彭醇士、赵尊岳、龙沐勋、袁荣法等二十九人，前后雅集二十次，填词284阕，编为《沤社词钞》。和作同人有汪兆镛、赵熙、陈洵、张茂炯、邵章、路朝銮、张尔田、胡嗣瑗、陈曾寿、包安保、黄孝平、陈文中等。

十月，沤社第二集，限调《芳草渡》。十一月，沤社第三集，限调《石湖仙》。

民国二十年（1931） 七十四岁

庚午十二月十九日（2月6日），沤社第四集。先生有《东坡引》（玉纤留片影）。正月初七（2月23日），沤社第五集。先生有《瑞鹤仙》（喜名园负郭）。三月初四（4月21日），沤社第六集。先生有《三姝媚》（繁红愁过眼）。立夏后，沤社第七集，限调《汉宫春》。五月十三日（6月28日），沤社第八集。六月二十五日（8月8日），沤社第九集，限调《风入松》。八月二十九日（10月10日），沤社第十二集。九月二十日（10月30日），沤社第十三集，以林纾《西溪图》为题。十一月十九日（12月27日），沤社第十四集。

朱祖谋卒，年七十五。

民国二十一年（1932） 七十五岁

二月十五日（3月21日），沤社第十五集，悼念朱祖谋。先生有《菩萨蛮》（河山犹剩铜仙泪）。三月，沤社第十六集，调限《锦帐春》。先生有《锦帐春》（远水航愁）。五月初五（6月8日），沤社第十七集，限调《大酺》。七月，沤社第十八集，限调《一萼红》。八月十五日（9月15日），沤社第十九集，限调《石州慢》。秋，沤社第二十集，限调《天香》。《沤社词钞》共收二十集词，止于此。

十月十八日（11月15日），《青鹤》杂志创刊于上海，主编为陈赣一，先生与于右任、王蕴章、夏敬观、林葆恒、陈衍、黄节、叶恭绰、钱基博等为特约撰述人。

冬，沤社第二十一集，同人携书画传观，各谱《塞垣春》题之。［《吴兴周梦坡（庆云）先生年谱》］

冬，与胡朴安、王蕴章及唐克浩等学生创立“因社”于上海正风文学院。

本年，移居沪西枫林桥畔。

民国二十二年（1933）　七十六岁

正月，序刘肇隅《阏伽坛词》：“词者诗之余，盖长短之变格耳。大凡清辞丽句，慷慨高歌，必有意思以运之，性灵以出之，雅而不俚，真而不伪，方成其为一己之诗，即词又何独不然？迩日词学大兴，代有作者，然以描摹草窗、梦窗二家为最多。晦涩生强，至不可读。又有追和名家侧艳之作，连篇累牍，虽至百数十首，并无意义之可寻者。昔万红友苦心孤诣，撰为《词律》。自诩严定字句之功臣，却于古人之名曰一调而字句不同者判之为又一体，盖已附会牵强，依谱填之，几无一自然之句矣。近更变本加厉，谓必须吻合四声，始称能事。不知古人必无自制一词，而令人复依其四声者。此较之李献吉学秦汉文，张船山谓怕读假苏诗，尤增一大笑柄也。廉生先生博览群书，不竞名利，向工诗古文辞，近复嗜为倚声，力戒摹仿，笃风谊于师门，汰淫哇于薄俗。如眉山、稼轩托体高迈，真意贯串，即秦七、黄九，无以难之也。闲常编为一集，持以示余。余读而赏之，感近日词派之枝蔓，趋附之日深也，当必有如明代文人见归震川而低首者，因为之序。癸酉孟陬，番禺潘飞声。”

五月初五（5月28日），沤社同人燕集晨风庐，调限《澡兰香》，和梦窗韵。

闰五月，为龙榆生题《授砚图》。

闰五月，《因社集》编成，有杨恺龄序，唐克浩跋，收先生诗10首。

八月十五日（10月4日），《沤社词钞》刊行，先生题签。

九月，周庆云回上海，并整理诗文刊印，先生为其《玉溪碎锦集》（附《西昆贯玉稿》）作序、《京江避寿记》题辞。

冬，序黄宾虹《清缮诗稿》。

周庆云卒，年七十。

民国二十三年（1934）　七十七岁

三月初九（4月22日）卒于上海。案：此据王中秀编著《黄宾虹年谱》。本年四月，《词学季刊》第一卷第四号刊先生遗稿《粤词雅》；九月，《词学季刊》第二卷第一号续刊《粤词雅》，文末有龙榆生“甲戌中夏”所作刊后记，云“今春先生遽以疾卒”。本年五月，夏敬观序《说剑堂集》，云“岁甲戌二月廿日（4月9日），番禺潘兰史先生殁”。八月，叶恭绰作《潘兰史先生诗序》，云“今夏，潘兰史先生捐馆舍，其弟子谭和庵取其手定诗稿若干卷付印，期月而蒇（chǎn）”。

五月十八日（6月29日），《申报》报道先生追悼会消息，同时刊先生绝笔联句《为剪淞阁小集赏桃花诗》。二十日（7月1日），黄宾虹、劳敬修、邓瑞人、吴铁城、夏敬观、狄葆贤、姚景瀛、叶恭绰、陆丹林、吴湖帆、谭敬等人于上海贵州路湖社为先生举办追悼会。

延伸阅读推荐书目

1. 《阿英全集》，阿英著，安徽教育出版社，2003年版。

2. 《板桥杂记》，余怀著，续修四库全书编委会编《续修四库全书》，上海古籍出版社，2002年版。

3. 《北江诗话》，洪亮吉著，《续修四库全书》本。

4. 《陈白沙集》，陈献章著，纪昀、永瑢等编《景印文渊阁四库全书》，台湾商务印书馆，1986年版。

5. 《陈澧集》，黄国声主编，上海古籍出版社，2008年版。

6. 《楚庭耆旧遗诗》，伍崇曜辑，道光二十三年刻本。

7. 《春涛诗钞》，［日］森春涛著，文会堂1912年（日本明治四十五年）版。

8. 《词话丛编》，唐圭璋编，中华书局，1986年版。

9. 《〈词林纪事〉〈词林纪事补正〉合编》，张宗橚编、杨宝霖补正，上海古籍出版社，1998年版。

10.《词曲史》，王易著，东方出版社，1996年版。

11.《词学季刊》，龙榆生主编，上海书店出版社，1985年版。

12.《单云阁诗话》，陈道量著，上海古籍出版社，2013年版。

13.《道古堂诗集》，杭世骏著，《续修四库全书》本。

14.《丁戊之间行卷》，易顺鼎著，《续修四库全书》本。

15.《东都仙洞绮话》，［日］三木贞一著，1882年（日本明治十五年）版。

16.《东游丛录》，吴汝伦著，光绪二十八年石印本。

17.《范伯子诗文集》，范当世著、马亚中等校点，上海古籍出版社，2003年版。

18.《飞素阁遗诗》，梁霭著，光绪二十六年刻本。

19.《耕云别墅诗话》，邬启祚著，民国间刻邬庆时编《番禺邬氏丛刻》本。

20.《龚定庵全集》，龚自珍著，《续修四库全书》本。

21.《光宣诗坛点将录笺证》，汪辟疆著、王培军笺证，中华书局，2008年版。

22.《广东藏书纪事诗》，徐信符著，香港商务出版社，1963年版。

23.《闺秀诗话》，雷缙著，王英志编《清代闺秀诗话丛刊》，凤凰出版社，2010年版。

24.《国朝诗人征略》《国朝诗人征略二编》，张维屏辑，上海古籍出版社，2000年版。

25.《海藏楼诗集》（增订本），郑孝胥著、黄珅等校点，上海古籍出版社，2014年版。

26.《海山诗屋诗话》，李文泰著，光绪四年羊城森宝阁活字本。

27.《鹤涧诗龛集》，万钊著，光绪十九年刻本。

28.《洪北江全集》，洪亮吉著，光绪五年刻本。

29.《红杏山房诗钞》，宋湘著，清代诗文集汇编编纂委员会编《清代诗文集汇编》，上海古籍出版社，2010年版。

30.《花笑楼词》，杨其光著，宣统至民初陈步墀编刊《绣诗楼丛书》本。

31.《黄宾虹年谱》，王中秀编著，上海书画出版社，2005年版。

32.《挥麈拾遗》，丘炜萲著，光绪二十七年刊本。

33.《吉羊溪馆诗钞》，熊景星著，同治二年广州萃文堂刊本。

34.《剪淞阁诗话》，潘飞声著，《中社杂志》1926年第2期。

35.《校邠庐抗议》，冯桂芬著，上海书店出版社，2002年版。

36.《当代学者自选文库·钱仲联卷》，钱仲联著，安徽教育出版社，1999年版。

37.《近代六十家诗选》，郭延礼著，山东文艺出版社，1986年版。

38.《今夕庵读画绝句》《今夕庵题画诗》，居巢著，黄宾虹、邓实编《中华美术丛书》，北京古籍出版社，1998年版。

39.《静志居诗话》，朱彝尊著，人民文学出版社，1990年版。

40.《菊坡精舍集》，陈澧编，光绪二十三年刻本。

41.《涓夏堂诗集》，李仕良著，民国十四年刊本。

42.《况翁闲话》，［日］石黑忠悳著，1911年（日本明治三十四年）东京博文馆初版。

43.《来青阁集》，［日］永井久一郎著，1913年（日本大正二年）版。

44.《冷禅室诗话》，海纳川著，张寅彭编《民国诗话丛编》，上海书店出版社，2002年版。

45.《两当轩集》，黄景仁著，《续修四库全书》本。

46.《灵芬馆集》，郭麐著，民国二年上海扫叶山房石印本。

47.《岭南画征略》，汪兆镛编，周骏富辑《清代传记丛刊》，台北明文书局，1985年版。

48.《岭南诗歌研究》，陈永正著，中山大学出版社，2008年版。

49.《岭南文学史》，陈永正主编，广东高等教育出版社，1993年版。

50.《岭云海日楼诗钞》，丘逢甲著，《续修四库全书》本。

51.《龙榆生全集》，龙榆生著，上海古籍出版社，2015年版。

52.《论潘飞声德国时期之文学创作》，程中山撰，《台湾古典文学研究集刊》创刊号，台北里仁书局，2009年版。

53.《论潘飞声〈香海集〉》，程中山撰，吴盛青、高嘉谦编《抒情传统与维新时代》，上海文艺出版社，2012年版。

54.《论西汉王朝对匈奴的政策与其国力兴衰的关系》，唐国军撰，《广西社会科学》1996年第2期。

55.《梅窝词钞》，陈良玉著，光绪元年羊城刻《梅窝诗钞》本。

56.《梦苕庵诗话》，钱仲联著，齐鲁书社，1986年版。

57.《梦桐室词话》，唐圭璋著，朱崇才编《词话丛编续编》，人民文学出版社，2010年版。

58.《鸣鹤先生丛话》，［日］日下部鸣鹤著，昭文堂1925年（日本大正十四年）版。

59.《南社词人研究》，汪梦川著，上海古籍出版社，2015年版。

60.《南社丛刻》，柳亚子等编，江苏广陵古籍刻印社，1996年版。

61.《南社丛选》，胡朴安编，沈云龙主编《近代中国史料丛刊》，台北文海出版社，1970年版。

62.《鲵山诗稿》，［日］山崎谦著，太田孝太郎等校《南部丛书》第8册，南部丛书刊行会，1929年（日本昭和四年）版。

63.《潘飞声和清末香港画坛》，朱锦鸾撰，林亚杰、朱万章主编《广东绘画研究文集》，岭南美术出版社，2010年版。

64.《潘飞声年谱》，林传滨撰，《词学》第30辑，华东师范大学出版社，2013年版。

65.《潘飞声〈在山泉诗话〉所收日本汉诗考》，蔡毅撰，《域外汉籍研究集刊》第5辑，中华书局，2009年版。

66.《番禺潘氏诗略》，潘仪增辑、潘飞声整理，光绪二十年刻本。

67.《平等阁诗话》，狄葆贤著，有正书局，1917年版。

68.《钱锺书手稿集》，钱锺书著，商务印书馆，2011年版。

69.《清词三百首》，钱仲联编，岳麓书社，1992年版。

70.《清代广东诗学考论》，程中山著，广东人民出版社，2012年版。

71.《秦淮八艳图咏》，叶衍兰编，光绪十八年刻本。

72.《清人选清诗研究》，刘和文著，苏州大学出版社，2017年版。

73.《清诗话考》，蒋寅著，中华书局，2005年版。

74.《琴志楼诗集》，易顺鼎著、王飙校点，上海古籍出版社，2012年版。

75.《青芝山馆诗集》，乐钧著，《续修四库全书》本。

76.《秋梦庵词钞》，叶衍兰著，《续修四库全书》本。

77.《秋蘋遗稿》，［日］金井雄著、结城琢编，锦鸡书院，1905年（日本明治三十八年）版。

78.《丘菽园居士诗集》，丘炜萲著，《近代中国史料丛刊续编》本。

79.《人境庐诗草笺注》，黄遵宪著、钱仲联笺注，上海古籍出版社，1981年版。

80.《诗人主客图》，张为著，中华书局，1983年版。

81.《十万金铃馆词》，陈步墀著，《绣诗楼丛书》本。

82.《四先生诗存》，陈廷光、陈士矿、陈多缘、许之珽著，《绣诗楼丛书》本。

83.《石遗室诗话》，陈衍著，人民文学出版社，2004年版。

84.《石遗室诗集》，陈衍著，《续修四库全书》本。

85.《菽园赘谈》，丘炜萲著，光绪二十七年上海铅版小字七卷本。

86.《双溪词》，陈步墀著，《绣诗楼丛书》本。

87.《随园诗话》，袁枚著，《续修四库全书》本。

88.《随园随笔》，袁枚著，《续修四库全书》本。

89.《说剑堂集》，潘飞声著，光绪二十四年仙城药洲刻本。

90.《说剑堂集》，潘飞声著，民国二十三年铅印本。

91.《读说剑堂集》，王韶生撰，《说剑堂集》卷首，香港龙门书店，1977年版。

92.《檀栾集》，［日］岩溪晋编，1904年（日本明治三十七年）版。

93.《谭嗣同全集》（增订本），谭嗣同著，中华书局，1981年版。

94.《同光体诗人研究》，张煜著，中西书局，2015年版。

95.《桐花阁词》，吴兰修著，宣统三年番禺汪氏《微尚斋丛刻》本。

96.《微睇室说词》，刘永济著，上海古籍出版社，1987年版。

97.《五百石洞天挥麈》，丘炜萲著，《续修四库全书》本。

98.《五百四峰堂诗钞》，黎简著、梁守中校辑，中山大学出版社，2000年版。

99.《五述奇》，张德彝著，岳麓书社，2016年版。

100.《西游诗续稿》，［日］永井久一郎著，1902年（日本明治三十五年）版。

101.《夏承焘集》，夏承焘著，浙江古籍出版社、浙江教育出版社，1997年版。

102.香港《华字日报》，香港华字日报报馆编，香港浸会大学图书馆藏微缩胶片。

103.《香石诗话》，黄培芳著，《续修四库全书》本。

104.《香苏山馆词》，吴嵩梁著，道光间刻《香苏山馆全集》本。

105.《香苏山馆诗集》，吴嵩梁著，《续修四库全书》本。

106.《小三吾亭词》，冒广生著，《丛书集成三编》，台北新文丰出版公司，1997年版。

107.《写韵楼词》，吴尚熹著，光绪二十四年至宣统三年刻《小檀栾室汇刻闺秀词》本。

108.《续诗人征略》，吴仲辑，《清代传记丛刊》本。

109.《栩园丛稿》，陈栩著、周之盛编辑，上海著易堂印书局，1927年版。

110.《巽轩诗钞》，［日］井上哲次郎著，1884年（日本明治十七年）版。

111.《姚鹓雏文集》，姚鹓雏著，上海古籍出版社，2009年版。

112.《艺林散叶续编》，郑逸梅著，中华书局，2005年版。

113.《艺术鉴赏、收藏与近代中外文化交流史——以居廉、伍德彝绘潘飞声〈独立山人图〉为例》，洪再新撰，《故宫博物院院刊》2010年第2期。

114.《饮冰室合集》，梁启超著、林志钧编，中华书局，据上海中华书局民国二十五年版影印本。

115.《饮冰室诗话》，梁启超著，人民文学出版社，1959年版。

116.《饮琼浆馆词》，潘飞声著，宣统元年刻沈宗畸辑《晨风阁丛书》甲集本。

117.《游罗浮日记》，潘飞声著，学苑出版社，2006年版。

118.《雨窗杂录》，潘飞声编，桑兵主编《三编清代稿钞本》，广东人民出版社，2010年版。

119.《袁枚全集新编》，袁枚著、王英志编纂校点，浙江古籍出版社，2018年版。

120.《粤东词钞》，许玉彬、沈世良等编、谢永芳校点，凤凰出版社，2012年版。

121.《粤讴》，招子庸著，道光八年刻本。

122.《粤岳草堂诗话》，黄培芳著，《绣诗楼丛书》本。

123.《乐志堂诗集》，谭莹著，《续修四库全书》本。

124.《云海诗钞》，［日］长冈护美著，1900年（日本明治三十三年）铅印本。

125.《在山泉诗话》，潘飞声著，何藻辑《古今文艺丛书》，江苏广陵古籍刻印社，1995年版。

126.《中国近代期刊篇目汇录》，上海图书馆编，上海人民出版社，1981年版。

127.《中国文学批评通史：近代卷》，黄霖著，上海古籍出版社，1996年版。

128.《竹林词钞》，吕洪、吕鉴煌著，光绪十九年刻本。

后记

大约十年前，我和同门师弟林传滨曾有意合作编校一部《潘飞声集》，也做了不少前期准备工作。传滨当时在香港浸会大学攻读博士学位，在紧张的课业之余，搜集了相当多的港澳台及日本等地的相关资料。后来，因为考虑到多地同时有几位学者都在做同样的项目等因素，改而单独挑出潘飞声的《在山泉诗话》，利用普通读者难得一见的香港《华字日报》等参校材料，全面系统地整理了这部诗话，以“校笺”之名出版。彼时，距离当初一头扎进“近代广东词学研究”领域，已是十三年有余。此后，对环绕这一特定学术领域的诸多问题，固然断断续续进行过一些新的思考，却也一直难得有机会把这些想法整体呈现出来。

这次受邀编写潘飞声作品选读，碰到的第一个挑战，却恰恰就是“文选”部分的汰选问题，特别是潘氏发表在《华字日报》上的大量时评杂文。因为这可能既涉及对潘文，尤其是颇能反映其政治主张的这些时评文字成就的评价问题，也涉及如何尽量还原一个更为完整的晚清民国岭南文人形象的问题。经仔细检读早前已搜集到的《华字日报》所有相关资料，发现这些以“老剑”“独立山人”等为笔名发表的“报章体”文字，如《日本对于高丽东三省之问题》《联俄党其亦知悔乎》等，至少就思想深度而言，其实还不能达到超越《老剑文稿》中相关诸文的程度，加上篇幅所限，也就只好忍痛割爱了。

限于水平和条件，书中恐难免存在不足之处，期望读者批评指正。必须说明的是，这本小书在编写过程中，对前修时彦的相关研究成果多有参考，除前文《导读》中已经指出的以外，主要还有蔡毅、陈永正、程中山、洪再新、郭延礼、蒋寅、梁守中、刘和文、刘永济、唐国军、王韶生、王英志、王中秀、汪梦川、夏承焘、杨宝霖、朱锦鸾等诸位先生。所有这些，都尽可能在正文中以随文作注的方式加以说明，另于书末按书名首字音序列举出主要参考引用文献，也可作为延伸阅读推荐书目，以为读者提供方便。同门友生林传滨、赵晓涛、王群栗、田程雨和黎丽明等多所助益。出版社责任编辑付出了辛勤的劳动。谨此一并致谢。

谢永芳

于广西科技师范学院

2021年7月